散文卷

贾平凹文选

卧虎说

30

贾平凹 / 著　　作家出版社

目　录

海风山骨

文学访谈

文外谈文

"卧虎"说

——文外谈文之二

　　我说的"卧虎"，其实是一块石头，被雕琢了，守在霍去病的墓侧。自汉而今，鸿雁南北徙迁，日月东西过往，它竟完好无缺，倒是天光地气，使它生出一层苔衣，驳驳点点的，如丽皮斑纹一般。黄昏里，万籁俱静了，走近墓地，拨荒草悠悠然进去，蓦地见了：风吹草低，夕阳腐蚀，分明那虎正骚动不安地冲动，在未跃欲跃的瞬间；立即要使人十二分地骇怕了！怯生生绕着看了半天，却如何不敢相信寓于这种强劲的动力感，竟不过是一个流动的线条和扭曲的团块结合的石头的虎，一个卧着的石虎，一个默默的稳定而厚重的卧虎的石头！

　　前年冬日，我看到这只卧虎时，喜爱极了。视有生以来所见的唯一艺术妙品，久久揣赏，感叹不已。想生我育我的商州地面，山川水土，拙厚，古朴，旷远，其味与卧虎同也。我知道，一个人的文风和性格统一了，才能写得得心应手；一个地方的文风和风尚统一了，才能写得入情入味；从而悟出要作我文，万不可类那种声色俱厉之道，亦不可沦那种轻靡浮艳之华。"卧虎"，重精神，重情感，重整体，重气韵，具体而单一，抽象而丰富，正是我求之而苦不能的啊！

　　我在那墓场待了三日，依依不肯离去。我总是想：一个混混沌沌的石头，是出自哪个荒寂的山沟呢？被雕刻家那么随便一凿，就活生生成了一只虎了?! 而固定的独独一块石头，要凿成虎，又受了多大的限制？可正是有了这种限制，艺术才得到了最充分的自由吗?! 貌似缺乏艺术，而真正的艺术则来得这么地单纯、朴素、自然、真切!

静观卧虎，便进入一种千钧一发的境界，卧虎是力的象征。我们的民族，是有辉煌的历史，但也有过一片黑暗和一片光明的年代，而一片光明和一片黑暗一样都是看不清任何东西的。现在，正需要五味子一类的草药，扶阳补气，填精益髓。文学应该是与世界相通的吧。我们的文学也一样是需要五味子了，如此而已。

但是，这竟不是一个仰天长啸的虎，竟不是一个扑、剪、掀、翻的虎，偏偏要使它欲动，却终未动地卧着? 卧着，内向而不呆滞，寂静而有力量，平波水面，狂澜深藏，它卧了个恰好，是东方的味，是我们民族的味。

以中国传统的美的表现方法，真实地表达现代中国人的生活和情绪，这是我创作追求的东西。但是，实践却是那么艰难，每走一步，犹如乡下人挑了鸡蛋筐子进闹市，前虑后顾，唯恐有了不慎，以至怀疑到了自己的脚步和力量。终有幸见到了"卧虎"，我明白了，且明白往后的创作生涯，将更进入一种孤独境地。喜从此有了"源于高度的自信"，进一步"精于其道的自觉"（这是袁运甫的画语），我想，艺术于我是亲近的。

我的"卧虎"啊……

一九八二年四月为《当代文艺思潮》"作家与创作"栏而作

四十岁说

无论中国的文学怎样伟大或者幼稚，事实是我们就在其中，且认真地工作着，已经不止一次，十次八次，说过许多追求和反省，回过头来都觉得很坏。作家实在是一种手艺人，文章写得好，就是活儿做得漂亮。窗外的地上有织网套的，斜斜地背了木弓，一手拿木槌捶敲弓弦，在嗡嗡铮儿的音律里身子蛮有节奏地晃动，劳动既愉悦了别人，也愉悦了自己，事情就这么简单。如果说，作家职业是最易心灵自在，相反地，也最易导致做作——好作家和劣作家就这么分野了。——目下的现实里，甚多的人热衷于讲"世界"，讲到很玄乎的程度如同四个字的"深入生活"，原本简单普通的话，没生活拿什么去写呀，但偏偏说得最后谁也不知道深入生活为何物了。还是不要竭力去塑造自己庄严形象，将一张脸面弄得很深沉，很沉重；人生若认作荒原上的一群羊，哲学家是上帝派下来的牧人，作家充其量是牧犬。

文坛是热闹场，尤其在我们身处的这个时期，贾母在大观园里说过孙女们一个与一个都漂亮得分不清，在化妆品普遍被妇女青睐的今日，我们常常在街头惊叹美女如云。文学上的天才和小丑几乎无法分清，各种各样的创作和理论曾经撵得我们精疲力竭（一位农村的乡长对我说过，落实层层上级的指示，忙得他没有尿净一泡尿的时间，裤裆总是湿的）。忽然一想，许多的创作和理论，不是为着自己出头露面的欲望吗？它其实并没有自己大的志向，完整的体系，目的是各人在发表自己的文章而已，蝌蚪跟着鱼儿浪，浪得一条尾巴没有了。

供我们生存的时空越来越小，古今的，中外的大智慧家的著作和言论，可以使我们寻到落脚的经纬点。要作为一个好作家，要活儿做得漂亮，就是表达出自己对社会人生的一份态度，这态度不仅是自己的，也表达了更多的人乃至人类的东西。作为人类应该是大致相通的。我们之所以看懂古人的作品，替古人流眼泪，之所以看得懂西方的作品，为他们的激动而激动，原因大概如此，近代的中国史上一句很著名的话："中学为体，西学为用。"进而发展得在文学史上只能借鉴西方写作技巧的说法，我觉得哪儿总有毛病发生。文学或多或少，或大或小，都是要阐述着人生的一种境界，这个最高境界反倒是我们要借鉴的，无论古人与洋人。中国的儒释道，扩而大之，中国的宗教、哲学与西方的宗教、哲学，若究竟起来，最高的境界是一回事，正应了云层上面的都是一片阳光的灿烂。问题是，有了一片阳光，还有阳光下各种各样的，或浓或淡，是雨是雪，高低急缓的云层，它们各自有各自的形态和美学。这就要分析东西方人的思维了，水墨画和油画，戏曲和话剧，西医和中医。我们应该自觉地认识东方的重整体的感应和西方的实验分析，不是归一和混淆，而是努力独立和丰富，通过我们穿过云层，达到最高的人类相通的境界中去。"越是民族越是世界"的言论，关键在这个"民族的"是不是通往人类最后相通的境界去。令人困惑的是理论界和创作界总有极端的思潮涌起，若不是以中国传统（实际上很大程度并不是中国传统）的一套为标准，就是以西方的作规则，合者便好，不合者便孬，制造了许多过眼烟云的作品，又是混乱了许多的创作不知所措。或许也偏颇了，我倒认作对于西方文学的技巧，不必自卑地去仿制，因为思维方式的不同，形成的技巧也各有千秋。通往人类贯通的一种思考一种意识的境界，法门万千，我们在我们某一个法门口，世界于我们是平和而博大，万事万物皆那么和谐又充溢着生命活力，我们就会灭绝所谓的绝对，等待思考的只是参照，只是尽力完满生命的需要。生命完满得愈好，通往大境界的法门之程愈短。如果是天才，有夙愿，必会修成正果，这就是大作家的产生。

张爱玲说过一句漂亮的话：人生是件华美的睡袍，里面长满虱子。人常常是尴尬的生存。我越来越在作品里使人物处于绝境，他们不免有些变态了，我认作不是一种灰色与消极，是对生存尴尬的反动：突破和超脱。走出激愤，多给沉闷的人生透一口气来，幽默由此而生。爱情的故事里，写男人的自卑，对女人的神驭，乃至感应世界的繁杂的意象，这合于我的心境。现在的文学，热衷于写西方气质的男子汉，赏观中国的戏曲，为什么有一个"小生"呢，小生的装扮、言语，又为什么是那样，这一切是怎样形成的呢？古老的中国的味道如何写出，中国人的感受怎样表达出来，恐怕不仅是看作纯粹的形式的既定，诚然也是中国思维下的形式，就是马尔克斯和那个川端先生，他们成功，直指大境界，追逐全世界的先进的趋向而浪花飞扬，河床却坚实地建凿在本民族的土地上。

我是一个山地人，在中国的荒凉而瘠贫的西北部一隅，虽然做够了白日梦，那一种时时露出的村相，逼我无限悲凉，我可能不是一个政治性强的作家，或者说不善于表现政治性强的作家，我只有在作品中放诞一切，自在而为。艺术的感受是一种生活的趣味，也是人生态度，情操所致，我必须老老实实生活，不是存心去生活中获取素材，也不是弄到将自身艺术化，有阮籍气或贾岛气，只能有意无意地，生活的浸润感染，待提笔时自然而然地写出要写的东西。

还是寻出两句话吧，这是我四十岁里读到的，闷了许多日，再也不可能忘掉的话——

之一，是我跟一位禅师学禅，回来手书在书房的条幅："见山是山，见水是水；见山不是山，见水不是水；见山还是山，见水还是水。"

之二，夜读《八大山人画集》，忽见八大山人，字个山，画像下几行小字："火金木釆◎咦，个有个而立于一二三三×之间也，个无个而超于×三三二一之外也，个山个山，形上形下，圆中一点。"

一九九一年

当下的写作

四十年前我开始写作，纯粹是出于爱好，那时没有稿费，能发表出来，变成铅字，就是一种光荣，爆炸式的兴奋会延至几天，甚至一月。记得每次来了冲动，要构思了，便茶饭不香，夜里不睡，焦躁如小母鸡初次下蛋，下出来了，蛋皮上还沾着血，就大声叫唤。当写作了好多年后，写到了一定程度，才开始有了责任，自觉到我应该是有使命的。我当然还是我，但我已不仅是我，我是这个社会群体中的一员，是这个时代的一员，活在了社会和时代的集体意识里，活在了无限里。这如同坐班车外出，十二点钟车要停下来吃午饭的，我不能在十点钟说我要吃饭而让司机停车，只能十二点了，我的饥饿感也就是全车人的饥饿感，再提出停车，肯定司机就会停下车让大家吃饭的。当你栽一棵花在自家的门前开放了，路过的人都看到了艳丽也闻到了香气，那花是你自家的，更属于路过的所有人。

四十年来，中国经历的事太多，这是又一个开天辟地的年代，一条还破旧的船加足了马力前行，风正紧，浪好险，但船毕竟是离开了渡滩驰向正规的航道。这里有希望也有恐惧，为好座位而抢占斗殴，为得到有限的食物而仇恨厮杀。这样的航行就决定了船的命运，这样的船就决定了船上人的命运，船上人的生存状况、精神状况就是我们这几十年的写作故事。

中国的船的航行是不是有别于全球人类的动向呢？秋末冬初是一只鸟南迁，还是所有的鸟都南迁？当我们明白了什么叫候鸟，我们关注着一只候鸟也就知道了所有候鸟的秉性，而聚焦这只候鸟的形状、颜色，它南迁时经过哪一个月明星稀的夜晚在哪一个山头上鸣叫，还是穿过哪一处白浪滔天后栖在哪一棵树枝上落下一根羽毛。

文学永远关乎人类，它有人类共同向往、辨识和维护的东西，有不变的情感，有作为人怎样面对宇宙自然，怎样面对人的自身问题。人的本性决定了各个族类各个国家有着各自的利益，决定了族类和国家内部又有着每个人的利益。文学的神圣来自人类的神圣，文学如果出现了困境，那都是人类的困境。具体到我们，当身体好的时候，我们是不知道肝长在哪儿，肾长在哪儿，也不理会天上有太阳，口鼻在呼吸，菜就在超市里，厨房里水龙头一拧水就来了。而我们能看到的，愤愤不平的是你怎么出门有轿车，我骑自行车，你吃肉了我怎么喝汤？我读过一篇述先的文章，他说得好，他说：彼此相交集，又各自成障碍，表面常来往，而实际不兼容，每个人都自我中心，每个人又身处边缘，其存在的外仪呈现为共在，却共同看不见别人的存在。他们没有内心的共鸣，甚至不见外表的冲突，却都在群体中大感不适，既虚弱又脆弱，既无力又无奈，既有所萦怀，又无动于衷，情感的损伤无法疗治，精神的苍白难于慰藉，延伸遭阻断，未来成乌有，就这样孤立着，疏远着，漂泊着，沉沦着。

我们正处于这样一个品种的人世，这样一个品种的人世里造就了我们这样品种的作家，也写出了这样品格的作品。

为什么写作，几十年来总有人向我这样提问，我在我生命和写作的各个时段都有过不同的回答。比如我喜欢写作呀，我有过太多的苦难记忆我得保存下来呀，我要证明我的存在呀，我有想说的话呀，我要为这个年代留一份记录呀，等等等等。而我六十岁后，我说，只有写作时我知道了神的存在，才可能与神相遇相通。这不是故弄玄虚，这是我真实的体会。我把我的体会书写了条幅挂在家中，一幅是"守侯"，不是守候，是守住灵魂的侯。一幅是"受命于神的周密安排而沉着"。

二〇一六年十月二十二日于西安

写作的困境

面对永恒和没有永恒的局面，这话是一位外国人说的，说过很久了，却正是我们今日的状况。

作家在写作的初期，讲究的是文字和技巧，写作到最后，比拼的则是能量与见识。视野问题现在是何等重要。这个视野不是一个区域、民族、国家的，而是全球、人类的。我们国家有着我们国家的政治体制和意识形态，当没有全球的人类的视野，写作只能是宣传性的，或就事论事，沦为毫无价值，甚或成为垃圾。建立全球的人类的视野，再观察我们的社会现实，关注我们要写的题材，进行独立的思考，那写出的作品就不一样了。对于中国人的生存状况和这一时期所展示出的复杂人性进行揭示和批判，以及朝着自己理想的方面突进，该是我们当下写作的欲望和理由。戴过脚镣的人，他听到的总是脚镣的叮当声，这就是这一代作家的表情，也基本构成了这一代作家的品种。是这样品种的现实中产生了这样品种的作家，这样品种的作家也必然使他们的作品有了这样品种。

中国作家没有谁不受西方的影响，"文革"后的文学被称为新时期文学，新时期文学一开始，我们一方面拨乱反正，使文学挣脱政治束缚，一方面努力向西方文学学习，管理有管理的制度和规定，写作有写作的责任和智慧，这就是这一代作家的经历，或者是命运。但是，中国作家毕竟是中国作家，它的根还是中国的，这如河，水流过是人类先进的东西，共同的东西，或人类向往的东西，而河床是中国的，诚然这河流在滋润着河床，冲击着河床，也慢慢地改变着河床。

回顾起来，上世纪八十年代以来的中国文学，成就最大的还是乡土文学。中国的传统应该说是乡土的传统，中国人的思维大致还是乡土的思维。而作家们，尤其上世纪五十年代六十年代出生的作家，每个人也都存在着自己的知识谱系，就是说，其写作背景和来源，接承的不一样。有的接承的是十九世纪的现实主义，有的接承的是新中国成立后十七年的红色文学，即革命现实主义和革命浪漫主义，有的接承的是西方现代文学和后现代文学，有的接承的是中国传统文学。背景和来源是大海，其作品必然波澜壮阔，背景和来源太窄狭，只会是小流小溪或死水一摊。

当有人像狗一样摇尾乞怜，那他就是狗，有人像鬼一样哭嚎，那他就是鬼。大自然在自然界创造，灵魂在内心世界里创造。我们睡着了，睡着了就是一种死亡，但梦还在活着，火山往往是长年被雪覆盖的。

如果对中国传统的东西追得很远，其作品自然有着更中国式的节奏、色彩、声音、味道和它的气息。但这样的作品多是难以翻译。中国作品历来分两类，一类故事性强，情节传奇；一类重日常重意象重细节。而真正能把后一类的作品翻译出来，或许是最有意义的。

如何以自己的心灵感应这个焦虑的时代，写出中国人的生存状况和精神状况，这需要巨大的真诚。而要警惕被那些虚假的，投机的，矫情的东西（包括左的面目和右的面目）所蒙蔽。明代的徐渭说过：人有学为鸟言者，其音则鸟也，而性则人也。鸟有学为人言者，其音则人也，而性则鸟也。

天人合一是老子的哲学，天我合一是庄子的文学。

二〇一七年十二月二十一日

对当今散文的一些看法

——在北京大学的演讲

我这是第一次来北大说话，却是第二次来到北大。北大是我很向往的地方，但我没有好运气能在北大上学。十多年前的一个晚上，我来过北大，是来见我的一个老乡的，他那时正读研究生，半夜里，我绕着未名湖转了一圈，回去写了一个短文，其中有这么一句：一个未名人游了一次未名湖。这次主持人要我来，我当然十分高兴，但我着实很惶恐，一是我不知道我该讲些什么，在中国文坛上，我是极普通的一位作家，肚里没有话要说。二是我口才很糟糕，又说不了普通话，当年我从西北大学毕业时，学校先要让我留下来任教，而系主任最后否定了，就是说我说话不行，当不了老师的。所以，我一再推脱说不来了。主持人坚决不行，说，你随便说吧，说什么都行。我拗不过他，只好来了，但随便说是最不好的，即兴说话我一句也说不出，便列了个大概提纲。我在我们单位，也就是西安市文联，五十多个人，我当的是主席，开会我也要有个提纲的，没提纲，我就前言不搭后语，自己把自己都说糊涂了。

我现在开始按我的提纲说。

在中国，散文是最有群众基础的文学形式，读者多，作者多，似乎任何人都可以来谈谈自己的感想。我不知道前边的几位我所敬重的散文作家和散文研究家都谈了些什么，我惶恐关于散文的那些道理，差不多的人都知道。轮到我还有什么新鲜的东西提出来呢？世上的事往往是看似最简单的却是最复杂的，一个人的能力如何，就是看能否将最复杂的事处理成了最简单的事。越是难以治愈的病，越是在这号病域里产生名医，比如有著名的治癌专家，治乙肝专家，但绝对没有一个是治感冒的杏林圣手。所以，大家不要指望我能谈出些什么可以让你们记录的东西，在这个晚上，我只以一个普通写作者的身份，说说我的一些体会来浪费你们的时间。

我讲九个问题。

一、关于改变思维，建立新的散文观

其实，建立新的散文观，并不仅仅是散文，而是整个的文学观念。为什么我首先讲这个问题，如果初学写作者觉得这是无所谓的了，但你真正地从事了写作，文学观则起到决定性的作用。我主办着一份散文杂志，叫《美文》，在一九九九年的一年里，专门在封二封三开辟了一年的专栏，刊登一些作家对散文的认识，也就是想了解大部分作家的散文观。从专栏的情况看，有一部分人写得相当好，也有更多的人仍糊里糊涂。我是指导着两个硕士研究生，在入校的头一个学期，我反复强调的也就是扭转旧的思维，先建立自己的文学观，起码要有建立自己文学观的意识，提供的书目中，除了国外的大量书籍外，向他们推荐读两个人的随笔，一个是马原，一个是谢有顺，这两个人的见解是新鲜的，但又不是很偏激。回顾现当代文学，可以看出中国文学是怎样在政治的影响下成为宣传品，而新时期文学以来又如何一步步从宣传品中获得自己属性的过程。对现在的散文产生重大影响的是五四时期的散文，和二十世纪五六十年代的散文。从新时期散文发展的状况看，先是政治概念性的写作，再是批判回忆性的写作，然后才慢慢地多元起来。但可以用这样的一句话说，散文在新时期文学中是相对保守的传统的领域，它发动的革命在整个文学界是最弱也是最晚的。中国的文学艺术，接受外来思潮而引发变革最早的应是美术界，然后是音乐，是诗歌是小说，然后才轮到散文。散文几乎是到了上世纪九十年代以后才有了起色。随着整个文坛水平的提升，散文界必然有一批人起来要革命，具体表现为开展了多种多样的争论。比如：散文是不是小说的附庸；散文是一切文学形式里最基本的东西，还是独立的；是专门的散文家能写好散文还是从事别的艺术门类的专家将散

文写得更好；它应该是纪实性的还是虚构性的；它是大而化之的还是需要清理门户，纯粹为所谓的艺术抒情型；是将它更加书斋化还是还原到生活中去；等等。正是这些争论，散文开始了自身的解放，许多杂志应运而生，几乎所有的报纸副刊都成立了散文专版，进而也就有了咱们北大的这个论坛。

但是，我仍在固执地认为，散文虽目前很热，取得了很大成就，但它革命的实质并不大，从主管文艺的领导到出版界，作家、读者对散文旧有的认识并未得到彻底改变，许多旧观念的东西在新形势下以另一种面目出现，如政治概念性的散文少了，哲理概念性的散文却多了，假大空的作品少了，写现实的却没有现实主义的精神，纯艺术抒情性的作品又泛滥成一堆小感觉，所谓诗意改成了一种做作。我觉得，散文界必须要有现代意识，它应该向诗歌界、小说界学习。比如小说界对史诗的看法，对典型环境中的典型人物的看法，对现实主义的看法，对中学为体西学为用的看法，对诗意的看法，对意味形式的看法，等等等等。散文当然和小说是有区别的，但小说界的许多经验应当汲取。所以，我认为在目前的状况下，一个最简便的办法是让别的文学艺术门类的人进入散文写作，我在《美文》的一个约稿的重要措施就是少约专门从事散文的人来写散文，而是尽一切力量邀别的行当里的人让他们为我们写稿。

现在有一个很流行的词叫与时俱进，如果套用这个词，散文质量提升的空间还非常大，一方面要继承传统的东西，一方面要改变传统的思维，改革它的坐标应该是全球性的，而不仅是和明清散文比，和三十年代四十年代比，更不能和六十年代七十年代比。

散文界有这样一种现象，我们常常都知道某某是著名的散文家，但我们却不知道他到底写了些什么作品。小说界，一部小说或许就使我们记住了这个作家，但一篇散文或一本散文集让我们记住的作家是非常非常地少。

我虽然在强调散文的现代意识，什么是现代意识？现代意识如果用一句话讲可以说是人类意识，也就是说我们要关怀的是大部分人类都在想什么，都在干什么。散文绝不应该是无足轻重的，它的任务也绝不是明确什么，它同别的文学艺术一样，是在展示多种可能，它不在于你写到了多少，而在于你在读者心灵中唤醒了多少。作家的职业是与社会有摩擦的，因为它有前瞻性，它的任务不是去顶礼膜拜什么，不是歌颂什么，而是去追求去怀疑，它可能批判，但这种批判是建立在对世界对人生意义怀疑的立场上，而不是明确着什么为单纯的功利去批判，所以，作家与社会的关系永远是紧张的，这种紧张越强烈越能出现好作品，不能以为这种紧张是持不同意见，而作家若这样以为又去这样做，那不是优秀的作家。

二、关于向西方学什么

这个问题要涉及的方面很多，但我从散文的角度上只说一个问题。

如果综观中国的散文史，它的兴衰沉浮有一个规律，就是一旦失去时代社会的实感，缺乏真情，它就衰落了。一旦衰落，必然就有人要站出来，以自己的创作和理论改变时风，这便是散文大家的产生。散文大家都是开一代风气的人物。历史上的唐宋散文八大家莫不是如此。但是，我要说的是，现在散文要变革，如果它的变革和历史上的变革一样的话，仅仅是去浮华求真情，那还不够。小说界的情况可以拿来借鉴，如果现在的小说是纯政治化的，那肯定不行。读者不买账，甚至连发表也难发表了。而现在能发表的，肯定能受到社会欢迎的小说就是写人生，写命运。这类小说很普遍，到处都能读到。但是，小说写到这一层面，严格讲它还不是最高层面，还应该写到性灵的层面，即写到人的自身、人性、生命和灵魂。在这一点上，散文界是做得不够的。我们谈到的作品更多的，也觉得目前较优秀的散文，差不多都是写到对历史对人生命运的反思。这无可厚非，这可能与中国散文传统审美标准有关，如一直推崇屈原、司马迁、杜甫。这一类作家和作品构成主流文学。但现在这一类作品想象力不够，不如古人写得恣意和瑰丽。与主流文学伴随而行的另一种可以称之为闲适文学，它阐述人生的感悟，抒发心臆，如苏轼、陶渊明，以及明清大量的散文作家。但这一路数的作品，到了现在，所抒发的感情就显得琐碎。文学是不以先后论大小的，绝不是后来的文学就比先前的文学成绩大，反而多是越来越退化，两种路数的创作都走向衰微。而外国呢，当然也有这两种形态，但主要特点是人家在分析人性，他们的哲学决定了他们科技、医学、饮食等等多方面的思维和方法，故其对于人性中的丑恶，如贪婪、狠毒、嫉妒、吝啬、猥琐、卑怯等等无不进行批判，由此产生许多杰作。所以，现在提出向西方学习，是为了扩大我们的思路，使我们作品的格局不至于越来越小。我这样讲并不是说我们传统的东西不好，或者我们的哲学不好，关键是对于我们的哲学有多少人又能把握它的根本精神呢？这个时代是琐碎的时代，而我们古老的哲学最讲究的是整体，是浑然，是混沌，但我们现在把什么都越分越细呀！中国有个故事，是说混沌的，说混沌是没有五官的，有人要为它凿七窍，七窍是凿成了，混沌也就死了。所以说，与其我们的散文越写越单薄，越类型化，不妨研究借鉴西方的一些东西。

说到这儿，我要说明的一点是，作家与现实要有距离，要有坐标系寻到自己的方位。任何文学艺术靠迎合是无法生存的。但正是为了这一点，从另一个角度讲，文学是摆脱不了政治的，不是要摆脱，反而需要政治。这种政治不是狭隘的政治，而是广义的政治。这如同我们都讲究营养，要多吃水果、蔬菜，但必须得保证主食。我说这种话的意思是，我们要明白我们是怎样的一个民族。中华民族是苦难的民族，又加上儒家文化的影响，造就了强烈的政治情结。所以，关注国家民族，忧患意识是中国任何作家无法摆脱的，这也是中国作家的特色。如何在这一背景下、这一基调下按文学规律进行创作，应该以此标尺衡量每一个作家和每一件作品。而新的文学是什么，我以为应是有民族的背景，换一句话说就是政治背景，但它已不是政治性的。如果只是纯粹的历史感、社会感、人生感成为中国人所强调的所谓"深刻"，那可能将限制新的文学的进步。我的话不知说明白了没有。

三、关于寻找什么样的一种语感

在强调向西方文学学习中，我喜欢用一个词，就是境界。向他们的思想内容看齐，向他们的价值观看齐，这样的话我不说，我说的是境界，境界是对作品而言的。这一点，必须得借鉴和学习，但对于形式，我主张得有民族性的。一切形式都是为内容服务的，中国八十年代小说界有了"意味的形式"，这是文学新思维改变的开始。当时的目的是为了冲击当代文学注重政治、注重题材、注重故事的那一套写法的。从那时起，使中国的作家明白，原来小说还可以这样写？！的确也写出了许多出色的作家。但是，再有意味的形式是替代不了内容的，或者说不能完全替代内容。这个时代由不注意设计和包装变成了太注重设计和包装，日久人会厌烦的。机器面到底不如手工面。既要明白要有"有意味的形式"，形式又要具有民族性，这是我的主张。换一句话说，要写中国的文章。我在我四十岁时写过一篇东西，其中反对过一个提法，即"越是民族的越是世界的"，我的观点是：民族的东西若缺乏世界性，它永远走不向世界。我举了例子，我们坐飞机，飞到云层之上是一片阳光，而阳光之下的云层却是这儿下冰雹那儿下雨，多个民族的文化犹如这些不同的云层，都可以穿过云层到达阳光层面。我们民族的这块云在下雨，美国民族的那块云在下冰雹，我们可以穿过我们的云到阳光层面，不必从美国的那块云穿过去到达阳光层面。云是多个民族文化不同而形成的。古今中外的任何宗教、哲学、艺术在最高层面是相同和一致的。我们学习西方，最主要的是要达到阳光层面，而穿不过云层一切都是白搭。

四、关于继承民族传统的问题

这样的话许多人都在讲，尤其是我们的领导。但是，我们到底要继承民族的什么东西？现在，我们能看到的都是在继承一些明清的东西。而明清是中华民族最衰败的时期，汉唐及以前才是民族最强盛期，但汉唐的东西我们提得很少，表现出来的更少。现在我们普遍将民族最强盛期的那种精神丢失了。我常常想这样一个问题，比如北方和南方的文学，北方厚重，产生过《史记》，但北方人的东西又常常呆板，升腾不起来。南方的文学充满灵性，南方却也产生了《红楼梦》，又在明清期。关键在能不能做大。国人对上海人总认为小气，但上海这个城市却充满了大气。什么是大气，怎么样能把事情做大，就是认真做好小事才能大气起来。我在大学读书的时候，曾经特别喜欢废名的作品，几乎读过他所有的书，后来偶尔读到了沈从文，我又不满了废名而喜欢上了沈从文，虽然沈从文是学习废名的，但我觉得废名作品的气是内敛的，沈从文作品的气是向外喷发的。我是不满意当今的书法界，觉得缺乏一种雄浑强悍之气，而大量的散淡慵懒、休闲之气充满书坛。我也想，这是不是时代所致？当一个时代强盛，充满了霸气，它会影响到社会各个方面，如我们现在看汉代的石雕陶罐，是那么质朴、浑厚、大气，那都是当时的一般的作品，他们在那个时代随便雕个石头，捏个瓦罐都带着他们的气质，而清朝就只有产生那些鼻烟壶呀，蛐蛐罐呀，景泰蓝呀什么的。所谓时代精神，不是当时能看出来的，过后才能评价。人吃饱了饭所透出来的神气和饿着肚子所透出来的神气那是不一样的。

五、关于大散文和清理门户

"大散文"这个概念是我们《美文》杂志提出来的。我们在杂志上明目张胆地写着大散文月刊。这三个字一提出，当然引起了争论，有人就说：什么是大散文？哪一篇散文算是大散文？我在创刊词中曾明确说了我们的观点。提出这个观点它是有背景的，一九九二年我们办这份杂志时，散文界是沉寂的，充斥在文坛上的散文一部分是老人们的回忆文章，一部分是那些很琐碎很甜腻很矫揉造作的文章，我们的想法是一方面要鼓呼散文的内涵要有时代性，要有生活实感，境界要大，另一方面鼓呼拓开散文题材的路子。口号的提出主要得看他提出的原因和内核，而不在口号本身的严密性。这如同当时为什么杂志叫《美文》，是实在寻不到一个更好的名字，又要让人一看就知道是散文杂志。任何名字都意义不大，而在于它的实质。你就是叫大平，你依然不能当国家主席，邓小平叫小平，他却改变了中国。我们杂志坚持我们的宗旨，所以十多年来，我们拒绝那些政治概念性的作品，拒绝那些小感觉小感情的作品，而尽量约一些从事别的艺术门类的人的文章，大量地发了小说家、诗人、学者所写的散文，而且将一些有内容又写得好的信件、日记、序跋、导演阐述、碑文、诊断书、鉴定书、演讲稿等等，甚至笔记、留言也发表。没有发表过散文诗和议论一类的杂文。在争论中，有一种观点，叫"清理门户"，这是针对我们大而化之的散文观的。提出"清理门户"观点的是一位学者，也是研究散文的专家，是我所敬重的人，也是我的朋友，他的观点是要坚持散文的艺术抒情性。我们不是不要散文的艺术抒情性，我们担心的是当前散文路子越走越窄，散文写作境界越来越小，如果仍在坚持散文的艺术抒情性，可能导致散文更加沦为浮华而柔靡的地步。要改变当时的散文状况，必须矫枉过正。现在看来，我们的"大散文"观念得到了社会普遍认同和肯定，国内许多杂志也都开办了"大散文专栏"，而《美文》也产生了较为满意的影响。

六、关于"有意思的散文"

"大散文"讲究的是散文的境界和题材的拓宽，它并不是提倡散文要写大题材，要大篇幅。我们强调题材的拓宽，就是什么都可以进入散文写作，当然少不了那些闲适的小品。闲适性的文章在某种程度上来讲，似乎是散文这种文学形式所独有的，历史上就产生过相当多的优秀作品，尤其在明清和二十世纪三十年代。但这类文章一定得有真情，又一定得有趣味。我们经常说某篇文章"有意思"，这"意思"无法说出，它是一种感觉，混杂了多种觉，比如嗅觉、触觉、听觉、视觉；由觉而悟，使我们或者得到启示或者得到愉悦。这一类散文，它多是多义性的，主题的模糊，读者可以从多个角度进入的。这类散文，最讲究的是真情和趣味。没有真情，它就彻底失败了，而真情才能产生真正的诗意。这里我谈一个文学艺术作品情结的问题。这是我在阅读别人作品和自己写作中的一个体会。任何作品都有其产生作品的情结：有的是在回忆，有的是在追思，有的是在怀念。比如，我们读李商隐的诗，"春蚕到死丝方尽，蜡炬成灰泪始干"，我们都觉得好，我们之所以觉得好是因为它勾起了我们曾经也有过的感情，但这些诗李商隐绝对是有所指的，他有他的秘密，只是这秘密谁也不知道。历史上许多伟大文学艺术作品被人揭开了情结，而更多的则永远没人知道。这就说明，文学艺术作品绝对要有真情，有真情才产生诗意。现在有些散文似乎蛮有诗意，但那不是真正的诗意。如有些诗一样，有些诗每一句似乎都有诗意，但通篇读完后，味似嚼蜡，它是先有一两个好句子然后衍变成诗的，而有些诗每一句都平白如话，但整体却留给了我们东西，这才真正称作诗。我是害怕那些表面诗意的浮华的散文。现在人写东西，多是为写东西而写东西，为发表而发表，这是我们现在作品多而好作品少的一个原因。试想想，你有多少诗意，有多少情要发？我以前读《古文观止》，对上边的抒情散文如痴如醉，然后我专门将其中的一些作者的文集寻来阅读，结果我发现那些作者一生并没有写过多少抒情散文，也就是那三五篇，而他几十万的文集中大量的诗词、论文、序跋，或者关于天文地理方面的文章。我才明白，他们并不是纯写抒情散文的，也不是纯写我们现在认为的那种散文的，他们在做别的学问的过程中偶尔为之，倒写成了传世的散文之作。现在的情况也是这样，一些并不专门以写散文为职业的人写出的散文特别好，我读到杨振宁的散文，他写得好；季羡林先生散文写得好；就说余秋雨先生，他也不是写散文为职业的。说到趣味，散文要写得有趣味，当然有形式方面的、语言方面的、节奏方面的许多原因，但还有一点，这些人会说闲话。我称之为闲话，是他们在写作时常常把一件事说得清楚之后又说些对主题可有可无的话，但是，这些话恰恰增加了文章的趣味。天才的作家都是这样，有灵性才情的作家都是这样。如果用心去读沈从文、张爱玲、林语堂他们的散文，你就能发现到处都是。

七、关于事实和看法

我们已经厌烦那种政治概念性的散文，现在这类作品很少了。但现在哲理概念性的散文又很多。政治概念性和哲理概念性在思维上是一致的。有许多散文单薄和类型化，都牵涉一个问题，即对事实的看法，也就是说事实和看法的关系。到底是事实重要，还是看法重要？应该说，两方都重要。事实是要求我们写出生活实感，写出生活的原生态，这一点不管是对小说还是对散文都是最重要也是最基本的，那些政治概念性和哲理概念性的作品就是缺少这些具体的事实，所以才不感人。但有了事实，你没有看法，或不透露看法，那事实则没有意义，是有肉无骨，撑不起来。有一种说法，事实是永远不过时的，看法则随着时间发生问题。这种现象确实存在，比如"文革"前一些农村题材的作品，人物写得都丰满，故事也很好，但作品的看法都是以阶级分析法来处理的，现在读起来觉得好笑。这就要求，你的看法是什么样的看法，你得站在关注人、关注生命的角度上提出你的看法，看法就不会过时。好的散文，必须是事实和看法都有，又融合得好。

八、散文的杂文化

阅读二十世纪三四十年代一些散文大家的作品，和阅读一些翻译过来的外国的散文，我有这样一个感觉，即那些大散文家在写到一定程度后，他们的散文都呈现出一种杂文化的现象。当然，我指的杂文并不是现在我们所流行的那种杂文，现在的杂文多是从古书里寻一些典故，或从现实生活中寻一些材料，然后说出自己的某种观点，我指的是那种似乎没有开头结尾没有起承转合没有了风景没有了表面诗意没有了一切做文章的技巧的那一种写法，他们似乎一会儿天一会儿地，一会儿东一会儿西。这种散文看似胡乱说来，但骨子里尽有道数。我觉得这才算好散文。我可以举我的一个例子，我写过很多散文，有的读者来信，说他喜欢我早期的散文，但我自己却喜欢我后来的散文，我这里举我的例子并不是说我的散文就好，绝不是这个意思。我是说为什么有人认为我早期散文好，而我自己又为什么觉得后来的好，我想了想：早期的散文是清新、优美，但那时注重文章的做法，而那些做法又是我通过学习别人的做法而形成的，里边可能有很漂亮的景物描写，但内涵是缺乏的，其中的一些看法也都是别人已经有过的看法，这是我后来不满意的。后来的散文，我的看法都是我在人生中的一些觉悟，所以我看重这些。我们常说智慧，智慧不是聪明，智慧是你人生阅历多了，能从生活里的一些小事上觉悟出一些道理来。这些体会虽小，慢慢积累，你就能透彻人生，贯通世事。而将这些觉悟大量地写到作品中去，作品的质感就有了，必然就深刻，一旦得意就可以忘形，不管它什么技巧不技巧了。这就像小和尚才每日敲木鱼做功课，大和尚则是修出来的。也就是巴金说的，最大的技巧就是没技巧；也就是为什么"老僧说家常话"。

九、关于书斋和激情

新时期的散文从九十年代热起来以后，应该说这十多年是比较繁荣的。发展到眼下，散文界正缺少着什么？最主要的我觉得是激情。因为缺乏了激情，读者在作品中不能感受时代和生活的气息，不满意了虚构的写法，因此才有了"行动散文"的提法。作家在社会中成了一种职业，写作可能是一些人生命的另一种状态，但也有一些人将写作作为生存的一种形式。即便是视文学为神圣的作家，也严重存在着一种书斋化，就是长期坐在房间里，慢慢失去了写作的激情。我常常产生一种恐惧，怀疑今生到世上是来干什么的，长期的书斋生活，到底是写作第一还是活人第一？如果总觉得自己是写作人，哪里还有什么可写呢，但作为写作人又怎能不去写作呢？这是很可怕的。这样下去，江郎怎能不才尽呢？我想，像我这样的情况，许多作家都面临着。这恐怕也正是我们的散文写不好的原因吧。要保持生命的活力，以激情来写作，使作品的真气淋淋，得对生活充满热情，得首先过平常人的日子，得不断提醒自己的是那一句老话：深入生活。这样，我们的感觉才能敏锐，作品才能有浑然之气，鲜活之气，清正之气。

现在，我讲完了九个问题。这九个问题只是自己的所思所想，我不是理论家，这些问题我只是感觉到重要却无法把它说得清，而长长短短地含糊不清地说了一遍，希望大家批评指正。

我再一次向大家致谢，致谢大家来听我的说话。我也向大家致歉，我浪费了你们这么一个晚上的时间。

二〇〇二年五月二十四日

文学与地理

——在香港演讲

人类依赖着天和地而生存延续，天上有太阳月亮星星，提供光明与黑暗，有雨，有风，风流动着叫风，风不流动了叫空气；而地上提供了水，食物，住所，这住所包括你活着的住所和死亡后的住所。中国人历来讲究风水，风就是代表了天，水就是代表了地，于是就有了天文和地理，天上的星空划分为分星，地上的区域划分为分野，分星和分野是对应的，人就"仰观象于玄表，俯察式于群形"，就是说，人的所有象征、精神、信仰都来自天上，而生活的一切技能都是从地上的万物上模仿学习中获得。

今天我们先不说天上的事，故宫里有一个匾额，写了四个字：诸神充满。诸神都在天上，天上的神，我们说不了，说了就是神话，我们今天说地理，当然我们做什么，说什么，天上的神都在看着。古语里讲，目妄者叶障之，口锐者天钝之。意思是你如果太狂妄，什么都看不起，那么上天会飘来一片树叶就把你遮挡了，使你成为一个瞎子，你如果口若悬河，胡说八道，那么上天会把你变成哑巴。所以，我们说地理，地理比较神话而言，应该是人话，但地理我们也根本说不清，仅就以地理与文学这个小角度的话题，我们说一说一些极其浅陋的认识吧。

什么样的时代出什么样的作家，什么样的经历出什么样的作家，什么样的特质出什么样的作家，同样的道理，什么样的地理也是出什么样的作家。

有一句俗语，说一方水土养一方人。养什么，养人的相貌，养人的性

23

情，也包括气候、物产，从而形成的语言、习俗、宗教和审美趣味。之所以有欧洲、非洲、亚洲、拉丁美洲各色人种，那都是地理不同形成的，中国有某某地方出美女，某某地方出文官武将，那都是地理不同形成的。海边的人长得有鱼的形象，山区的人长得有羊的形象，橘生淮南则为橘，橘生淮北则为枳，陕西的葱半尺高，山东的葱二尺高。大山里有各个沟岔，各个沟岔里都有动物，有的沟岔肥沃有森林，生长了老虎狮子一类的大动物，有的沟岔贫瘠干涸，生长了一些山羊羚牛，有的沟岔是梢林，拥集了大量的飞禽。我常想，欧洲人就像那些大动物，这些大动物多是独来独往，平日沉默，行为直接，但都有侵略性，掠食时极其凶猛。亚洲人都是小动物变的，中国人或许更像飞禽，喜欢聚堆，爱说话，嘈杂声不断。但小动物因为小，要生存，就敏感，警觉，紧张，多疑狡猾，而且身上有毒，能长毒刺，能喷毒液，使强用狠，显得凶残。

　　我当年为了修炼我的文学语言，曾把一些好听的歌曲拿来分析为什么好听，其音符怎样搭配了形成怎样的节奏就好听。我列成表格，标出线条。陕西的北部和南部都有非常著名的民歌，分析了它们，结果发现，陕北民歌标出的线条和陕北的地貌形状一模一样。陕北民歌平缓、雄浑、苍凉，陕北是土沟土梁土峁，一个一个不长树的山包连绵不绝。而陕南民歌节奏忽高忽低，尖锐高亢，陕南是秦岭和大巴山，峭峦一个紧挨一个，直上直下。秦岭的最高峰是太白山，我登过，在山脚松柏成林，常见有数人合抱粗的高达几十米的，可到了山顶，那些松长了千年，却是盆景那么大。我到过青海西藏，看那些神圣的山，为什么就神圣呢，是真的山上有神吗，但它确实使山下的住民有过许多奇异的生活现象，但同时我也想，那么大的一座山，一半插入云中，常年积雪覆盖，它肯定影响气候，气候的变化必然会使许多奇异的事发生。在我的家乡，秦岭深处，小盆地被山层层包围，以前偏僻封闭，巫的氛围特别浓，可以说我小时候就生活在巫的环境里，那里人信从释道，更信万物有灵，什么神都敬，除了上庙进观拜那些佛呀，菩萨呀，老君呀，关公呀，还有龙王山神土地灶爷牛马爷树精狐仙，蛇蝎蜈蚣蟾蜍乌龟也都敬，村里经常闹鬼，有各种精怪附上人体，村里没有医生，却有阴阳师，有了病，治病的方法很多，如火燎，锅盖，放血。那是在深山里，偏僻，雾气大，人又稀少，所以才产生这些东西，我后来到了西安，在西安生活了几十年，就很少听说过闹鬼。我在庙里问过一个和尚，因为他说他常在庙的院里见到鬼，都没有头，是些凶死鬼，来庙里求超度的。我问我能不能见到？他教我的办法是晚上两点后，坐在没人的十字路口，脚面上蒙上草皮，头顶块草皮，在草皮上插上香，然后想着你要见死去的某个人，那鬼就来了。我没有去做，我有害怕，更重要的是城市里根本寻不到没有人的十字路口。

现在盖房子，买房子，布置房子，都讲究风水。风水最基本的常识，就是你感觉到舒服就是好风水。这如同盖房子，盖得周正，能向阳，能通风，这房子也坚固，你如果房子盖得弯弯扭扭，就向不了阳通不了风，当然也不会坚固。人也是这样，某个人长得漂亮，此人肯定性情阳光，很聪明，也长寿。长得丑陋，不是蠢笨，就是心理容易扭曲，身体也不健康。但为什么常是漂亮人成不了大事，而往往丑陋人能成大事，其实是漂亮人受干扰的多，因为聪明什么都一学就会却不坚持不深究，丑陋人或性格偏执或经历坎坷，反倒他坚韧不拔。风水还有一部分是心理作用，比如，你一旦觉得家里某个地方没有布置好，心里老纠结，那你就一定得去重新布置。我琢磨过我家乡的那个阴阳先生，村里婚丧嫁娶，盖房安灶，都要他选方位择日期，常常是按他的意见办了就平安吉祥，没按他的意见办，就出事。他没有多少文化，对易经呀，堪舆呀，并不怎么懂。我想，他几十年从事这一职业，或许就有了神气，他这样认为，周围人也这样认为，他就成神人了。一个人当了警察，当久了，身上就有了煞气。庙里的佛像是人塑的，一旦塑成，塑佛的就得跪下来磕头。从事某一个职业久了，这个职业就影响了从业者的气质，甚至相貌。当然，文学作品也讲风水，这就是结构完整不完整，情节安排得合理不合理，是一般性的正，还是正中有奇，奇中有正，是一般性的平衡，还是乱中有序，险中求稳。再是它的基调，它的硬软度，它的色彩声响和味道。所有这一切，就构成了一本书的命运。人是有命运的，书也是有命运的。

地理在文学中似乎是一般问题，其实可以说它是作品的基点和定位。这如同你一旦系上了一条什么样的裤带，那么你就配上什么样的裤子，有了什么样的裤子，就有了相应的袜子、鞋子、上衣、帽子，以及你背的包，坐的车，要去的地方，要见的什么人，说的什么话。我们常说这部作品有特点，有味道，至于什么特点什么味道，这都首先是从作品中的地理开始的。我们读拉丁美洲的文学是一种味道，读俄罗斯的文学是一种味道，读日本的文学又是另一种味道。读中国古典作品，《三国演义》《水浒》《红楼梦》《金瓶梅》各是各的不同。尤其戏曲，梆子戏和越剧黄梅戏不同，同是梆子戏类，秦腔和晋剧、评剧又不一样。过去的各个省各个省会都是不一样的，不说它的物产、语言、习俗，单就建筑都不同，而现在可惜的都在趋同化，这个城市与那个城市差不多了，年轻人又都说普通话，你到一个陌生的地方好像还在你生活的地方。因此，我们现在的一些作品，就越来越失去原创性，失去独特性。

我在初学写作的时候，写作的欲望强，见什么都新鲜，听什么都好奇，就拿来写，跟着风潮写，就像是一只蝌蚪，跟着鱼游，游呀游，鱼还是鱼，我的尾巴却掉了，游不动了，成了一只青蛙。当初还很得意我写了一大堆作品呀，一整理，是那么浅薄，无聊，可笑，是一大堆的文字垃圾。我就觉得我这是文学上的流寇，我得写我最熟悉的，我没有文学根据地，就回到了我的家乡，先后三次，一个县一个县走，一个村镇一个村镇地走。从此就以我的家乡商州为我的文学根基，开始了我的乡土写作。也体会到一个人，无论干什么，一定要了解自己的角色和现状，不了解就不可能自由，就不可能驾驭自己，就变成社会的思潮的别人的左右自己的那种力量的奴隶或玩物。

除了八十年代我三次大规模走商州外，每年又多次回去，作品都写的是故乡的人和事。在我的理解中，故乡是什么，是你的血地，是你身体和灵魂的地脉。那时，我的父母还在，故乡在某种意义上又是以父母存在而存在，在那时的返回，不仅是为了文学，更是为了生命和灵魂的安妥，它的意义就和一般的采风不一样。这如同你因干别的事饿了一天肚子的饥和家里没有粮食吃了上顿还不知下顿的饥是两回事。

我的故乡商州，在秦岭深处，在商於古道旁。陕西的关中原是八百里，商於古道是长安城通往东南的唯一之路，是六百里。战国时代，它是秦楚交会地，秦强了我们属秦地，楚强了我们属楚地，号称是秦头楚尾，文化上有中原之雄沉浑壮，有楚的绮丽钟灵。我们的那个镇是古驿站，历史上韩愈、李白、杜甫、白居易、王维、苏轼等都曾居住过，留下诗文。宋元之后，长安迁都，这地方逐渐荒芜，直到上世纪九十年代之前，这里仍山高林深，交通不便，封闭落后，沦为国人很难知晓的地方。我写商州的时候，那里还叫商洛，商州是商洛在古时的称谓，连大多商洛人也不知道商洛还曾经叫作商州。现在商州的名声是大了，商洛市所在地也改名为商州。对于商州，这四五十年里，什么都在变，社会体制在变，由政治革命到经济建设，山水在变，或山青水绿或残山剩水，但有一点始终没变，那就是人的感情。太熟悉了那里，无论那里发生了什么，我稍一知道，就能明白事情的根源是什么，会有什么样的过程和结局。我说过这样的话：我是站在西安的角度上回望商州，也更了解商州，而又站在商州的角度上观察中国，认识中国。

　　我写作品，有这样的习惯，就是在酝酿构思时，脑子里首先有个人物原型为基础，哪怕这个人物是我从众人的身上集中起来的，也必须先附在某一个人的身上，以他为基础。再是以我熟知的一个具体地理作为故事的环境，比如一个村子，这村子的方位，形状，房舍的结构，巷道的排列，谁住哪个院落，哪里有一棵树，哪里是寺庙和戏楼，哪里有水井和石磨。这两点先确定下来，就如盖房子打下地桩，写起来就不至于游移、模糊。然后写起来了，再根据内容需要删增，取舍，夸张，变异，象征，暗喻，才创造出一个第二自然，经营出一个文学的世界。每一个作家创作时，人物可能是集中融汇的，故事可能是无中生有的，但地理环境却一定是真实的，起码是他熟知，在一处扎住，进行扩展、改造的。从真的自然所提供的素材里创造出另一自然来，大自然的素材被改造为完全不同的东西，优越于自然的东西。对于我本人，我作品中的地理，则是非常真实的。我之所以喜欢这样，我想让我的作品增加一种真实感可信感，尤其当我以所写的人物和故事指向了多义，表达出我的意象时，我越是要在地理环境上真实。这就是我一向都在提的以实写虚。

　　真实的地理是创作的一个基本规律，它的好处是写时不至于游离，故事如孤魂野鬼，它得有个依附处，写出来的作品，能让读者相信，而进入它的故事中。但是，这样也常常带来麻烦，尤其给作者本人。我在这方面吃过苦头。八十年代我去商州后写了《商州初录》，文学界评价还非常好，但因县乡是真名真地理，村镇是真名真地理，当地人就对号入座，其中写到落后的东西，那时政治解读的气氛浓，就指责我污蔑农民，把农民的垢甲搓下来让农民看，结果商洛地区宣传部组织了批判会，写了材料上告省宣传部，上告中国作协和发表此作的《钟山》杂志。写了《废都》，对号入座的更多，有人控告我，就在前年一个还见了我骂我，我说我没写你，他说明明在写我，连我家那条街那条巷那个寺庙你写得真真切切，你不是写我？写《秦腔》后，我不愿把书给老家人看，担心被攻击，一度不敢回去，后来他们还是看了，没引起什么风波，我这才回去了。

由此，我看到一个问题，红学家考证《红楼梦》，考证地理是对的，而对于故事人物，连同一些细节也考证，这就觉得不对了。小说中的情节、人物，那是经不起考证的。一考证就错了。可见这些人自己没有写过小说。现在许多人在电视上讲历史，引用的材料来自《史记》《汉书》《资治通鉴》，或一些志书，这还是可以的，而有的从文学作品上找，就不靠谱了。

说到这里，我还要强调的是，讲地理与文学，文学中的地理，并不是写地方志。地理一旦写进了文学，它就融入其中，不再独立存在，或者说它就失去本身意义。写所见的世界，并不是你所见的世界，而是体验的世界。塑佛像用铁用石用木用泥，一旦塑成就是佛了，再也没有了它是什么铁什么石什么木什么泥了。我们在说地理对于文学的地方性个人性的重要时，如果在一部作品中所要求分析的地方的、个人的习癖愈多，这部作品的文学价值可能竟会愈少，一部作品应该超越个人生活领域，他不是一个赋有地方性和寻求个人目的的人，他应该是一个更高层次的"人"，一个"集体的人"，传递着整个人类潜意识的心理生活。

我在九十年代末写过一个文章，说：云层上边尽是阳光。意思是，民族有各个民族，地方有各个地方，我们在重视民族和区域时，一定要知道任何民族、区域的宗教、哲学、美学在最高境界是相同的，这如同我们坐飞机，穿过了各种各样的云层后，云层上面竟然是一派阳光。这就需要我们在叙述你这个民族你这个地方的故事时，也就是说当你看到你头上的那朵云时，你一定要想到云层上边都是阳光，阳光是统一的，只有云朵是各式各样的。人类在认识上，感情上有共通性。任何文学和艺术不是麻痹思想的娱乐消遣，它是人类精神世界向未知领域突进的先声，是人类中最敏感的一小部分人最敏感的活动。举个例子，当你坐一辆旅游车，中午十二点时，你让司机停车说肚子饿了要去吃饭，大家这时肚子都饿了，你的提议大家都同意，如果你十点钟要停车吃饭，那只是你个人饿了，得不到大家的同感。文学是你一个人写的故事，你的故事在写一个人的命运，而这个人的命运和这个社会、时代的命运有了交集重合点，你就不是你一个人，是集体的人，你的命运就不是你的，是社会的时代的，那么，这个故事就伟大了。

所以说，我们讲地理与文学，仅只是讲地理在文学中的重要，还都属于基本的东西。写什么取决于你的胆识和见解，怎么写取决于你的智慧和技巧。从整体上说，作品取决于作者的能量和品格，取决于文字背后的声音和灵魂。

二〇一六年三月二十四日

关于"山水三层次说"的认识

——在陕西文学院培训班讲话

"看山是山，看水是水；看山不是山，看水不是水；看山还是山，看水还是水。"这句话自从一个和尚说过后，千百年来，被不停地引用，似乎已经成为一句俗话。但是，当一些话司空见惯了，就不当一回事，这如同心肺气管不发生毛病时，就不理会呼吸。今天，从这句话对于我们当下写作的意义上，我谈些个人新的认识。

这句话分为三个层次。第一个层次是"看山是山，看水是水"，这就是我们面对的尘世的万物万象。尘世的万物万象是有规律的，它一直保持平衡而运行着。且不论日月山川，四季转换，那么多的声音和色彩，就说生老病死吧，它就是人生的规律，每个人都必然经历，能突破吗，无论怎么努力，它总是在那儿，不以人的意志而转移。我们就在这万物万象中，有时想，这个尘世多么丰富啊，你进来了什么都看不够，听不够，闻不够，尝不够，触摸和感受不够。在这里，一切都是有序的，有序得像是精心的安排。有了一种树叶被认定为茶，那么就有了采茶的篓，炒茶的锅，装茶的罐，煮茶的炉子，盛茶的壶和碗，又有了茶桌、茶凳。它就像一颗石子丢进水里所起的涟漪一样，无尽扩散。在这其中，你感觉什么都从未生，又从未死，你就是它的一部分，好像你在，好像你又不在，多了你并不拥挤，少了你也并不空旷。这就是尘世，在尘一样多的东西组合的世界里，而我们是写作人，写什么呢？有一个词在说：文学是写生活的。生活就是这万物万象。在万物万象中人是最主要的。又有一个词在说：文学是人学。怎么写人呢？万物万象之所以有序，有规律，其实就是关系。文学就是写这种关系，既然人是万物万象中的一种，人肯定与万物万象有关系。再就是人是群生的，人群里有人伦秩序，有社会秩序，有生命秩序，有情感秩序，这就有了民族和国家，有了阶级和阶层，有了制度和意识形态，有了吃穿住行，生老病死，喜怒哀乐，柴米油盐，人就和人发生着关系。每个人在这个关系中寻找着自己的位置和角色，这关系运行的轨迹就是竞争、贪婪、嫉妒、快乐、忧伤和恐惧。而这恐惧就是对日常生活的恐惧，对悲伤的恐惧，对死亡的恐惧，对碌碌无为人生的恐惧。人类之所以常常有了困境，就是对一种平衡的破坏，然后修复，再归于合理和平衡，也就是对关系的一种梳理和调整。在这期间，人性得到充分的暴露和表现。佛教上讲，每个人原本都是佛，只是到了尘世之后，久而久之向外追逐，忘却了本来面目，人的成长过程即是污染的过程，也是知道了污染而一步步再消除污染的过程，佛教强调人生的意义一是寻找自己本来的面目，二是为这个世间加持。这一点又如同爱情，有科学讲，人的能量有阳能量和阴能量，但常常是一半能量一直在沉睡的，正因为生命要补充，要平衡，才有了寻找另一半能量的行为，这就是爱情，爱情就是寻找自己的另一半，不是这样吗？（当然，个人内在的能量平衡了，也就是阳能量和阴能量都醒着，这样的人就是雌雄共体，便了不得，是大的人才，这种人才有政治的、经济的、军事的、文学的、艺术的，比如刘邦、毛泽东，比如韩信、林彪，比如苏东坡、沈从文，比如伍尔芙、戈迪默、乔伊斯和马尔克斯。）文学就是写这些关系的，写出人类的困境和所呈现的人性。

　　这一层次上，如果和尚是对我们讲的，那就是文学面对的是什么，就是写作的基本面。但是，仅仅停留在这个层次上，文学的角度是"我们"的，是人与人、物与物间的平视。作品免不了见什么写什么，就事论事，诚然你有才华，文笔很好，描写精妙，遗憾的是要么兔子没有翅膀，要么有翅膀又如鸡一样只能飞过墙头，而且易于被一时形势左右，成为暂短的宣传品。那么，怎样使作品不平庸，这就要说到第二层次，"看山不是山，看水不是水"。

　　因为在万物万象中，人类因竞争、贪婪、嫉妒、自私而产生的仇恨、悲伤、烦恼和恐惧，又无法摆脱，意识到了这些，就创造出了思想、主义、哲学、宗教，用这些东西来阐释，从而制造了一种幻象。这种阐释越巧妙、越深奥，越受人推崇，成为学问去探究竟，经过不断的宣传，就变成了所谓的真理。似乎依照这些真理的追求和探索而麻醉自己，使自己活得更好。以至于从学问到学问，到后来芸芸众生其实只掌握些名词概念而达到心理、精神上的需求。从文学来讲，在这一层次上，我们常常听到对作品的评价是"深刻""有意义写作"，是"诗与远方"，是"自由之精神，独立之思考"之类的话。这个时候的文学角度是"我"，是局外人的视点。强调的是个性、风格、刻意、哲理、象征。老子提出天人合一，那是哲学命题，庄子提出天我合一，那是文学的观点。天与我，我的存在，就是个性、风格、刻意、象征。"我"的观察，"我"的观察对象，"我"的见解，等等，这就衍生出了怀疑、否定、颠覆、批判、矫枉过正，形成了观念和思想。什么都讲究"我"，什么都要"分别"。但是，当我们不屑和鄙视第一层次，都热衷于第二层次，文学上，观念的概念性作品就特别多，强作欢和强作愁的作品就特别多。以批判为深刻，以象征为意义，以形式变化为手段，是易于产生那些做作的、矫情的、骨感的、浓妆艳抹的作品。这如同一根电线上的无数不同颜色的灯泡，灯泡有别，电源相同。不同颜色的灯泡发出来的光也正是不同时期、不同阶段的观念。观念是随时改变的，比如，十七年的革命文学的观念已经变了，"文革"后的伤痕文学的观念已经变了。以观念写成的作品，时过境迁，还有什么价值呢？所以说：观念是变的，事实会永远，事实就是指万物万象关系中的那些故事。

现在我谈第三层次："看山还是山，看水还是水。"如果说第二层次的文学角度是"我"，是局外人的视点，那么第三层次的角度就是"无我"而"无我不在"，是太空的俯视。它的作品的意义，不是思想、观念等加进去的东西，是所写的东西以自性的力量在滋生、成长。它大实大虚，它圆融，它是作为"道"的形象的生活本身，是自然万物万象的天意运行。如一朵花，由种子、由根、由茎、由叶，而自然开花到散发芬香。佛教总的是讲因果关系的，但它的最高境界便是《心经》，《心经》讲的就是第三层次。如果说佛经还难以理解，那被后人推崇的王阳明的学说，那世纪之交风靡的心灵导师鲁米和克里希那穆提的那些学说，他们学说的要义就是让现实回到现实，让生活回到生活，一切都是本来面目，然后观察你自己，而得以超越。我们在写作时要塑造人物，都知道主要人物难写，次要人物倒容易写，戏曲里的小丑就好写，也最受观众和读者欢迎，这是因为习惯了要给他加思想加观念，还是非白即黑的思维。（当然，这里边也存在了审读能力的问题，在当下，审读能力已经是个严重的事。）《红楼梦》写了什么呢，写了社会巨变背景下大观园中一群少男少女，主要人物贾宝玉、林黛玉，作家给他强加了什么吗，除了有怎么来的，就是他们的以成长而成长，这些以成长而成长的就是那些日常生活。它是没有观念和思想的加入，但它把什么都写出来了。这如同一个人长得高高大大了，有力气，他是可以挑担也可以拉车的，必须是他长得健壮，你就写他的健壮的过程，这样他自然能挑担也能拉车，若不写他健壮的过程，硬要让他挑担或拉车，他太瘦太弱，病病恹恹的能挑担和拉车吗？麦苗长到二尺才能结穗，长到一尺就结穗，穗能饱满吗？把所写的人与物写到极致，写到圆满，它本身就产生所有的意义。把灯点亮了，自然就能放光，就能指示方向和道路，飞虫会来，众人会聚集。作品的境界取决于视野，视野就是太空的，"无我"而"无我不在"的视角，这当然建立于作家的先天才能和后天的认识、觉悟、学养上，一旦这样，就可能出大作品。

　　"看山是山，看水是水；看山不是山，看水不是水；看山还是山，看水还是水"，这句话讲了单纯—复杂—单纯的过程，讲了视角的提升扩大的过程。这是世间从事任何行当成功的真谛。可以说是神的旨意。什么是神，是你对大自然的一种反应，你有了这样的认识、自觉，听从了这种反应，它会对你引导，产生力量，这如同手机，你喜欢看哪一类新闻，你看得多了，手机就会不停地将同类的新闻传给你。

二〇二〇年四月六日

关于写作

——致友人信五则

从"我"走向"我们"

——致友人信之一

一个人的生存经验来自他的生存方式，读你的作品，我尽量地去理解，但我不得不说，三月二十日寄来的那篇小说，我读了一半就放下了。"一个女人最大的悲哀在于穿了一件不合体的裙子"，这样的句子像我这样的人无法接受。国家的发展是因地域差距着，又有各种不同的阶层，可毕竟都是中国，再大的生活差距我应该是大致知道的，不至于有那样的女人吧。即使有，写那样的生活，读者又会有多少呢？国家正处于大变革时期，现实生活为作家提供了丰富的写作题材。任何人都可以自由地选择自己有兴趣的题材。可是，你要明白，真正的大题材往往是在选择着作家的，如果大题材选择着你，你也就是有使命的、受命于天的作家了。我遗憾的是你总那么不热衷现实生活的题材，多是坐在书斋里空想，刻意你以为的新奇。从"我"出发，无可厚非，但从"我"出发要走向"我们"呀，你从"我"出发又回到"我"处。文学价值诚然是写人的，要写到人本身的问题，而中国的国情是正处于社会转型期，大变革着，人的问题是和社会问题搅在一起的。而且，不管什么主张，用什么写法，目的都是让我们更接近生活的本真，现实生活本身就具备了技巧，刻意求新，反而很难写出真来。

关注现实，在现实生活中我们才可能更本真，更灵敏，也更对现实发展有着前瞻性，也才能写出我们内心的欢乐、悲伤、自在或恐惧。作品的张力常常在于和社会的紧张感，也可以说，作家容易和社会发生一些摩擦，这不是别的，是写作的职业性质所决定的。但是，你推荐的那部书稿，多少存在着一些误区，它太概念化。在作品中一旦不放下概念，不放下自己，就带上了偏见，我读到的就是些偏见。它可以说恢复了一些历史事件，却并没有还原到文学。对于现实生活，有各种写法，我不大喜欢那种故意夸张乖戾的写作，那样的作品读起来可能觉得过瘾，但不可久读，也耐不住久读。我主张脚踏在地上，写出生活的鲜活状态。这种鲜活并不是就事论事，虚实关系处理好，其中若有诗性的东西，能让生命从所写的人与事中透出来，写得越实，作品的境界才能越虚，或称作广大。

我常常问，我为什么写作？为谁写作？这问题很大，我也说不清，好像是为写作而生的。其实这很可怕，我感到我周围一些朋友，当然也包括我，常常是为了出名，为了版税，为了获奖去写，写作就变成了一种委屈。我见过一些画家，只画两种画，一是商品画，一是参加美展的画。商品画很草率，不停地重复，而参加美展的又是特大的画幅，又都去迎合政治和潮流。我想到这些画家，就难免替自己担心。我有一个朋友，其作品写得很好，却从不宣传、炒作，是无功利心地写作，写好了最多是放在自己的博客上，我读她的作品就自惭形秽。我有体会，当年写《废都》和《秦腔》，写时并不想着发表出版，完全是要安妥我的，写出后，一些朋友读了鼓动登出来，才登了出来。这样的作品虽可能产生争议，给自己的生活带来许多麻烦，可读的人多些，且能读得久些。反之，我一旦想写些让别人能满意的作品时，作品反而写得很糟。

好好说你的话
——致友人信之二

一碗饭，扒拉几口，你就知道这饭是咸甜辣酸，还是已经馊了。文章也是这样，它是以味道区别的。学书法的人很多，讲究临帖，临王羲之的，临颜真卿的，字都写得蛮不错了。可我们常常看到这种情形：在哈尔滨的书展上看到有人的作品，在广州的书展上同样看到，在上海在西安的书展上也同样看到，它们像是一个人写的。那么，这样的书法家我们能记住是谁吗？这一点，你介绍的×××或许明白，从他的小说里，能看出他一心要有自己的色彩和味道，问题是他看见别人做酒，他也做，却做成了醪糟，又做成了醋，最后成一罐恶水了。

什么树长什么叶子，这是树的本质决定的，不指望柳树长桐树的叶子，只需要柳叶长得好，极致地好。×××的小说，我之所以不满意，仅小说的语言读着就不舒服。为什么连续用短句，一句又都是句号，就像登一段阶距很小的楼梯，使不上劲，又累。语言的功能是表现情绪的，节奏把握好了，情绪就表现得准确而生动，把握节奏又绝对与身体有关，呼吸就决定着节奏。如果×××是哮喘病人，我倒可以理解他使用短句和句号，如果不是，他是模仿那些翻译小说，或者片面理解"形式即内容"的话，那他老用这样的句子就容易使他患哮喘了。学习别人，一定要考察人家本质的内在的东西，老鼠为什么长胡子，蛇为什么有竹的颜色，狐子为什么放臭气，那是自下而上实用的需要，否则，东施效颦，不伦不类。

小说，就是说，好好说你的话。

要控制好节奏
——致友人信之三

××可能近日要去你那里改他的那个长篇，他之所以到你那里去，一是你那里清静，二是许多素材都是你提供的。我想就他这个长篇的初稿，跟你谈谈我读后的一些看法。

小说的故事非常好，但他没写出味道来。怎么能举重若轻，以这个故事举起一个时代是一个大问题。他一写长东西，总是控制不好节奏，不是前边精彩后边散气，就是这一章不错，另一章又乱了。咱们在乡下为人盖房时有这样的经验，地上的人往上抛瓦，房上的人接瓦，一次五六页一垒，配合得好了，一抛一接非常省力和轻松，若一人节奏不好，那就既费劲又容易出危险。唱戏讲究节奏，喝酒划拳讲究节奏，足球场上也老讲控制节奏，写作也是这样呀。写作就像人呼气，慢慢地呼，呼得越长久越好，一有吭哧声就坏了。节奏控制好了，就能沉着，一沉就稳，把每一句每一字放在合宜的地位——会骑自行车的人都骑得慢，会拉二胡的弓子运行得趁——这时的写作就越发灵感顿生，能体会到得意和欢乐。否则就像纸糊的窗子在风中破了，烂声响，写得难受，也写不下去。当然，沉稳需要内功，一个人的身体不好，不可能呼气缓长。我知道××目前的状态，他是看见周围的人都写出有影响的作品了，他心里急迫，他往往准备不足，又好强用狠，肯定笔躁。再一点，那些素材怎么够完成一个长篇的写作呢？厨房里就那么些菜，怎么会七碟子八碗摆上一桌？

我本想和他谈谈，但他心劲正高，我和他又不甚熟，怕影响他的情绪。我知道在写作中情绪是不能影响的，运动员在场上只能喊加油，不可呼倒好。而你与他熟，啥话都可以说，你可一方面指出他的毛病，帮他控制节奏，再是尽量多提供素材，让他手头宽裕，三是如果可以，劝他写成中篇最好，或许能遮掩他的一些缺陷。

此信不必让他看。

你能来我这里吗？咱们再就这些问题沟通沟通，以便你更好地帮他。另，你爱吃羊肉泡馍，可你绝对没吃过萝卜泡馍，那是将萝卜片炖烂后，混入羊肉泡馍中，佐以酱辣和糖蒜，还是属于小炒类，味道极好，又易消化。这家饭馆我十天前才发现，在一条避背巷中，你几时来，我请你吃去。

精神贯注
——致友人信之四

春节后的第一封信就写给你。

从元月起我一直在开会，过了春节，还要开会，可能四月前都在会上忙着。我是市人大代表，又是全国政协委员，各级的会议不能不参加。但当官的开会是他们的工作，而我开完会后自己的业务还没有干呀！到了咱们这般年纪，时间太重要了，所以我写了一个条幅挂在书房：精神贯注。我的意思是，时间和身体不可浪费，作文每有制述，必贯之神性。

中国有许多词的解释已失去了本意。过去我们在文学上也强调精神，多是政治概念，文学是难以摆脱政治，恰恰需要大的政治，但那时强调精神，往往使文学成为一种宣传，作品容易假大空。我所说的精神贯注，是再不写一些应景的东西，再不写一些玩文字的东西。年轻时好奇，见什么都想写，作文有游戏的快乐。现在要写，得从生活中真正有了深刻体会才写，写人写事形而下的要写得准写得实，又得有形而上的升腾，如古人所说，火之焰，珠玉之宝气。

你我从事文学差不多三十年了，到了今天这地步，名利都有，生活无忧，最担心的是没有了动力，易写油写滑，而外界都说我们的文笔好，我们也为此得意，但得警惕陶醉在文笔之中忘却了大东西的叙写。你是非常有灵性的作家，我还得劝你，不要再多读那些明清小品，不要再欣赏废名那一类作家的作品，不要再讲究语言和小情趣。要往大处写，要多读读雄浑沉郁的作品，如鲁迅的，司马迁的，托尔斯泰的，把气往大鼓，把器往大做，宁粗粝，不要玲珑。做大袍子了，不要在大袍子上追究小褶皱和花边。

近日看央视的《百家讲坛》，马未都在讲收藏，我记住了他所说的一句话，他说艺术的最高境界是病态。不知这话是他发现的还是借用他人的，这话初听好像有点儿那个，但有道理。试想想，文学也是这样，堂吉诃德，阿Q，这样的人物都是病态的。换一句话说，这样的作品和作品中的人物也正是贯注了精神的，这种抽象是从社会、时代里抽出来的。如果敏感的话，社会、时代的东西往往在一个人身上体现出来。作家要长久，就看能不能写出这样的人物来。

春节期间，晚辈来拜年，都在说要以身体为重，不必再写，或者轻轻松松地写。他们是以他们的角度来关心，但碌碡推在半坡怎能不使劲呢？我之所以新年第一封信给你，谈的仍是文学上的事，因为身体固然重要，写作更是活着的意义，而你又是在写作上有野心的人。

不要写得太顺溜
——致友人信之五

真不凑巧，你来找我，我却去了终南山。你和×××的稿子我大略都读了，直接地说，我不太满意你们的叙述。×××太注意描写，描写又特别腻，节奏太慢，就像跟着小脚老太太去赶集，硌硌拧拧半天走不前去。为什么老去关注山岳表面上的泥土怎样脱落流失，可山岳能倒塌破碎吗？而你，我又觉得写得太顺溜了。那年我去合阳一带看黄河，当时是傍晚，云压得很低，河面宽阔，水稠得似乎流不动，我感叹是厚云积岸，大水走泥，印象非常深。大河流水是不顺溜的，小河流水要它流得有起伏，有浪花和响声，就不妨在河里丢些石头去。我的意思是，文笔太顺溜了就要让它涩一点儿，有时得憨憨地用词。

现在很有一种风气，行文幽默调侃，但太过卖弄了就显得贫和痞，如果这样一旦成了习惯，作品的味道就变了，也可能影响你写不出大的作品来。

我也想，为什么你会是这样呢？这当然与你的性情有关，你反应机敏，言辞调皮，和大家在一起谁也说不过你，这种逞能可能影响你只注意到一些小的机巧的东西，大局的浑然的东西反倒掌控不够。有些事不要太使聪明才情，要养大拙，要学会愚笨。平日说话，大家都不屑夸夸其谈，古语道：口锐者天钝之。写文章也是说话，道理是一样的。再者，你的节奏少变化，高低急缓搭配不好。

作品的立意是不错的，但你急于要衍义立意，唯恐别人体会不来，这样就坏了。在大的背景下写你的小故事，从人生中体悟了什么，仅有深意藏矣即可，然后就写生活，写你练达的人事。写作同任何事情一样都要的是过程，过程要扎实，扎实需要细节，不动声色地写，稳住气写，越急的地方不能急，别人可能不写或少写的地方你就去写和多写，越写得扎实，整个结果就越可能虚，也就是说，作品的境界就大。反之，境界会小，你讲究的立意要靠不住，害了你。

　　你留言说这部初稿有的章节你写得顺手，有的章节写得很艰难，这我也能读得出来。其实这是我常遇到的事，我的办法是，每当写得得心应手时就停下来，放到第二天去写。这样，在第二天一开始就写得很快乐，容易进入一个好的状态。你不妨试试。

《三国演义》的叙述

——给女儿关于读书的信

谈《三国演义》为什么觉得硬朗？首先要知道作者的写作素材丰富，以《三国志》为基础，又掌握了大量的民间传说。试想一下，它的每一章甚或几节，用现在的小说做法几乎都可以写一部长篇吧，而它在百年间的故事里完成六十万字，阔绰，从容，用不着稀释，哪里又会捉襟见肘?！再是，注意它的叙述。

叙述特点：情节上多写场面。大场面，分头并进。小场面连缀。说过一事，顺手又点出一事，极简急止。甚至一句一个场面。多用动词。细节全不经意，当然细节顺手就是，不需要经意。因此用不着什么环境、心理的描写，用不着外在渲染，而密度和韵味毕现。

举几段例子。

一、"会方令人探时，喊声大震，四面八方，无限兵到。维曰：此必是诸将作恶，可先斩之。忽报兵已入内。会令闭上殿门，使军士上殿以瓦击之，互相杀死数十人。宫外四面火起，外兵欲开殿杀入。会自掣剑立杀数人，却被乱箭射倒。众将枭其首。维拔剑上殿，往来冲突，不幸心疼转加。维仰天大叫曰：吾计不成，乃天命也！遂自刎而死。时年五十九岁。宫中死者数百人。卫瓘曰：众军各归营所，以待王命。魏兵争欲报仇，共剖维腹，其胆大如鸡卵。众将又尽取姜维家属杀之。"

这一段多短句，多句号，一百七十七字里用动词四十四个。大场面里无数之小场面，觉得全是干货硬菜。其中激烈之时忽然视角变化，有"时年五十九岁"，"其胆大如鸡卵"，是不是别致？

二、"甘宁见其势大，不敢交锋，拨马而走，被沙摩柯一箭射中头颅。宁带箭而走，到于富池口，坐于大树之下而亡。树上群鸦数百，围绕其尸。"

最后一句是写景，一句足矣。写景，想起魏徵等撰《群书治要》中曹丕攻进邺城袁绍之第的描写："余亲涉其庭，登其堂，游其阁，寝其房。栋宇未堕，陛除自若。"又，曹植《洛神赋》中"怅仰首而太息，风飘飘以动缨"。

三、"关公既殁，坐下赤兔马被马忠所获，献与孙权。权即赐马忠骑坐。其马数日不食草料而死。""是夜风雨未息，曹嵩正坐，忽闻四壁喊声大举。曹德提剑出看，就被搠死。曹嵩忙引一妾，奔入方丈后，欲越墙而走。妾肥胖不能出，嵩慌急，与妾躲于厕中，被乱军所杀。"

冷静述说，不惊不乍，毋经意一笔，趣味尽出。

四、第十二回，写曹操入濮阳城中计，典韦杀出杀进寻曹操，和曹操遇吕布，被典韦救之两节。全是动作，细节，动作。实写就写动作，有动作才有场面。再留意细节和节奏。

《红楼梦》是一种叙述，《三国演义》是一种叙述，如何写出力度和情致，细细体会，提高自己的审读能力。

二〇一九年三月十七日

文学漫谈

——在鲁迅文学院的讲课

文学上有些道理讲不出来，一讲出来就错了

在我看来，文学是每个人生来就有的潜质，区别只在于这种潜质的大或者小，而后天环境和修养的优劣决定他的成就。

我曾经到过一个地方，见院子里有一堆土，那堆土实际上就是翻修房子时拆下来的旧墙，在院子堆着还没有搬出去。但下了一场雨以后，这墙上长出了许多嫩芽，一开始这些嫩芽的形状几乎是一模一样的，都是一样的颜色，都长了两个像豆瓣一样的叶瓣。当这些嫩芽长到四指高的时候，才能分辨出哪些是菜芽、哪些是树芽，当时就感觉有时生命是特别高贵的，但有时又是很卑微的，只要有一点土、有一点雨水就长起来了。而且生命在一开始都是一样的。长起来以后树苗子肯定就长大了，而菜苗子和麦苗子肯定就长得矮小，所以从那以后我就悟出了，任何东西都取决于品种，拿现在来说或者就是基因。即使是那堆树苗子我当时也很悲哀，树苗子长到这堆土上，没有想到这堆土很快就搬走了。所以说这个树要长起来，一方面要取决于它的品种，一方面要取决于环境。当时我就想到很多，文学方面也是这样。

我原来带过研究生，我给研究生讲文学的时候，一般不讲具体的东西，只讲大概的东西，比如怎么扩大自己的思维，怎么产生自己对世界的一些看法，怎样建立自己的文学观，怎样重新改造或者重新建设自己的文学观等，基本是从这些方面讲。我觉得那是宏大的东西，是整个来把握的。但是到这儿来讲吧就特别为难，因为在座的都是搞创作的，都是陕西目前写得好的作家，大家至少都有五六年、十来年甚至二十多年的写作经验，有些话就不好

45

说。文学上有些道理本来也讲不出来，而且一讲出来就错了。

就像我经常给人说的怎样走路一样，其实人呀，只要是人，生下来几个月以后呢，他自己就慢慢会走路了，如果给他讲，怎么迈出左腿的时候，再伸出右胳膊，然后再把左腿收回右胳膊收回，再把右腿迈出去左胳膊伸出去，三说两说他就不会走路了。创作，严格来讲是最没有辅导性的。

我一直认为写作基本上是一个作家给一部分人写的，你一个人写作不可能让大家都来认可，那是不可能的。川菜吧，有人爱吃有人不爱吃；粤菜吧，也有人爱吃有人不爱吃，它只给一部分人来负责，所以说各人的路数不一样、套路不一样，或者说品种不一样，我谈的不一定你能体会得了，你谈的不一定我能体会得了，所以我想这是讲文学时一个很为难的东西。

但是今天来了，我就讲一些我曾经在创作中感觉到困惑并在之后产生的体会吧。把这些体会讲出来，不一定讲得正确，因为这只是根据我的情况自己体会出的一些东西。

"写什么"的问题

搞创作的无非面临两件事情：一个是写什么，一个是怎么写。

我不想说文学观，不想说对世界、对生命的看法，或者对目前社会怎么把握，咱都不说那些，我只谈搞创作的人经常面临的、起码是我以前在创作实践中自己摸索过来的、曾经搞不懂而琢磨过的一些事情，一个是写什么，一个是怎么写的问题。

关于"写什么"我大概从三个方面说一下：一是观念和认识；二是题材；三是内容。

一、观念和认识

每个人开始写作的时候都是看了某一部作品产生了自己写作的欲望，不知道大家是不是，起码我是这样。随后在漫长的写作中，开始时一般只关注自己或自己周围作家的作品，这种情况也是特别正常的，但是如果写得久了、写得时间长了，特别是有了一定成绩以后，你才会发现文学的坐标其实一直都在那里，一个省有一个省的坐标，一个国家有一个国家的坐标，国际有国际的坐标，你才明白写作并不那么容易。

前几天马尔克斯去世了，当时听到这个消息以后自己心里也很悲哀。这些世界级的大作家，不管乔伊斯啊，福克纳啊，马尔克斯啊，卡夫卡啊等这些人，他们一直在给文学开路子，在改变文学的方向。一样都是搞文学的，这些人都想了些什么、做了些什么，作为我们这些小喽啰应反思咱们又想了些什么、做了些什么。文学其实最后比的是一种能量，比的是人的能量。尤其是与这些大作家、巨匠们比起来，你才能明确文学到底是咋回事，这些人都是文学的栋梁之材，就像盖房子必须有四个柱子几个梁，这些人都是起这个作用的。

盖房子需要砖瓦泥土，咱现在搞创作基本上就是充当了这个砖瓦泥土的角色。但是在这个过程中，一定要思考：人家这些大师当时是怎么想的？人家都写的啥东西？人家怎么思考的能把路子开通？人家在琢磨啥东西？人家作品是怎么写的？起码要有这种想法。

我说这个意思是写作一定要扩大思维，要明白文学是什么。作为你个人来讲，你要的是什么，能要到什么，这个方面起码心里要有个把握，当然好多人也问到过这个问题。

我年轻的时候也产生过一种疑惑，起码说我对文学也比较热爱，但最后能不能成功（当时我所谓的成功，在我心目中就是出几本书就算成功了。这成功和幸福指数一样，当然是根据个人来定的）？当时我自己也不知道，我请教过好多编辑，但是没有一个人认为你能写下去或者写不下去。后来我有一种想法，就是能不能把事情搞成，自己应该有一种感觉。这种感觉就像咱吃一碗饭一样，到谁家去，人家给你盛了一大碗饭，你肯定能感觉出自己能不能把它吃完，能吃完就把它端起来，吃不掉就拿过来赶紧先拨出去一点，只有那傻子本来只能吃半碗却端起来就吃，结果剩下半碗。事情能不能干成自己都有个感觉，自己对自己都有个把握。

刚才说那些个大作家，意思就是说在写作中要扩大自己的思维，明确文学到底是啥东西。这里边当然也牵扯到我刚才说的，你对整个世界是什么看法？你对这个社会是什么看法？你对人的生命是怎么体会的？这方面你起码得有自己的一些观念。起码作为创作的人来讲，你应该明白那到底是咋回事，然后在这个基础上你才能建立自己的文学观，而建立文学观了以后你就会明白：我要什么、我想要什么、我能要到什么。

我见过好多人太自信，觉得天下就是他的，觉得天下他写得最好，有的人是骨子里真诚地觉得自己了不起，五百年来天上地下无所不知无所不晓，文章写得最好，是骨子里散发出的那种自信，那其实还可爱得很；但有的就是偏执型的，老觉得自己写的是天下最好的小说，自己是最好的诗人，谁也批评不得，这方面我觉得要不得。你的文学观是什么、你要什么、你到底能要到什么？这方面要琢磨，这样才能按照你的才能、你的条件，朝你的目标去奋斗。

二、关于题材

题材的选择是兴趣和能力的表现。比如说我要写啥东西，我为什么要写这篇小说，为什么写这篇散文，为什么对这个题材、这个内容感兴趣呢？题材的选择也就是你的兴趣和能力的表现，各人是不同的。作家能量小的时候得找题材，就看哪些题材好、哪些题材有意思、哪些题材适合我写，而哪些我写不了；一个作家如果能量大了的时候，题材就会找他，这就是常常所说的作家的使命感、责任感，这是对题材的一个态度问题。

不知道大家有没有这种经历，反正我在搞创作的时候，三四十岁的时候常常感觉没啥要写，不知道该写些啥东西，有些东西想想觉得没有啥意思就撂过去了。我也为此而与许多朋友交流探讨，一般我不喜欢和文学圈里的人交流。我的创作在美术方面借鉴得特别多，我的文学观念基本上是从美术开始的。当时我去了解一些画家朋友，他们是专业画家，一天到黑吃了饭就是画画。我说你们有没有没啥画的时候？他说常常觉得没啥画，不知道画啥东西，但是只能每天拿着笔画。我也采访过一些画家，他说常画常不新。

常常觉得自己没啥要写的，好像看这个现实世界、看这个生活吧，就像狗看星星一样灿明，不知道该写啥东西。我后来明白这种状况就叫作没感觉，没感觉就得歇下来等着灵感来。创作灵感是一个很神秘的东西，它要不来就不来，它要来的话你就坐着等它就来了，你用不着干别的。就像我平常搞些收藏，就经常遇到这情况。现在收藏一个这样图案的罐子，或者一个什么东西，过段时间另一个相应的就自然来了。一旦感觉没啥写我就不写了，随便干啥去，就等待着灵感。但实际情况是周围的一些朋友（包括我年轻的时候）没啥写还得写。

在选材的时候不要写你曾经看到的、经过的或者听别人讲的多么精彩的一个故事，不要相信那个，不要依靠那个东西，一定要琢磨，不要以为这个故事多有意思突然把你兴趣勾起来了你就去写，起码出现这个情况的时候一定要琢磨这个故事有没有意义。

你在写一个人的故事和命运的时候，他个人的命运与历史、与社会发展过程中交叉的地方的那一段故事，或者个人的命运和社会的命运、时代的命运在某一点投合、交接的时候，一定要找到这个点，这样的个人命运，也就是时代的命运，是社会的命运，写出来就是个人的、历史的、社会的。一定要学会抓住这个交接点，这样写出来的故事才能引起大家的共鸣。这就像一朵花一样，这花是你种的，你种在路边的地上，它可以说属于你个人，但也超乎个人，因为你能闻到这个花的芳香的同时，每一个路过这朵花的路人也能闻到这朵花的芬芳。选材一定要选既是你的，又不是你的，是超乎你的，是人人的。这就比如几十个人一起去旅游，中午十二点你肚子饿了给司机提出去吃饭，同行的人也都饿了也想去吃饭，你的饥饿感就是大家的饥饿感，你的提议就得到大家的响应了，如果在上午十点钟你提出去吃饭，我估计没有人响应你。所以你的题材一定要是你个人的又超乎你个人的，要是大家的，是这个社会的，一定要找那个结合点，选材一定要注意这个东西。

"同感"在选材的过程中是特别重要的，而在选材中能选择出这种具有同感的题材，就需要你十分关注这个社会，把好多事情要往大里看，如果事情特别大，你看不清的时候，又可以往小来看。把国际上的事情当你村里的事情来看，把国家的事情当你家的事来看，看问题要从整体来看。逐渐建立你对这个社会的敏感性，能找到它发展的趋势。如果你对社会一直特别关注，对它有了一种敏感度以后，它的发展趋势你就相对有一定的把握了。能把握住这些发展的趋向以后，你的作品肯定有一定的前瞻性。这种意识久而久之成习惯了，提取素材、抓取题材、观察问题的时候你肯定就能找到那些东西。就好比你是个钉鞋的，走到哪儿你都关注人的鞋、人的脚底下，你是个理发的你肯定就只看头，警察来了肯定就只查警察需要的那些东西。一旦有这种意识以后，你在现实生活中就很容易发现你需要的东西，你就会知道哪些东西有同感性，哪些东西没有同感性。

你如果变成一个磁铁，螺丝帽儿啊，螺丝钉啊，铁丝棍儿啊，都往你身边来，你不是个磁铁的时候你什么也摸不到。但是对磁铁来讲，木头啊，石头啊，对它就没有吸引力。所以说，如果你的题材具有同感性，你的作品就会引起共鸣。如果你的作品中的一个家族、一个人的命运，和时代的、社会的命运相契合了，你才可能写出大的作品。（而栋梁式的人物，像前面说的那些大人物、大作家，那些情况是另当别论的。我一直认为那些人，不光是文学界，包括在政治、经济、军事等各个方面的那些大人物，他们生来的任务就是开宗立派的，是来当柱子的，是上天派下来指导人类的。他们取得的成就不可思议，你不知道它是怎么产生的。）

三、关于内容

从某种角度来讲，文学是记忆的，而生活是关系的。文学在叙述它的记忆的时候，表达的就是生活——记忆的那些生活。那么就是说你写生活也就是写关系，因为生活是关系的，文学在叙述时写的就是生活，而生活本身就是关系的，所以说你就是写关系的，写人和自然的关系，写人和物的关系，写人和人的关系。在现实生活中，你要生活得好就要处理好关系，尤其在中国。中国的文化就是关系文化，任何东西如果没有关系就无法在现实生活中活得更自在。

有哲人讲过生活的艺术没有记忆的位置，如果把生活作为艺术来看它里面没有记忆，因为记忆有分辨，能把东西记下来肯定是有了分辨了的，有分辨就有了你和我的对立。如果在现实生活中以记忆来处理，比如我和领导的关系，这个领导原来我有记忆他和我是一块儿长大的，他当时的学习还不如我，为什么他先当了领导了？有了这个记忆，以后肯定就处理不好这个关系了。生活中不需要记忆，生活中我就要对领导讨好一点，起码要顺服一点，这就先要消除他以前和我是同学的记忆。

在现实生活中你如果以记忆来处理一些问题那么就难以做人。文学是记忆的，你是你的、我是我的，你有你的观点、我有我的观点，你有你的价值观、我有我的价值观。记忆里经常就是"这一个"和"那一个"，有你、我、他的区分。而生活的艺术它要求不要这些东西，有些关系为啥是"没有永久的朋友只有永久的利益"，这就是关系之说。

但是因为文学本身就是记忆的东西，你完全表现的是你记忆中的生活，而生活则是关系，你就得写出这种关系。现在强调深入生活，深入生活其实就是深入了解关系，任何关系都一样。你要把关系表现得完整、形象、生动，那就需要细节，没有细节就一切等于零、一切归于零，而细节则要自己在现实中去观察。

比如说生离死别、喜怒哀乐构成了人的全部存在形式，其实这一切都是人以应该如此或应该不如此而下结论的，它采取了接纳或不接纳、抗拒或不抗拒这种情况。实际上从上天造人来看，这些东西都是正常的，但人不是造物主也不是上帝，人就是芸芸众生，他的生死离别、喜怒哀乐表现得特别复杂，细节的观察就是在这种世界的复杂性中。既要有造物主的眼光，又要有芸芸众生的眼光，你才能观察到人的独特性。这种独特性是表面的，也是人共有的一种意识（当然这个话是用笔写的，还没能还原出例子表达出来）。实际上现实生活表现出来的比任何东西都丰富得多，从各个方面来讲它都是合理的。这种独特性，表面上看是每个人的区别，实际上是共有的一些东西，只是表现的方面、时机、空间、时空不一样。

我写东西都是写我以前发生过的，起码是我经历过、听说过、体验过、了解过、采访过的一些事情。可以说全部都是我记忆的一些东西。而这些记忆又是生活，生活是啥呢，生活就是关系。你所谓的表现生活，那就把关系写清，在作品中把这个人和那个人的关系、人和物的关系、人和自然的关系、人文关系等各种关系写清、写丰富，自然就啥都有了。要写得生动形象就是靠细节，细节要凭自己来观察，把握这个就对了。

我经常强调生活的意义、生活与艺术的关系。啥是生活？我这阵儿也不知道啥是深入生活，而且现在好多人也反感提到这个问题。原来说深入生活就是到工农兵里边去同吃同住同劳动，现在不是这样的。实际上我后来理解深入生活就是搜集细节。知识性的东西用笔可以记下，细节我就不用笔来记，我用脑子来记，脑子记下来的东西才是有价值的东西，用笔记下来的东西都是知识性的东西。知识性的东西写的时候随时都可套用，而细节则完全在脑子里。

至于说故事，我觉得任何人都会编故事，现在没有人不会编故事。你可以坐在房子里随便编故事，如果你有细节，你的故事再编，别人都说是真实的。如果你没有细节，哪怕是真实发生的事情，别人也都说你是胡编乱造的，这就是生活气息。生活气息其实是那些细节性的东西，而细节又表现在关系里面。把关系这纲领提起来，再填充好多东西，这样你一旦写起来，就控制不住了，你就笔下啥都来了。

关于"写什么"我主要谈了"题材"和"内容"这两点。我觉得这两点起码在我创作过程中原来老是迷惑不清，还不好向人请教，请教的话人家会嘲笑你怎么连这都不知道，所以这些东西都是我在漫长的创作过程中自己琢磨出来的。

"怎么写"的问题

怎么写的问题，我也从三个方面谈一下，分别是语言、节奏和叙述。

一、关于语言

大家都是搞创作的，我在这儿说心里也发虚，因为我也不是体会得多独到、多深刻。我谈这些害怕你心里说：你谈的这些谁不知道呢！我也看过大家的好多作品，我看到好多人的语言比我写得好，真的是这样，但是我有我自己的一些体会。

我觉得语言首先与身体有关。为什么呢？一个人的呼吸如何，你的语言就如何。你是怎么呼吸的，你就会说怎样的话。不要强行改变自己的正常呼吸，也就不要随意改变句子的长短。你如果是个气管炎，你说话肯定句子短。你要是去强迫自己改变呼吸节奏，看到一些外国小说里有什么短句子，几个字一句几个字一句的，你就去模仿，不仅把自己写成了气管炎，把别人也读成了气管炎。因为外国人写的东西，他要表现的是那个时间、那个时段、那个故事情境里出现的那些东西，如果你不了解那些内容而把语言做随意改变，我觉得其实对身体不好。

我对搞书法的人也讲过，有些人写的字缩成一团儿，那个字你一看容易犯心脏病。遇到身体不好的老年人，我经常说你要学汉中的那个"石门铭"，那个笔画舒展得很，写那个你血管绝对好。语言也是这样，笔画是书法的语言，咱们谈的文学语言，与身体有关、与呼吸有关，你呼吸怎样，你的语言就怎样。

小说是啥？在我理解小说就是小段的说话，但是说话里边呢，有官腔、有撒娇之腔、有骂腔、有哭腔，也有唱腔等。小说我理解就是正常地给人说话的一种腔调。小说是正常的表白腔，就是你来给读者说一个事情，首先你把你的事情一定要说清楚、说准确，然后是说得有趣，这就是好语言。语言应该是有情绪的、有内涵的，所以一定要把握住一句话的抑扬顿挫，也就是语言的弹性问题。用很简单、很明白、很准确的话表达出那个时间里的那个人、那个事、那个物的准确的情绪，把这种情绪能表达出来，我认为就是好语言。

这里边一定要表达出那种情绪，表达出当时那个人的喜怒哀乐、冷暖、温度，把他的情绪全部能表达出来的就是好语言。既然能表达出情绪来，它必然就产生一种抑扬顿挫，这也就是所谓弹性。而要完全准确地表达出那种情绪，还要说得有趣才行。什么是有趣呢？就是巧说。怎么和人说得不一样？这其中有一点就是多说些闲话。闲话与你讲的这个事情的准确无关，甚至是模糊的，但必须是在对方明白你意思的前提下才进行的。就如你敲钟一样，"吭"地敲一声钟，随之是"嗡——"的那种韵声，这韵声就是闲话。

文学感觉越强的人，越会说闲话。文学史上好多作家是文体家，凡说是文体家的作家，都是会说闲话的作家，凡是写作风格鲜明的作家都是会说闲话的作家。你要表达的人和事表达得准确了、明白了，然后多说些有趣的闲话，肯定就是好语言。之所以有人批评谁是学生腔，学生腔就是成语连篇，用一些华丽辞藻、毫无弹性的东西。为什么用成语多了就成学生腔了，就没有弹性了呢？因为成语的产生，是在众多的现象里概括出一个东西，像个符号一样提出来，就是成语。

现在文学创作不需要那些，文学创作完全要还原原创、原来的东西，所以会还原成语的人都是好作家。如果你想在这一段写一个成语出来，你最好不要用那个成语，而要把成语的原生态写出来。比如说，你需要写牛肉罐头，你要还原成牛肉，还原怎么杀牛，牛怎么生长的，写那个东西。这是作文和创作的区别，也是文学语言和学生语言的一种区分。

语言是个永远琢磨不透的东西。在研究语言的过程中，你可以考究一下那些官腔、撒娇的腔、哭腔、骂腔、唱腔等，从中发现和吸收各种腔的特点，在你写人物或事情的时候，你可以运用好多腔式。

我当年研究语言的时候，就把好多我爱听的歌拿出来，不管是民歌还是流行歌，还有好听的戏曲音乐，当时就拿那种画图的方式标示出来。我对音乐不是很懂，把哆来咪发就按一二三四来对待。我把这个标出来后，看那个线条，就能感觉出表现快乐的、急躁的、悲哀的，或者你觉得好听的，起伏的节奏是个啥样子的，你要把握这个东西。

当年我对陕北民歌和陕南民歌做过比较。你把那陕南民歌用线标起来，它的起伏特别大，就像心电图一样哗哗地就起来了。后来我一看，陕南民歌产生的环境，它那种线条就和陕南的山是一回事情。而陕北民歌和陕北那儿的黄土高原是一样的。所以说，任何地方，地方不一样，山川不一样，文化不一样，人也就不一样，产生的戏曲不一样，歌曲不一样，蔬菜长得都不一样，就是啥都不一样，但它都是统一的、完整的，从里边可以吸收好多东西。

语言，除了与身体和生命有关以外，还与道德有关系。

一个人的社会身份是由生命和后天修养完成的，这就如同一件器物，这器物会发出不同的声音。敲钟是钟的声音，敲碗是碗的声音，敲桌子是桌子的声音。之所以有些作品的语言特别杂乱，它还没有成器，没有形成自己的风格。而有的文章已然有了自己的风格了，有些文章它里面尽是戏谑的东西、调侃的语言，你把这作品一看就知道，他这个人不是很正经，身上有些邪气；有一些语言，很华丽，但是没有骨头，比喻过来比喻过去没有骨头，那都是些比较小聪明、比较机智、灵巧但是也轻佻的人；有些文章吧，有些句子说得很明白，说得很准确，但是没有趣味，写得很干瘪，那都是些没有嗜好的人，就是生活过得特别枯燥的那些人。从语言能看出作家是宽仁还是尖酸，能看出这个人是个君子还是小人，能看出他的富贵与贫穷，甚至能看出他的长相来。时间长了，你肯定会有这种感觉。画画、书法、音乐、文学，任何艺术作品，这些东西都能看出来。

当然，语言吸收的东西和要借鉴的东西特别多。不光是语言，还包括别的方面。在现在这个时代搞创作，抛开语言本身，我觉得还有三点必须把握好：

一是作品的现代性。你现在写作品如果没有现代性，你就不要写了，这是我的观点。因为你意识太落后，文学观太落后，写出来的作品就不行，或者你的写法很陈旧也不行。所以说，一定要有现代性。要吸收外国的一些东西，尤其在这个时代，这一点特别重要。咱不是说要为编辑写东西，但从某种程度上说也得给编辑写，你不给编辑写，编辑不给你发，你不给评论家写，评论家不看你的东西，不给你指出优缺点。当然从长远意义讲，文学不是给这些人写的，但在现实生活中，起码得要你周围的人能看懂，你就要有现代性。就像卖苹果一样，出口的苹果都有一个框框来套，一套一看，读上几段，一看你那里面没有现代的东西，他就不往下看了，就把你撂到一边去了。这是很重要的一点。

二是从传统中吸收。我觉得这个用不着说大家都能懂，大家从小都是这样过来的，接受的东西大部分都是传统的东西。从文学创作的角度来讲，对中国那些东西（其实不光是中国的），小说啊，散文啊，诗词啊，不仅仅是这些东西，中国传统文化里的好多东西，它的审美的东西，你都要掌握。它不仅仅是文学方面，文学方面因为咱现在大部分还是写小说、散文，包括诗歌，但咱现在写的诗歌和古人的又不一样。所以说主要从古人的作品里学那些审美的东西，学中国文化的那些东西、东方的那些东西。

再次就是从民间学习。从民间来学好多东西，是进一步来丰富传统的，为现代的东西做基础、做推动的东西。所以一定要把握，现代的、传统的和民间的这些方面。从文章里你完全能看出一个人的性情。就像我刚说的，有些人的文章语言说得很调侃、很巧妙，你看他也没有正形，他也不知道自己说啥呢，你说东，他偏不给你说东，这表现出他这个人的心态和思维。有人说得很尖酸，有人你一看他的文字就觉得：啊呀，这个人不能深交！不能交得太深，因为他太尖酸。

我在报纸上看过一篇小文章，写球赛的，里面有一句话，说"球踢成那个样子还娶那么漂亮个老婆"，后来我想这句话正好表现了他自己的心态不对。踢球关人家老婆啥事呢？因为镜头经常闪到观众台上人家的漂亮老婆在那儿，他就说这些人拿的高工资、娶的漂亮女人怎么怎么的。这其实就表现出了他那种说不出的心态，从这句话我就感觉这人不行。

当然语言里面需要做的功夫特别多，具体怎么锤炼，怎么用词，我觉得那些都不重要。要注意在句子里边多用一些动词，多说些和别人不一样的话、不一样的感觉。大家都说张爱玲的小说写得好，就是因为她经常有些奇思妙想，经常有些和别人不一样的东西。

再一个，我觉得小说里面的标点符号也特别重要。我一辈子都在当编辑，看过很多稿子，一般人对这个标点符号不注意，而且标得特别模糊。我的稿子里标点符号都和字差不多大，因为标点符号最能表现你的情绪了，表面上是直接表现你的情绪的。咱们的审美里面为什么诗词的写法中平平仄、仄仄平呀，打鼓点子啊，敲什么声音啊，等等，你从中可以获得好多启发。语言就是忽低忽高、忽缓忽急，整个在不停地搭配转换。上面这些是我谈的"怎么写"里的"语言"的问题。

二、关于节奏

节奏实际上也就是气息，气息也就是呼吸。节奏在语言上是有的，而且对于整部作品来讲它更要讲究节奏。什么是好的身体呢？气沉丹田、呼吸均匀就是好的身体，有病的人节奏就乱了。世界上凡是活着的东西，包括人啊，物啊，身体都是柔软的，快死的时候都是僵硬的。你的作品要活，一定要在你的文字里边充满那种小空隙，它就会跳动，会散发出气和味道，也就是说它的弹性和气味都在语言里边。如何把握整个作品的气息，这当然决定了你对整个作品的构想丰富程度如何。构思的过程大概都在心里完成了，酝酿得也特别饱满、丰富了，这时你已经稳住了你的心情，慢慢写，越慢越好，像呼气一样，要悠悠地出来。

任何东西、任何记忆都是这样的。你看那些二胡大师拉二胡，不会说"哗啦"地就过去了，而是特别慢的，感觉弓就像有千斤重一样拉不过来。我记得有一年的小品里边有一个吃鸡的情景，拉那个鸡筋，它就表现出了那个韧劲儿，像打太极拳一样，缓慢又有力量，人也是这样。我曾看过曾国藩的书，他的书里面要求他的后人经常写信给他汇报走路的步子是不是沉了，说话是不是缓慢了，经常要求。为什么呢？步子缓慢了、沉了，其实道理都是一样的，他的一切都是悠悠的。把气一定要控制住，它越想出来你越不让它出来，你要慢慢来写。在写一个场面的时候，也要用这种办法构思，故意把这个东西不是用一句两句、一段两段说完，你觉得有意思的时候就反复说，反复地、悠悠地来，越是别人着急的地方你越要缓，越是别人缓的地方你越要快，要掌握这个东西。大家都不了解的东西你就要写慢一点，就像和面一样要不停地和、不停地揉，和了一遍又一遍，写了一段换个角度再写，大家都知道的事情你就一笔带过。

在写作的过程中经常出现这种情况，突然一天特别顺利，写完了以后无比兴奋，第二天却半天写不出来，写一张撕了写一张撕了，或者一天写不出二百来个字。当时我也这样，后来总结出经验，当你写得很顺手的时候，从这儿往后已经了然无比了，写到半路的时候我就不写了，我把它停下来，放到第二天早上再来写的时候，一上手就特别顺，必然把你后面艰涩的地方就带过去了，不至于今天写得特别顺，而第二天憋不出来一个字。

我写作有个习惯，每天早上起来最反对有谁说话，要坐在床沿闷半天，估计也没睡醒，然后想昨天写的（这是写长篇的时候发生的，写一写就觉得应该想一想）。那个时段想问题特别清晰，想了后今儿一天就够用了。当然各人的写作情况不一样，到我这个年纪年龄大了。其实人生就是这样，你年轻需要房子的时候没有房子，需要钱的时候没有钱，需要时间的时候你没有时间，当你老了你不需要的时候房子单位又给你分了，你的工资也提高了，你的时间也有了，有些东西到时候你就可以支配（而在座的有些可能还不能支配自己的时间）。我现在只要在家里，每天早上七点半到八点从住的地方到我的工作室，每天一直在写。来人了就说话，人走了就写，晚上再回去，每天就过这种日子，每天早上一定要坐到那儿想。

有一年我到麟游县，人都说那里的人大部分都长不高，睡起来后起码要揉半天腿才能活动。后来我老笑自己，每天早上坐到那儿不准老婆说话也不准娃说话，谁要说些家长里短的事我就躁了，坐在那儿好像揉腿一样得揉半天，揉的过程就是在构思。

写作的节奏一定要把握好，一定要柔、一定要慢。这个慢不是故意慢的，而是要把气憋住，慢慢往外出，也必须保证你肚子里一定要有气，一肚子气往外出的时候一定要悠悠地出。

在写作中我还要特别强调一点，就是要耐烦。毛主席讲世界上的事情最怕认真二字，我认为"认真"实际上也就是"耐烦"，因为写作经常会不耐烦。有些人为什么开头写得都好得很，写到中间就乱了，后边慌慌慌就走了，肯定是没有节奏，只打了半场球。节奏不好也是功力问题，因为他的构思"面没揉到"，没有想好，这就造成写作过程中的不耐烦。往往自己写一写不耐烦了就不写了，尤其是在写长篇的时候，感觉脑子里边像手表拆开了，各种齿轮互相咬着在一块儿转呢，突然就不动了。大家恐怕都有这体验，要么到厨房找些吃的，吃一下喝一下出去转一下，但有时根本啥也做不成，就干脆不弄了。但是往往自己是再停一会儿放到这儿，下午来看的时候那一张又给撕了，又得重写，经常就把人写烦了，要么就写油了。世界上许多事情都是看你能不能耐住烦。你耐得住烦你就成功了，耐不住烦只好就那样了。

在把握节奏这个问题上，像我刚才讲的一定要匀住气、慢慢匀，在别人不知道的地方就慢慢地，该绕转的地方就绕转，别人知道的东西尽量不写。整个要把握节奏，把前后把握好以后，还要把空隙都留好、气都充够，它必然就散发好多东西，里面就有气有味。所谓气味就是有气有味，这个我就不多说了。

三、关于叙述

我们看一些传统的老戏，不管是《西厢记》还是其他，对白都是交代情节的，唱段大量讲的是抒情，也是抒情也是心理活动。中国的戏曲里边是这种表现办法。

中国的小说叙述按常规来讲，叙述就是情节，描写就是刻画。叙述要求有话则长、无话则短，要交代故事的来龙去脉，要起承转合，别人熟悉的东西要少说，别人不清楚的东西你多讲，这是我自己当时对叙述的一种理解。有些作品完全就是叙述，急于交代，从头到尾都在交代。比如走路时，他老在走、老不站住，流水账一样就一路直接下去了，这样肯定不行。像走路一样，你走一走要站一下、看一下风景，你就是不看风景你也需要大小便一下。比如说长江黄河每个拐弯处都有个湖泊、有个沼泽，涨水时就匀到那儿，平常就调剂，作品它也需要这个东西。

有些人不了解叙述和描写的区别，尤其是写小说。我所说的这个节奏是纯粹的快慢节奏，他在交代事情的过程中用描写的办法，有肉无骨、拖泥带水、扭扭捏捏，走不过来，本来三步两步就跳过来了他总害怕交代不清，他给你别扭地交代，该交代的没交代清，该留下印象的没留下印象，把他写得能累死而且篇幅特别长。我当编辑的过程中经常遇到这种作品。

中国人大都习惯用说书人的叙述方法，就是所谓的第三人称。但现代小说（具有西方色彩的有现代性的那种小说），或现在要求你写小说时，往往都需要你必须在叙述上突破。叙述有无限的可能性，叙述原本是一种形式，而形式的改变就改变了内容。

现在举个例子，像我刚才说的对叙述的理解，它是情节、是一个交代，是一个场景到另一个场景的过程和交代，在当时理解上它应该是线性的。但现在小说改变了，叙述可以是写意的、是色块的。把情景和人物以及环境往极端来写，连语言也极端，语言一极端它往往就变形了、就荒诞了。这样一来叙述就成小说的一切了，至少可以说在小说里占极重要的部分，似乎没有更多的描写了。现在的小说几乎都没有更多的描写了，它把描写变成了在叙述中完成。原来的叙述肯定是交代故事的、交代情节和场景的变换的，而现在把叙述作为小说最重要的一个东西了，它把描写放到叙述中完成了，这样一来情节变成了写意的东西（本来情节是交代的东西，现在变成写意的东西），把描写变成了工笔性的东西。过去的情节是线性的，现在成了写意的、渲染的。

现在的先锋小说都是这样的，过去在描写一个场景的时候，经常是写意的或者是诗意的那种东西，现在完全变成是工笔的。工笔就是很实际地把它刻画出来。写意更适合于油画中的色彩涂抹，工笔更适合于国画中的线条勾勒。从绘画里面可以吸收它的方法，一个将其混沌，一个将其清晰。本来的情节现在讲成混沌了，不像原来一个清晰的、一个线性的、一个链条式的结构，现在变成混沌了。原来对于场景的描写完全是诗意的、刻画性的东西，现在完全变成勾勒性的、清晰的东西。写意在整个叙述过程中是一种火的效果，它热烈、热闹、热情；工笔是水的效果，它惊奇、逼真、生动，而写意考验的是你的想象力。

现代小说、先锋小说或现在的一般小说，大部分都是这样的，它的情节没有三五十年代或苏联的小说教给咱们的那种描写，那种交代完一段以后又定位自己的描写，它用各种角度一口气给你说清楚。有一种是呈现型的，有一种是表现型的，有的是把东西摆出来给你看，有的是纯粹给你说、给你讲这是咋回事情。再举个例子，像有些破案一样，有些是给你交代这案情是怎么发生的，有些是我给你打到屏幕上你看，当年是这样的。但现在更多采用的是我来给你讲，那些图像的东西完全是讲的过程中同时交代的，中间加了很多描写的东西，那些场景充分考验你的想象力。那些有名的作家都是天马行空，想象力都特别好，他们叙述得都特别精彩。

在具体刻画人物的时候，在具体描写、勾勒细节的时候，完全是写实的功夫。这样一来一切都变了，传统小说的篇幅就大大地被压缩了。举个例子，原来的木棍是做篱笆用的，现在把它拔起来后就可以做一个扫把、一个武器，功能、作用就变了。我的意思就是说，现在小说的突破大量都在叙述上突破，一定要在叙述上有讲究，宁愿失败都要探索。如果老固守原来那种东西也行，但是你一定要写到极端。比如大家经常比喻天上的月亮，有的人比喻成银盘，有的人说是一盏灯、燕子眼或是冰窟窿、香蕉、镜子，举的例子都挺好的，实在举不出来，那月亮就是个月亮，我觉得反倒还好。如果变化得太奇特了，里面就可以产生很多奇幻的、刺激的东西。

现在的小说的叙述更多采取的是火的效果。火的效果有热度、能烤，不管人还是兽看到都往后退，马上就发现和感受到一种热，而且在当中有一种快感。但是如果不掌握写实的功力，具体刻画的那种工笔的东西往往很多人又做不到位、落不下来，如果没有这种功夫，不管它怎么荒诞、怎么变形，读起来很快乐，读完了就没有了，回味不过来。这当然是借鉴西方的好多东西，中国传统的还是原来那种线性的、白描的、勾勒的、需要有韵味的东西，表面上看它不十分刺激，但它耐看、耐读，而且产生后续的、长久的韵味。把这两个方面要很好地结合起来。但是不管怎样，目前写小说我觉得叙述上一定要讲究，不要忽略这个东西。这就是我讲的关于叙述方面的。

有些道理我也说不清，因为一说我也糊涂了。有些东西只能是自己突然想的、突然悟的。实际上世上好多东西，本来都是模模糊糊的。尤其这个创作，啥东西都想明白了以后就不创作了。为什么评论家不写小说，他想得太清晰的话就写不成了。一个男人一个女人社会阅历长了就不想结婚了，结婚都是糊里糊涂的，创作也是糊里糊涂的。你大致感觉有个啥东西然后就把它写出来。我经常说你不知道黄河长江往哪儿流，我在写的过程中经常构思，提纲写得特别多，最后写的时候就根本不要提纲，但是开始的时候必须要有提纲。有个提纲先把你框起来，像盖房一样，你必须要有几个柱子，回忆的时候就跑不了了。现实生活中曾发生过什么事情，我在写的时候要用它，我的脑子里就出现我村里的谁，我家族里的谁，这个时间应该发生在我那个老地方，或者发生在陕北，或者发生在陕南某一个我去过的地方，脑子里必须要有那个形象。那个形象在写的时候不游离，把别的地方的东西都拿过来，你知道那个石头怎么摆的、那棵树怎么长的、那个房子怎么盖的、朝东还是朝西，你心里都明白，围绕着它晕染，在写的时候就不是那个地方了，就变成你自己的地方了。所以在构思的过程中尽量有个东西，但是你大致觉得应该是咋回事，具体写的时候灵感就来了，它自动就来找你了，你只要构造它就来了。你说不清黄河从哪儿转弯，但我知道它一定往东流。把握住一个大的方向就写过去了。

题外话：怎样延长自己的生命和创作生命？

　　一个人给我讲过这样一个事情，他当时快八十岁了，我问他看你身体好得很，你最近都干啥了？他说他有他的计划，他最近还要准备做啥做啥。每年大年三十的晚上，他都一个人坐在书房里定一年的规划，他现在已经定到一百多岁了。他的规划不是说他在八十岁的时候就不做了，他是每一天、每一年准备干什么都列了一个表，一直列到一百多岁了。

　　当时我很受启发，好多动物、好多植物活在世上，上帝造物的时候给它们的目标就是遗传后代，后代一旦遗传了，你的作用就没有了，一旦你在世上活得没有价值的时候你就应该死亡了。在农村我也注意过好多现象，农民一生也就三件事情，一般就是娶媳妇生孩子，中间有个盖房子，最后送葬老人，就这三件事情。一旦谁说是咱现在上下都没有负担了这人就快死了。确实是这样，只要看他一身轻天天没事干，他最多再活个两三年就快死了。因为啥呢，他已经没用了。生命是上帝给的，上帝盯着你有用或没用，你如果没用了要你干啥？我认为创作也是这个道理。这个人每年都说他八十一要干啥、八十二要干啥，是详细列行动计划表，而不是随便说说哄一下阎王爷。他是真实地要干好多事情，他有那个心劲儿。所以说创作一定要给自己定目标。我见过好多人都讲他再有几年就退休了，一退休下来也写小说。我说你这话我就不相信，你永远写不了！小说好像你上班写不了、一退休就能写成一样，不可能是那样子的。所以一定要给自己定目标，从小到大不停地给自己定。

前一阵儿我到外国去碰到一件事情，回来后还和几个人在谈。当时也像今天一样在做报告，下面有的外国人说，中国人话怎么那么多？到北京来坐公交车，前头一个人和车后面他的老婆说话，吵得很。回来后我就琢磨，我到德国去了以后，看那边的树长得那么高大，人也长得那么高大，我就想欧洲人、外国人虽然和咱们都是人吧，种类还是不一样的。就像一座山一样，山上有各种沟沟岔岔的，这个沟岔经常有老虎，那个沟岔有些野猪，那个沟岔有些飞禽这一类东西，我估计中国人就属于飞禽这一类。飞禽不是故意要吵吵闹闹的，它的天性就是这样的，不是唱就是吵。你看那些豹子、野猪啊，出来后都不说话，一辈子都不说话。我经常琢磨世上好多东西都很有意思。什么叫智慧，我的理解，智慧就是现实生活中通过一些东西、一些现象明白一些道理，慢慢积累起来就成智慧了，你把事情就能看懂了。这里边有你生命的一些东西，也有你经历的问题。年龄是生命的积累，经历和年龄到一定程度你就会明白很多东西。

大致我也不知道该讲些啥东西，我就讲到这儿吧。

最后我再说一句最近看到的话，是一个先哲说的——当你把自己交给神的时候，不要给神说你的风暴有多大，你应该给风暴说你的神有多大。创作也是这样，既然已经干了这个事情，就要相信自己的力量，相信自己能把事情干好，而不要强调太多的困难、太多的不如意、太多的环境问题等等。

天空晴朗

秦岭和秦岭中的我

　　我曾经在长篇小说《山本》里写过，一条龙脉，横亘在那里，提携了黄河长江，统领了北方南方，这就是秦岭，中国最伟大的山，也是最中国的山。

　　之所以说秦岭是中国最伟大的山，是它的地理决定了中国的位置，而它的存在又改变了这块大陆的气候。之所以说秦岭是最中国的山，首先它是中国的龙脉，龙脉在中国人的观念里是皇权、社稷、正统、主流的堪舆象征，再是这里曾经发生过的一系列重大事件，直接影响了中国历史的进程，产生过的宗教和文艺经典，又完全左右着中国的文化属性。

　　秦岭的庞大和丰富是没有形容词的，我们只能说"其深如海"。在里面无数的奇峦异峰，有的半截戳在云中，有的终年冰雪覆盖，有的则顶端之上是湖泊海子。在里边无数的河水，向北流的到了黄河，向南流的到了长江，西高东低地统统地朝东去，竟也有倒流的河。在错综复杂的山沟岔里，有的沟岔住着大动物，虽然大象、老虎已经没有了，仍有着黑熊、花豹、羚牛、野猪、黄羊和狼。它们孤独寂寞，不动声色，慵懒从容，不怒自威。有的沟岔住着小爬虫、穿山甲、蝎子、刺猬、马蜂、蜈蚣或者蛇，它们机警，身上有毒，变声变色，各有独门绝技。有的沟岔则住着各种各样的鸟类，飞起来遮天蔽日，落下来则占据了所有的枝头，叽叽喳喳，却轰然为雷。它的里边千年古木，形状如塔如楼，也有菟丝藤萝，纠缠半亩，山鼠都难以钻过。有白鸽似的玉兰，有烈焰似的杜鹃，有代表夜的黑色的墨花，有象征着死亡的蓝

69

色的冥花。

远昔的岁月，秦岭里行进过金戈铁马，他们或是朝廷的官兵，或是起义的队伍，或是匪乱的乌合之众，至今有些地方，每有风雨，出现的不是海市蜃楼的战争场景，而是听到了号角鼓音、马嘶人喊的声响。秦岭从来被认为是上天神祇在地上的都府，那曾经诸神充满，现在仍有着无法掌握的寺院、庙宇、禅房、草庵、洞穴，有着道教、佛教、儒教、天主教、伊斯兰教的信徒和修行的人，以及那些山鬼、水魅、树精、蛇妖、石怪，以及巫汉巫婆、阴阳师、测卦先生和再生人。

我就是秦岭的，老家在商洛，商洛属于秦岭的东南部，距关中大平原仅一百多公里，就因商洛在秦岭深处，长期以来它成了闭塞偏远的代名词。但是，关中大平原号称八百里，而商洛也有着沿着丹江的六百里商於道。历史上的战国时期，秦楚争霸，秦的势力大了，边界就定在了现今商洛东边的武关，楚的势力大了，边界又定在了现今商洛西边的蓝关。中国文化里有中原文化和楚文化之分，而商洛正处于两种文化的交汇区，也就是说，商洛属于中原文化，又属于楚文化，既有中原文化的宽博雄沉，也有着楚文化的秀美和浪漫。

关中大平原人称我们是山里人，嘲笑山里人出门不是挑一根扁担，便是背一个竹篓，走路脚抬得高，眼大，爱高声喊叫。挑扁担、背竹篓，是因为坡陡路瘦，驾不了马车，连架子车也拉不成。拿粮食呀，柴草呀，蔬菜呀，一应的日用杂物只能靠扁担挑和竹篓背。走路脚抬得高是地不平，路上常有石头，不抬脚就碰撞了脚，眼大是吃土豆时眼睛肯定睁得大，爱高声喊叫，是人住得分散，这个在梁，那个在沟，不喊叫听不到。且这喊叫都是前边先拉长声，后边才是要说的话，如：叫张三是"喂——张三！"，最后才是张三。我的父辈，父辈的父辈，他们的耕田都是一小片一小片，像席子一样挂在坡上的。那些地终年在刨着，根本喂不饱一家人的嘴，但要做生意，就得往西北走，去西安，往东南走，去武汉。他们的腿上扎着缠子，也就是裹腿，腰里系上腰带，仅仅是一条麻绳，都为了暖和和不被荆棘牵挂，扁担挑或竹篓背，把秦岭里的土特产换回布匹、煤油、火柴、碱面和盐。商洛流传甚广的民谣是"土豆糊汤疙瘩火，除了神仙就是我"，土豆糊汤疙瘩火是真实的生活写照，除了神仙就是我却是一种很无奈的和悲凉的自嘲。人是有基因遗传的，胃更是有着记忆。至今商洛人在本土的或出外到五湖四海的，爱吃的还是一种饭食，就是苞谷糁糊汤面。那些年月，村村寨寨基本没有医生，头疼脑热了就是喝姜汤捂汗，心慌气短了，就是煮银镯子的水喝，眉头放血，拔火罐，喝童子尿，针灸，刮痧，再就是烧香求神，焚纸送鬼。

我在这样的环境里出生和长大，上世纪五十年代，兵荒马乱已经结束，一切凋敝才开始恢复，但经济落后，交通闭塞，在被一座山一座山层层包围的小镇上，我度过了我苦涩的童年，知道了世界并不就是深山，知道了山外还有西安，还有北京，知道了中国之外更还有欧洲和美洲。抬头望着天空上飞过的飞机，我开始蠢蠢欲动，向往着挣脱掉绳索和穿在身上的树皮兽皮，走出秦岭到城市去。

一九七二年，以偶然的机会终于来到了西安求学，从秦岭到西安那是多么不容易的路程啊，那时全县每天往西安只发一趟班车，要半夜起来，赶三十里路，先到县城买票坐车，然后车像甲壳虫一样翻山越沟，颠颠簸簸，哼哼唧唧，下午六点才能到西安。记得有一年的腊月，大家都穿着棉衣棉裤，臃肿不堪地在车里挤着坐下，坐下是不能再站起来，站起来后就不可能再坐下去。一路上又饥又冷又腿脚发麻。当我看到有人在吃软柿子，担心柿子汁会滴在我身上，便努力地把一条腿拽起来，侧身，当我把腿拽起来了，旁边一个妇女在说：你干啥，干啥，那是我的腿。

童年的缺吃少穿，以至于使我长大后个头矮小，相貌丑陋。少年时经受的政治压力又直接导致了我胆怯、恐惧、寡言少语。秦岭给我按上了困顿、屈辱、痛苦的胎记，但是秦岭又给了我生命中好多好多另外的特质，让我之所以成为我，而不是别人。

比如：

一、我好想入非非。小小的年纪，可能还没有桌子高，母亲给我穿了一条花裤子，头上梳一撮像蒜苗一样的发辫，说这是把男孩当女孩打扮了好养，而村里的孩子都戏谑我，我不喜欢和他们玩了，就常常一个人坐在柿子树下发呆。总是想，天怎么白了天怎么又黑了？土地上怎么就能长出五颜六色的花？晚上沿河走，怎么河里到处都有月亮？云和水的纹路一样，那鸟

71

是云里的鱼吗，鱼是水里的鸟吗？牛和牛总是打架，犄角碰着犄角，咚咚地响，可村里的一头牛却被豹子咬死了，半个身子都被吃没了，牛为什么不用犄角去撞豹子呢？难道牛长的犄角就只对付牛吗？狼常常装狗就进了村，你若把它当作狗，它就低着头要走过来，只要你喊一声狼！它立马就逃跑了，再凶恶的东西都怕被识破真面目吗？鸟落在院子里，你只要说，我不捉你的，你真的走过去鸟也不飞，鸟能听懂人话吗？对蛇说你有几件花衣裳，第二天石头墙缝里果真就有蜕下来的蛇皮。这种想入非非成了习惯，就弄出了许多可笑的事情。隔壁的刘叔在骂儿子：你狂什么狂，你披着被子就上天啊？我就想，或许披着被子就能上天，上不了天也能飞起来吧。结果在一个刮风天，我披了被子在麦场上跑，没有飞起来，风却把被子吹到了场边的荷塘里。我和人吵了一架，怎么也吵不过，失败着回到家里，突然想着刚才我应该这么骂他呀，从这个角度，用这个语气，说这个言辞，再配上这个动作，一定会压制住他的，我就后悔不已，成半晌地自己恨起自己。想入非非当然使我增加了另外一份功能，我相信了望梅止渴这个成语是真的，因为看电视，电视里只要有炒菜，我就能闻到香味，我看到一个人跑过来的样子像狼，就觉得他是狼变的，提醒自己少和他交往，那个人虽然当了很大的官，但欺下瞒上，使强用狠，胆大妄为，后来就真的被双规了。

二、我能吃苦。十四五岁时我开始跟着大人去山上砍柴，我们那儿不产煤，做饭取暖全靠烧柴火，世世代代把周边山上的树都砍完了，再砍就得到三四十里更远的山上去。砍了柴，用竹篓背着回来的路全在半山腰上，路窄，窄细如绳，一边是陡崖，一边是万丈深沟，路上有固定的歇息处，那是一堆大石头和几个土台子，可以把背篓放在上面，那些歇息处是以大人的体力和耐力设定的，而我年龄小，力气不够，背六十多斤的柴常常是赶不到歇息处，就实在走不动了，但我必须要赶到歇息处，否则你就会倒下来，掉进深沟。我每次都不说话，说话那要费力气，你就是说了也没人听。咬紧牙关，自己给自己鼓劲：我行，我能赶到那里！真的我都成功地到达了歇息处。虽然那时汗水模糊了双眼，只要腿一抖，那就抖得哗哗地停不下来。当年背柴赶路的经历使我在以后做什么事情，只要我喜欢做的，或我必须做的，再苦再累都能坚持，坚持了肯定就有收获，不知情的只看到我的收获，知情的都在可怜我太苦。中国人哪一个不苦呢？经历的自然灾害太多，经历的政治运动太多，尤其是像我这个年龄段的人，不吃苦，你就一事无成。这如同一棵树，长在崖头上，你的根只能往石头缝里伸进。这如同在火山下的高温水池里仍然有存活的生物。其实，当苦难是你的命运的时候，你无法摆脱时，你可以把承受苦难转化为享受苦难。我曾经在一篇回忆商洛农村生活的文章里写过：苦难在农村，快乐又在苦难中。

三、我玩头大。我是能做梦的人，几乎每个晚上都做梦，甚至中午饭后靠在沙发上打一会儿盹，也都做梦，梦里最多的，兴奋和恐惧的，就是我有隐身衣，经常是有狼、有蛇、有人在追赶我，我跑呀跑呀，跑不及了就趴在地上，变低变小，感觉自己穿了隐身衣。有时我就躲过去了，有时竟然被发现，我惊恐地大喊，这时就惊醒了。这样的梦或许是不祥的，是一种预兆。而现实生活中，几十年来，我做任何事情，都会引起争议。说我好的把我说得太好，这我不相信，说我坏的把我说得又太坏，这我更不相信。我总是病病蔫蔫的，磨磨叽叽的，每次风波只说我不行了，但我还是那样存在，还是在做我的事。一月三十天，我习惯了总有几天要刮风下雨的，也知道了天空晴朗和刮风下雨就是日子嘛。著名的作家柳青说他是挑着鸡蛋过闹市，不是自己要撞别人，就怕别人撞了鸡蛋筐子，我也如此。别人以自己之腹度我之心，他不理解我就不理解吧，别人自己画一个靶子，说是我，然后架起大炮去轰，那就让他去轰吧。造谣、诋毁、诽谤，我都是默默以待。我只有一个信念：只要不剥夺我手中的笔，你唾我的左脸我可以给你右脸，你脱我的袄，我可以给你裤。我不诉说，我不辩解。一切都能隐忍，一切都能静默。白就是白，黑就是黑，时间会证明黑白的。

所以我说，我这一生或许不能成为一名战士，但也绝不可能成为一个隐士。我只是一名作家，文学写作是我的职业，也是我的生活方式。我清楚我存在的意义，那就是用我的笔在记录当下的中国，在思考黑暗与光明，在叙述我和我的上辈、我的儿女的这么几代人的生存状态和精神状态。

四十多年来，我的大部分作品都是写秦岭，写秦岭里的商洛，那是我的根本，是我的能量源，是我的文学根据地。从商洛到了西安我才更理解了商洛，在上世纪八十年代，我大规模地回商洛采风考察，到后来从未断过与商洛的联系。极力想把我的书房建在秦岭的山间，越是对中国有深入的认识，越是觉得秦岭和商洛的重要。反过来站在秦岭和商洛再看中国，再看世界，这就是我的作品。从内容到形式，一直试探着至今。当然随着社会发展，时间推移，我的父母去世了，生我的那个土屋也倒塌了，祖坟也因修铁路和高速路迁埋了，当年在一个生产队劳动的上辈人剩下不到三位。村子变成旅游小镇，插秧割麦的田地现在已经是一条街市。祠堂没有了，最后一页还写有我名字的族谱早都丢失，重新去写也再不可能。因为后辈们都分散去了各个大城市打工，情况无法了解清楚。我有时想，从真正意义上来讲，我没有了故乡。没有了故乡，我要再失败受挫，不知道还往哪儿逃遁。我即便发达了，衣锦也没了还乡的必要。我现在每次回到商洛，商洛人把我当一个名人，没人理会我是那个地方的儿子，他们越是热情，我越觉得我是一个来客。当年的石磨，一扇一扇铺出的路成了具有乡村特色的旅游通道，我像一条鱼从河里捞起，再也回不到河里。二十岁时当我逃离出了秦岭和商洛，我只说是一生最大的荣幸，快七十岁了，却失去了故乡，才明白这是这个时代最大的悲怆。

世事在天翻地覆地变化着，我对秦岭和秦岭中的商洛感情始终不变。当今，保护秦岭，安顿家园，这开始成为社会的共识，人民的向往，而我，有责任做的也只能做的就是以笔为旗，摇旗呐喊。中国有秦岭，商洛又在秦岭中，这是上天的恩赐。这种恩赐不仅是给我们的祖辈和我们，更是给我们绵绵不绝的后代的，从这个角度上讲，我们现在的一切利用都是在向后代租赁，明白了这一点，就知道了我们应该做什么，应该拒绝什么，应该守卫什么，应该反对什么。祈祷着秦岭土石坚固，不要崩坍，不要泥石流，不要堰塞湖，草木常青，绿水常在，空气不再污染，日月永远清明。河水随处掬起来就能喝饮，白云像棉花朵子一样，伸手都能摸到。祈祷着商洛人和秦岭里所有人告别贫困，远离慌张，心里无忧愁，脸上有笑容，对老人敬重，对孩子怜惜，热情地从事工作，爱情上也洋溢着浪漫。

《美文》发刊词

亲爱的读者，我们开办了这份杂志，这份杂志是散文月刊，名字叫
《美文》。

为什么叫《美文》？因为当今的文坛上，要办一份杂志，又是散文的
内容，又是炉灶起得这么的晚，脆的、有彩儿的名字都有了家主，如北京的
《读文》、天津的《散文》、广州的《随笔》，以及《散文世界》《散文百家》《青
年散文家》《读者文摘》《散文选刊》，我们想来想去，苦愁了许多日子，只好
这么叫了。这么叫的时候，还有一段趣事。那一日，大家讨论"美文"两个
字，争论好大，人分两派：一派说"美文"很雅的，如"美学""美术""美声"。
一派说"美文"了，令人能想到"美容"呀，"美发"呀的。争执不休，忽
想到鲁迅他们三十年代办《语丝》是查字典来的，又想到乡下多子的父亲常
抱了婴儿出门，第一个碰着什么就依什么起名。于是闭了眼睛翻了一册书，
那第一行的第一个字就是美字，出门又恰巧碰着一个汉子，是本市的一个名
丑，手里正拿着一本《中国古典美文选》。《美文》就这样确定下来。叫《美文》
绝不意味着要搞唯美主义，但我们可以宣言：我们倡导美的文章！

我们倡导美的文章。为什么办的是散文月刊而不说散文说的是文章？
我们是有我们的想法。我们确实是不满意目前的散文状态，那种流行的，几
乎渗透到许多人的显意识和潜意识中的对于散文的概念，范围是越来越狭小
了，含义是越来越苍白了，这如同对于月亮的形容，有银盘的，有玉灯的，
有橘的一瓣，有夜之眼，有冷的美人，有朦胧的一团，最后形容到谁也不知

道月亮为何物了。我们现在是什么形容也不要。月亮就是月亮。于是，还原到散文的原本面目，散文是大而化之的，散文是大可随便的，散文就是一切的文章。

如果同意我们的观点，换一种思维看散文，散文将发生一种质的变化，散文将不要准散文，将不仅是为文而文的抒情和咏物，也就不至于沦落到要做诗人和小说家的初学的课程，轻，浅，一种雕虫小技，而是"大丈夫不为也"的境地。

先人讲，文章千古事。做文章怎能是千古的事？我们理解，做文章的人不要一天到黑脑子里总是想着我的文章怎么做，怎样就凤头豹尾，如何起承转合。做文章的人应该"平常"下心来，明白做文章是一种"业"，同当将军一样，或同当农夫一样，或同妓女与小偷、生命都一样，"业"，有高下尊卑之分，但都是体证自然宇宙社会人生的"法门"，"法门"在质上归一。若把自己的生命重点移到了体证，而文章只是体证的一种载体，一旦有悟有感要说，提笔写出，这样的文章自然而然就是好的文章，好的文章自然就有千古价值。我们读《古文观止》，读中学课本，看到了历史上的那些散文大家，写得那一二篇绝美的抒情文，以为散文就是这类，但为了读到某一大家的更多的抒情文而翻阅他的文集时，我们常常吃惊他的一生仅仅是写了这几篇抒情文，而大量的是谈天说地和评论天下的文章，原来他们始终在以生命体证天地自然。社会到了今日，出版业异常发达，做文章的人太容易有出版和发表的地方，为出版和发表而做文章，文章必然量多质劣。

当然，文章的好坏，是时代之势左右，汉唐的文章只能是在汉唐，明清的文章只能是在明清。说过了一个时代的文章总体水准由一个时代而定，但往往是一个作家的具体作品却改变了某个时期的文风，作家个人的作用实在是相当大的。中外的文学史已经证明：真情实感在，文章兴；浮艳虚假，文章衰。文学史上之所以有大家，大家之所以出现，就是在每一个世风浮糜、文风花拳绣腿的时期有人力排陈腐，复归生活实感和人之性灵。

基于诸多想法，我们开办这份杂志。虽然又多了一份杂志，使做文章的人太容易有出版和发表的地方上再多一块地方，但我们的目的之一如鲁迅的那句话：为了忘却的纪念。我们的杂志不可能红爆，我们不是为了有一个舒适而清雅的职业办杂志，也不是为了敛钱发财，我们的杂志挤进来，企图在于一种鼓与呼的声音：鼓呼大散文的概念，鼓呼扫除浮艳之风，鼓呼弃除陈言旧套，鼓呼散文的现实感、史诗感、真情感，鼓呼真正的散文大家，鼓呼真正属于我们身外的这个时代的散文！

所以，我们这份杂志，将尽力克服我们编辑的狭隘的散文意识，大开散文的门户，任何作家，老作家、中年作家、青年作家，专业作家、业余作家、未来作家，诗人、小说家、批评家、理论家，以及并未列入过作家队伍，但文章写得很好的科学家、哲学家、学者、艺术家等等，只要是好的文章，我们都提供版面。在这块园地上，你可以抒发天地宏论，你可以阐述安邦治国之道，可以做生命的沉思，可以行文化的苦旅，可以谈文说艺，可以赏鱼虫花鸟。美是真与善，美是犹如戏曲舞台上的生旦净丑，美是生存的需要，美是一种情操和境界，美是世间的一切大有。

我们完全清醒我们的陋：地处于西北，没有北京、上海、广州的地利；我们办刊的人没有写出什么过硬的文章，办刊又没有经验，而我们的鼓呼虽然竭力却可能微乎其微，但我们确是意气相投的一帮散文的爱好者，涌动着一种崇高的感情，而勇敢起来办这个刊物的。我们是一群声音不大的小狗，挥动的旗子可能仅仅是大人肩头上的小孩儿手中的小三角旗子，所以我们相信读者会可爱我们，可爱我们的杂志，为我们投稿，为我们提建议而把杂志办好。

刊物是大家的，真的，这是咱们大家的刊物。

一九九二年五月二十八日

给尚 × 的信

——关于获法国费米娜文学奖的前后

尚 × 先生：

感谢你的关注！问及《废都》一书获奖之事，我作一答复。这种答复由我来作，确实有点不该，话也不好说，却荒唐到我不说，谁也不知道。别的人来询问，一言两语就应付过了，对你竟得前前后后地说。

一九九三年《废都》出版后，巨大的荣誉和羞辱使我走向了平和，日月寂寞，也孤独，一年复一年的春夏秋冬，我在西北大学的两室房里，一边养我的病一边写我愿意写的文章。一九九七年，这个冬天也很快要过去了，十月二十（或二十一）日，原本还暖和的天，突然气温下降，老弱病残者大多感冒，母亲感冒了，孩子感冒了，而最容易感冒的我竟然幸免。傍晚，我站在那尊释迦牟尼的石头像前祈祷，盼望母亲和孩子的感冒尽快过去——母亲是七十岁的人了，而孩子的病因感冒要加重的。这时电话铃响起来，一切就开始了，是法国的安博兰女士在巴黎的那头通知我：《废都》的法译本已经出版，给我寄出了数册，不知收到否，而此书一上市，立即得到法国文学界、读书界极为强烈的反响，评价甚高，有人称是读中国的《红楼梦》一样有味道，有人惊讶当代中国还有这样的作家，称之为中国最重要的作家，伟大的作家。并说此书已入围今年法国费米娜文学奖的外国文学奖，出版该书的斯托克出版社委托她邀请我去巴黎参加十一月三日的揭晓及颁奖大会，问能不能来，政府能不能让来？突如其来的消息使我一时不知所措，我慌乱地在电话里说:《废都》法译本是出版了吗？这太好了，我感谢你，感谢斯托克出版社，有人那样评价我，这太过分了，我是一个普通的作家，中国优秀作家多的是，那样评价我消受不起。安博兰女士是法文版《废都》的译者，数年前代表法国斯托克出版社与我签订过翻译合同，但以后再未联系，鉴于中国台湾地区、韩国等地因《废都》版权发生过欺骗我的行为，未能付酬或少付酬，对于法译本事我已淡然。安博兰的消息令我意外而兴奋，但她声音尖锐，中文说得紧急，我只会说陕西话，许多话她听不懂，就反复讲译本在法国的反响如何如何地强烈，追问我十一月三日能不能赶来。我说政府可能不会不让去的，问题是我没有护照，要办护照，法国方面得来个邀请函，这边才能申办，而申办手续复杂，不是一天两天可办理完的，且还得去北京签证，这样时间就来不及了。当然，我心里还有个小算盘，想，入围只是入围，真的去了，揭晓会上揭晓的不是《废都》，那我去的意义就不大。因身体不好，生性又不大善应酬，这些年美国、加拿大、日本和中国台湾地区皆邀请我去访问或开会，我都一一谢绝了的。至于在法国的反响，我是还有些自信的，因为此书在中国，于一九九三年十二月份有人做过调查，不到半年时间，除正式或半正式出版一百万册外，还有大约一千多万册的盗印本，这些年盗印仍在不停。日译本曾在日本极为轰动，年初时已再版再印数次，发行到六万四千多册，所有报纸都有消息和评论，以致日本公论社欲连续出版我的作品。韩译本亦是如此。港台版更是几乎发行到全球所有的华人区。但能在东方之外的法国得到这样的反应并有可能获奖，这是我没有想到的。我最后告诉安博兰：让我再考虑考虑，明日晚上望再联系。放下电话，我沏了茶喝，门又被敲响，我的门常被人敲的，一般是不开的，今夜却开了门，原来是外地来的几位杂志社编辑，他们一是得知我六月份到十月份又住了院治病来看看，二是约稿，女士们带来的礼物是一抱鲜花。我暗想，这花来得好！正坐下说话，孙见喜和穆涛两位文友来聊天，他们还在取笑我前日玩麻将又输了钱，说，你内战内行，外战外行，对你的输钱深表同情和慰问。我当然要回击他们，说钱宜散不宜聚，我是故意输的，不输那一场麻将哪能有法国的好事呢？随之告诉了刚才的消息。他们听我说后，竟比我还高兴，嚷嚷这么大的好事，你倒拿得稳！喝酒呀，拿酒让大家喝呀！我已经多年不动酒了，家里自然不存酒，仅有几瓶别人拿来的"金太史"啤酒。窗外的风呼呼地响，冷啤酒又没酒杯，就以粗瓷碗盛了，举之相碰，齐声祝贺。有个编辑说，明日我写个消息寄给报社去，应该让更多人知道此事，我赶忙挡了，获奖八字还没见一撇，万万不敢对外说。"金太史"啤酒是司马迁家乡的酒，今晚喝之，特别有意义，编辑们都是带了相机的，当场照了相。这照片后来送我，上边写了五个字：清冷的祝贺。

第二天约好安博兰再来电话，但因孩子的病我去询问一个名医，回来晚了，未能联系上，家里的电话是市内电话，无法拨通巴黎，只好作罢。事后得知，安博兰未能与我联系上，就找北京的吕华，吕华是中国文学出版社的法文部主任，与安博兰熟悉，也是法国认同的几个中国法文翻译家之一。吕华也不知我在哪儿，从该社编辑、作家野莽那儿得知了孙见喜电话，孙见喜又找我，又找穆涛，穆涛办公室有传真，吕华将邀请函传给了穆涛，并约了我与安博兰通话的时间。再次与安博兰通话，距十一月三日时间又缩短了三天，我是无论如何也去不了巴黎了。这样，我只有等待十一月三日的揭晓消息了。

等待是熬煎人的。十一月三日，没有动静，四日晚，我在《美文》编辑部玩麻将，到很久的时间了，穆涛从他的房间出来，让我接电话，说吕华通知《废都》获奖了！我说：你哄我吧？穆涛说：真的，你接电话。电话里吕华说："刚刚得到消息，《废都》获法国费米娜外国文学大奖！我向你祝贺！"我朝空打了一拳，说：好！反身再去玩牌，已视钱如粪土。痛快玩到肚饥，几人去水晶宫饭店吃夜宵，当然我请客。我把消息告知家人，又通知孙见喜，让他也来吃饭。饭毕，又去编辑部，孙、穆主张写一小稿，将消息报道出去。我说：自己报道自己的消息?！穆涛说：这是特殊情况，你不说谁知道，万不得已啊！可怜他二人从未写过消息报道，写了几遍都不满意，更要命的是，《废都》在国内被禁，多年来新闻界见"废都"二字如见大敌，少是拒不宣传，多是避之不及，明哲保身，谁肯发表呢？费尽心力将小稿写出，又反复给吕华拨电话，进一步查证有关资料，以免稿子内容有误，最后形成文——

据十一月三日法国巴黎消息：中国作家贾平凹的一部长篇小说（《废都》）荣获"法国费米娜外国文学奖"。这是贾平凹继一九八八年获"美国飞马文学奖"之后又一次获得重要的国际文学奖。"费米娜文学奖"与"龚古尔文学奖""梅迪西文学奖"共为法国三大文学奖。该奖始创于一九〇四年，分设法国文学奖和外国文学奖，每年十一月份第一个星期的第一天颁奖。本届评委会由十二位法国著名女作家、女评论家组成。贾平凹是今年获得该奖项"外国文学奖"的唯一作家，同时也是亚洲作家第一次获取该奖。

之所以在稿子中将《废都》写入括号内，即担心有的报纸不敢使名字出现，便可以删去括号而不影响原文。

后来，报纸上发出此文稿时，果然均删去了《废都》二字。刊登消息的报纸我见到的有《文艺报》《文学报》《作家报》《文论报》《文汇报》《解放日报》等，陕西的报纸仅《三秦都市报》。这期间，法国国际广播电台连续一周报道此事，"美国之音"也做了报道，并且法国国际广播电台电话采访了我，也联系了陕西几位作家做了电话采访。至后，有人寄来台湾《联合报》，上边也发了消息。国内发表消息的多是文学专业报纸，一般人多是收听了法国台和美国台后得知的，于是十多天里，我不断收到一些报刊社、作家、读者来信来电的恭贺，且大都对国内报道时不提《废都》二字表示不满。但对于我，这已经十分十分地满足了，能将此消息发出，我感到了温暖。在众多的贺电贺信中，我得提及两位特殊人物，一位是法国文化和联络部部长卡特琳·特罗曼的贺电，电文是："谨对您的小说《废都》荣获费米娜外国文学大奖表示最热烈的祝贺。相信这部杰出的作品一定能够打动众多的读者。"一位是法国驻华大使皮埃尔·莫雷尔的贺信，信文是：

欣喜地获悉您发表在斯托克出版社的长篇小说《废都》荣获费米娜外国文学大奖。费米娜文学奖创立于一九〇四年，是法国最有权威和盛名的文学奖之一。在此我谨以个人的名义，对您获得的殊荣表示祝贺。其实在评委尚未表决之前，评论界已经广泛地注意到您的作品。相信它无论在法国或在世界其他国家都能获得青睐。我希望您的小说能由于您在法国取得的成功，得到更多中国读者的喜爱。我非常希望能在法国驻华大使馆接见您，以便使您的光辉成就得以延续，并通过此开创法中文学交流的新局面。谨请贾先生接受我崇高的敬意。

对于法国文化和联络部部长和法国驻华大使的贺电贺信，我不知怎么办，除了分别给予他们回信感谢外，觉得法国政府如此重视，不给组织说不是，给组织说也不是，考虑再三，给中国作协领导人去了一信，说明了情况。几天后，张锲同志来电话，说翟泰丰同志因病住院，让他给我复信，但信无法写，故打电话，主要讲两层意思：一、表示祝贺。二、你不知怎么办，我们也不知怎么办，你自己处理。最好向当地领导请示一下。这样的答复既是朋友式的祝福，又是一级上边领导为难而又聪明的处理意见。我考虑西安市领导可能也是如此态度，若让领导尴尬，倒不如不去请示了，就自我处理。于是我给法驻华大使去信说明我一时去不了北京。几日后，大使馆来了电话，通知说大使十二月十五日来西安，希望我能在西安接受大使的接见。法国是文学艺术大国，法国人如此客气地对待一个普通的外国作家，这令我几多感慨而深深地表示敬意。

十一月十四日，西安地区文学界的朋友百多人，以民间的形式在市北郊的桃花源休闲山庄召开了"贾平凹小说创作座谈会"。这次会议，是一些文友提出的，我曾反对，认为太张扬了，他们不让我管，便由企业家也是乡党的章功孝出资，筹办一个"贾平凹荣获法国费米娜文学奖庆贺酒会"。后听他们说，有人担心起这个名字无法在报上发消息，又太刺激有关方面，遂改名创作座谈会，来的人皆不论行政职务，仅以朋友身份。没想原准备二三十人，得到消息后人来到百多位，几乎是陕西的评论界、作协、大学中文系、各报文艺部的全部头面人物，来者皆十分激动，发言热烈而极有水平。这些人，在《废都》出版当初，都为《废都》写过文章或发表过意见，现在重新评说《废都》，又有新的感受和话题，会议一直开到中午近两点才结束，主持人萧云儒先生也感叹久时没开过这般高质量的座谈会了。会后，数家报纸做了报道，《西部文学报》集中了大半版发了报道，又刊登了法国文化和联络部长、驻华大使的贺电贺信，我的发言，李国平的《贾平凹：一个具有国际影响的作家》一文。此报出版后，外地来电来信祝贺者更多，而陕西的《军工报》《社会保障报》等以特稿形式披露了获奖内幕，山东、四川等地报纸也做了专门采访。

十二月十五日，法驻华大使来到西安，同时十三日吕华从北京来，谈了许多法国方面的事，他讲他曾在法国两年，平时与法国文学界、出版界打交道多，法国历来是看不起中国文学的，法国的书展上，日本文学的橱窗占地颇大，给中国文学留的门面极小，这次获奖，是为中国作家出了一口气，争了大光。而这期间，数次与安博兰通电话，她讲："您在法国几乎是人人都知道了的人物了！我近来特别忙，每日有记者采访或作家来询问您的情况，谈对《废都》的感受。"并告诉我，法国的《新观察》杂志每年评世界十位杰出作家，并一起在该刊十二期写同一题目的短文亮相，今年我列入其中。但要述写的小文名为《我的控诉》（沿用左拉的一篇文名），我担心国人对这个文名产生异议，故写了《我的话》，文章也反复考虑修改，以免引起不必要的误解。而法国方面坚持用"我的控诉"为文名，强调历来都用这个文名，所以我重新又写，写得十分谨慎，算交了差。十二月十五日晚，我、吕华、穆涛、袁西安按时到凯悦饭店见大使一行，吕华做法语到中文的翻译，大使带来的翻译把我的话翻译成法语，同时在座的有文化参赞和秘书。双方交谈了近两个小时，大使详细问了我生活、创作方面的情况，又谈了他读《废都》一书中一些人物、情节的感受，以及法国的文学界、出版界方面的事，说道：您现在在法国是一位有地位的作家了，出版社一定会继续出版您的作品的，如果您的近六十部书能全部介绍到法国，法国的读者则有幸了。他热情而又幽默。我说斯托克出版社已来信准备继续出版我的作品，法国文学是高贵的，我的书能得到法国文学界、读书界的认同，我很高兴，也深表谢意，请他一定转告我对评委会的敬意和问候。大使对于我没能亲自去领奖深表遗憾，欢迎我随时去法国访问，如果办签证，直接找他，他保证一小时内办完。最后，他送我一册精美的中法文对照的《从中国到凡尔赛》画册，在扉页上写道："赠送此书给贾平凹先生，以作为我们今晚的亲切会见的纪念，并向您表示崇高的敬意！"又拿了他自己的法文版《废都》让我签名。我回赠了他一本中文版的《废都》和我的一幅书法。

法国的文学艺术在世界上是极有地位的，法国人浪漫而重艺术，《废都》的获奖，又如此受他们重视，我一方面感到欣慰，但也同时感到一种悲凉。我的一位朋友，现移居北京，她当年是我的读者，曾为《废都》常与人辩论，她得知获奖消息后给我打电话，说："这太棒了！那天夜里我几乎无法睡着，我无声地哭了，中国作家的书在国内遭禁而被外国文学界认可，我心里有说不出的一份痛苦。"她的话令我也心酸，但我笑了，说："其实这已经很好了，是是非非我经见多了，只要我还能写作，只要有读者还读我的书，一时的荣与辱都无所谓的。"

此后，《中华读书报》刊登了一九九七年法国各文学大奖的获奖书目和作家介绍，其中自然提到了《废都》，虽然别的书和作家详细介绍，说到《废都》只一句，但这却是国家级报纸第一次披露了获奖的书名《废都》。再后，《文学报》约孙见喜撰写了长文《贾平凹，九七文坛独行侠》，分两期刊出，详细写了获奖的事。而我，经过一段惊喜和忙乱后，已恢复以往的平静了，治我的病，治孩子的病，写我的文章，活我另一番的人。

一九九八年一月

天空晴朗

——第七届"茅盾文学奖"获奖感言

在伟大的茅盾先生的故乡，第七届茅盾文学奖能授予我，我感到无比地荣幸！

当获奖的消息传来，我说了四个字：天空晴朗！那天的天气真的很好，心情也好，给屋子里的佛像烧了香，给父母遗像前烧了香，我就去街上吃了一顿羊肉泡馍。

在我的写作中，《秦腔》是我最想写的一部书，也是我最费心血的一部书。当年动笔写这本书时，我不知道要写的这本书将会是什么命运，但我在家乡的山上和在我父亲的坟头发誓，我要以此书为故乡的过去立一块纪念的碑子。现在，《秦腔》受到肯定，我为我欣慰，也为故乡欣慰。感谢文学之神的光顾！感谢评委会的厚爱！

获奖在创作之路上是过河遇到了桥，是口渴遇到了泉，路是远的，还要往前走。有幸生在中国，有幸遇到中国巨大的变革，现实给我提供了文字的想象，作为一个作家，我会更加努力，将根植于大地上敏感而忧患的心生出翅膀飞翔，能够再写出满意的作品。

《商州：说不尽的故事》序

不写商州已经多年，但在商州的故事里浸淫太久，《废都》里的人事也带有了商州的气息，如我们所说的普通话。中国是一个农业国家，不论过去，还是现在，传统的村社文化仍影响甚至弥漫着城市——当今改革最头疼的是那些庞大的国有企业，而这些企业几十年人员不流通，几代人同一科室或班组，人的关系错综复杂，生产素质日渐退化，这种楼院文化现象与村社文化已没多大区别，不能不使企业的发展步履艰难——放眼全球的目光看去，我们许许多多的城市，实在像一个县城，难听点，是大的农贸市场。这就是中国的特点！作为一个作家，写什么题材不是重要的事，关键是在于怎么去写，当商州的故事于我暂放下不写的时候，我无法忘掉商州，甚至更清晰地认识商州，而身处在城市来写城市，商州常常成为一面镜子，一泓池水，从中看出其中的花与月来，形而下形而上地观照我要表现的东西了。现实的情况，城与乡的界限开始混淆，再不一刀分明，社会生活的变化，需要作家在关注城市的同时岂能不关注农村，在关注农村的同时也不能不关注到城市，现时的创作不管用什么样的形式方法，再也不会类同西方国家，也再也有别于我们前辈的作家，不伦不类的"二尾子"，可能更适应实际，适应我们。

商州曾经是我认识世界的一个法门，坐在门口唠唠叨叨讲述的这样那样的故事，是不属"山中有一座庙，庙里有一个和尚"的一类，虽然也是饮食男女，家长里短，俗情是非，其实都是借于对我们民族过去、现在和未来的认识上的一种幻想。我寄希望于我的艺术之翅的升腾，遗憾的是总难免于它的沉重、滞涩和飞得不高，我归结于是我的宿命或修炼得不够，也正因此我暂停了商州故事的叙说，喘息着，去换另一个角度说别样的故事。但是，不能忘怀的，十几年里，商州确是耗去了我的青春和健康的身体，商州也成全了我作为一个作家的存在。我还在不知疲倦地张扬商州，津津乐道，甚至得意忘形。我是说过商州的伟大，从某一角度讲，没有商州就没有中国，秦始皇灭六国统一天下，秦国之所以能统一得助于商鞅之变法，而变法的特区就是商州。许多年里，是有过相当多的人读了我的书去商州考察和旅游，回来都说受了骗，商州没有我说的那么好，美丽是美丽，却太贫困，且交通不便，十分偏僻。但是，他们又不得不对商州的大量遗属保守在民间口语中的上古语言，对有着山大王和隐士的遗传基因所形成的人民的性情，对秦头楚尾的地理环境而影响的秀中有骨、雄中有韵的乡风土俗叹为观止。文坛上，对我的作品的语言和作品中的神秘色彩总有两种说法：一种认为我古典文学的底子好，足风标，多态度；一种认为我故意行文文白夹杂，故意要魔幻主义。说好说坏其实都不妥，我没有学过多少古文，也不是人为要魔幻，是商州提供了这一切。

当然，在我讲的故事里，商州已不仅是行政区域的商州，它更多的是文学中的商州，它是一个载体，我甚至极力要淡化它。事实也是如此，当我第一次运用这个名称时，这个区域名为商洛，商州只是历史上的曾用名，只是这些年，商州二字才被这个地区广泛应用，赫然出现在商场、旅馆、货栈、产品的名称里，最大的中心县改市后，也叫商州市。

从事地方行政的人士，尤其一些地区、县的领导干部，多年里已经习惯了一种思维，当他们向上级部门索要补贴和救济时，是极力哭诉自己的贫穷，贫穷到一种乞相；当他们论到政绩时，所辖之地的形势总是好的，而且越来越好。不可避免，我开始向世人讲叙商州的故事，商州人是并不认同的，他们把文学作品当作了新闻报道，家丑不能外扬，我得罪了许多人，骂成"把农民的垢甲搓下来给农民看"，是"叛徒""不肖之子"。时间过了十数年，商州在认识外边世界的同时，也认识了自己，他们承认了我这个儿子，反过来就热情地给我以爱护、支持和培养。多年来，上自更替的每一届的书

87

记、专员，下至乡长、村夫、小贩、工匠、教员、巫婆、术士，相当多的人成为要好的朋友，那里发生了什么事情，我这里都清清楚楚，商州在省城设有办事处，那是一办，我家里人戏称二办。一九九三年，我被流言蜚语包围着，顽固的乙肝、病痛又逼使我卧上了医院病床，有人送来了一大沓照片。中国中部十二个中小城市经济交易会在商州举办，商州的一次大型社火游行的活动中，竟有一台社火芯子扮演的是我。商州的社火很是出名，芯子的内容历来都是诸神圣贤、历史传说，将现当代人事扮演了抬着招摇过市几乎没有，尤其是一个作家，在当时褒贬不一的人。况且，装扮的"贾平凹"脚下是数本巨型书，写有《废都》《浮躁》《天狗》等。我还不至于是个轻薄人，但这一堆照片令我热泪盈眶，商州人民没有嫌弃我，我应该"默雷止谤，转毁为缘"，也为我没有更好的作品问世深感着愧。

既然我选择了作家的职业，而且将继续工作下去，讲述商州的故事或者城市的故事，要对中国的问题做深入的理解，须得从世界的角度来审视和重铸我们的传统，又须得借传统的伸展或转换，来确定自身的价值。我不是个激情外露的人，也不是个严格的现实主义者，自小在雄秦秀楚的地理环境、文化环境中长大，又受着家庭儒家的教育，我更多地沉溺于幻想之中。我欣赏西方的现代文学，努力趋新的潮流而动，但又提醒自己，一定要传达出中国的味道来。这一切做来，时而自信，时而存疑，饱尝了失败之苦，常常露出村相。曾经羡慕过传统的文人气，也一心想做得悠然自得，以一以贯之的平静心态去接近艺术，实践证明，这是难做到了。社会转型时期的浮躁，和一个世纪之末里的茫然失措，我得左盼右顾，思想紧张，在古典与现代、中国与世界的参照系里，确立自我的意识，寻求立足之地，命运既定，别无逃避。

中国人习惯于将文学分得十分之细，甚至到了莫名其妙的地步，我的商州的故事，曾被拉入过乡土文学之列，也被拉入过寻根文学之列，还有什么地域文化之列。我不知道还会被拉入到什么地方去，我面对的只是我的写作，以我的思考和体验去发展我的能力。商州的故事，都是农民的人事，但它并不是仅为农民写的，我出生于乡下，写作时也时时提醒自己的位置和角度。也正是如此，说得很久了的那句"越是地域性，越有民族性，越是民族性，越有世界性"的话，我总觉得疑惑。剪纸、皮影，虽然独特，但毕竟是死亡的艺术，是作为一份文化遗产仅供我们借鉴的资料，它恐怕已难以具有世界性了，如果我们不努力去沟通、融汇人类文明新的东西，不追求一种新的思维、新的艺术的境界，我们是无法与世界对话的。在所谓的乡土文学这一领域里，我们最容易犯墨守成规的错误，或者袭用过时的结构框式、叙述角度和语言节奏，或者就事论事，写农民就是给农民看，做一种政策的图解和宣传。我们民族的传统文化无疑是宏大的，而传统文化也需要发展和超越，问题是，超越传统的人必是会心于传统这种神妙体验的人，又恰恰是懂得把自己摆到置之死地而后生的危险境地，孜孜以求那些已经成为传统的不朽之点的。

我在做这些思考的时候，我时时想到商州，我说，商州，永远在我的心中，我不管将来走到什么地方，我都是从商州来的。商州的最大的河流是丹江，当然还是这条水，它再流就成了汉江，再流就成了长江。正因如此，我不悔其少作，更不自己崇拜自己，我同意这样的一套书编辑问世，为的是我要继续行路，过去的便束之高阁。

一九九四年四月二十七日夜

我为什么写作

因为兴趣，我喜欢上了文学写作。文学写作改变了我的命运，我企图以文学写作完成我的生存价值。当这种写作有了些岁月，我的政治情绪滋生，关注和忧患着时下的现实，这是中国作家的宿命，我无法摆脱。我写作的题材，几乎所有的都是当代生活，却并不是所谓的"现实主义"一套，但我自信我有着现实主义的精神。我的文学起点并不高，就决定了从新时期文学开始到现在，我得不停地学习和变化。我主张在作品的境界上借鉴西方，在形式上有民族的气派。以前注重写人生，写命运，现在热衷于生命的东西。

中国作家

沈从文的文学

—— 在西安建筑科技大学的讲演

　　上一次在小教室讲"文学的语言"，我以为这次还是小范围讲，没想来了这么多人，又在这么大的地方，我可能讲不好了。这个题目是中文系给我出的。让讲讲沈从文和张爱玲，这两个作家是二十世纪中国伟大的作家，文坛熟悉，大家也熟悉，就很难讲。我只能讲讲我阅读的体会。这一堂讲沈从文，下一堂讲张爱玲。

　　中国的作家是从来不缺乏天才的，比如李白、苏东坡、曹雪芹、鲁迅，这样的名字可以列一大串。正是因为有他们存在，中国的文学才立于世界文学之林。他们留下了一份遗产和一份光荣，才使我们作为后人的在面对着西方文学不至于那么惶恐和自卑。学中文的人，搞汉语写作的人，我们必须了解他们的人生，熟读他们的作品，这是最最基本的学业修养。但天才作家的作品，我们只能神灵一般地敬奉他们，而无法复制和模仿，因为他们的写作无规律可循，常常是不从事写作的人读了他们的作品感觉他也可以写作，而从事写作的人读了却觉得自己不会了写作。今天我讲另一个天才作家，那就是沈从文。对于沈从文大家可能也是没人不知道吧，关于他的话题可能也是大家听过了许多吧，我要讲的依然不是他作品的具体分析，还是我刚才说过的，天才作家只能让人受其启示而不可仿制的，正像天才画家齐白石说过：似我者死。伟大的作品都是看起来似乎非常平易，似乎人世间就真有那么些故事，不是笔下写出来的，是天地间原本就存在着的，牛顿故居的墙上有人写着这样一首诗：自然和自然

93

规律隐藏在黑暗中，上帝说，让牛顿去搞吧，于是，一切就光明了。天才的作家也是这样。我们读《红楼梦》，读《西厢记》，你能感觉那是在编故事吗？你不觉得真真实实有那么一段生活吗？你难道认为那是在运用什么技巧吗？世界名牌服装都是那么简洁，只有小裁缝们做衣服才费尽心机，在领口上做花边，在袖头上绣饰物。盆景是精致的，大山上的草木和石头不需要布置。如果说人才、怪才、天才，人才是学成的，怪才是出绝招的，它太注意突出自己的不同一般，太刻意，气量就狭小，而天才一切都"蹈大方"，它是具体的，看似平和，如水一样，谁都可以进去，进去就淹死了，是未为奇而奇。扯远了，还是说沈从文。

先说沈从文的生平。先要说他的生平，这是因为什么生存状态决定什么人，什么人写什么文章。火而有焰，文是人的精神之光。研究一个作家，必须先研究他的生平。世上有许多作家，我们能不能学他，只有研究他生成的原因，才能得出结论。肉是好东西，我也承认，但我是素食主义者，这肉对我是不宜的。为什么有的作家让你有感应，有些则没有呢？原因就在这里。我讲一个例子，有一个画家带学生，要学黄宾虹，先是什么也不教，也不让临摹，而是半年内熟知黄的身世，生活习性，甚至穿类似黄穿过的衣服，让学生自我感觉自己就是黄宾虹。然后再接触黄的画，学他的技法，竟然进步神速。再举例子，我等多喜欢川端康成，搞不懂为什么能写得那样的小说，我寻找所有资料，才明白日本的川端康成作品之所以阴郁，是他从小失母，身体多病，孤独敏感的原因，也为此，寻找我能不能学他，那些东西与我的气质有关，那些东西我无法得到。沈从文是一九〇二年出生于湘西凤凰。湘西凤凰地处于川、湘、鄂、黔四省交界，多民族杂居，现在是著名的旅游胜地，当然人们去那里旅游有沈从文故乡的原因，但那里自然风光非常好，就是说那里的风水好。中国有古话说"得山水清气"，说"地杰人灵"，那是有道理的。穷山恶水是产不出佳木的，平原上的树多横长，深山的树多高直，戈壁滩上长的骆驼草，太白山顶上的树只有一人高。沈从文的祖父是大将军，曾率领当地的一支军队随湘军攻打过太平军，也曾任贵州的提督。但死得早，祖母是苗族，没儿女，将祖父弟弟的二儿子过继了，这就是沈从文的父亲。父亲也是一个恪守边关的大将，一九〇〇年八国联军攻陷了天津，其父解甲归田，母亲是土家族，回到凤凰第二年生下沈从文。沈从文十四岁入地方队伍，当过卫兵、班长、文件收发员、司书等。二十岁的时候，独自到北京寻找发展，如当今的"京漂族"。他考了无数的大学，没有考上。外语不利，一口湘西土语，交际受障碍，在北京混不下来，就又返回家乡当兵。但在队伍中领伙食费时，又改变了主意，离开了队伍，又到北京谋生。这时他开始写作投稿。在这期间，因投稿屡屡不中，生活极度困难，临时当过图书管理员，报社编辑，再后因作品发表，逐渐声名起来，到私立大学教书，以至最后任教到北大，从此成为名作家名教授。这就是他前半生的经历。

他前半生的经历决定了他作品的一切基调。他的后半生，变化更是巨大，但没有再从事文学写作。后半生我在后边再讲。这前半生的经历可以概括这么几点。一、绮丽的自然山水赋予他特殊的气质，带来多彩的幻想。二、民族交混，身上有苗、汉、土的血液，少数民族在长期受压历史中积淀的沉忧隐痛，使他性格柔软又倔强、敏感又宽厚。三、出身地方豪门大户，经见得多，又生活丰实，看惯了湘兵的雄武以及各种迫害和杀戮的黑暗。四、在写作初期受尽艰辛，培养了"安忍静虑"的定力。他的前半生的经历完全成就着一个作家的要素。什么样的人可以当作家？可以说有各种各样的，如托尔斯泰是贵族，如司马迁受过屈辱，如屈原不被重视，如曹雪芹经历了繁华与败落。一般情况下，小时候受过磨难多的人容易成为作家，因为磨难多，人情炎凉就体验得多，而文学就是写这些的。胸中有要说的话，有悲情，有郁情，有情绪，不吐不快，不说不行。艺术都是情绪的"东西"，有社会情绪和个体生命的情绪。结合到一起，写出来的就是好作品了，任何艺术也都有情结在里面，如李商隐说："春蚕到死丝方尽，蜡炬成灰泪始干。"那不是凭空说，一定有对象，只是李商隐死了，谁也不知道。好作品的产生就是这种情结的产物。古人说：读万卷书，行万里路。古人的行万里路，那时交通不便，骑个毛驴出走，一路上风雨冰雪，一路上不知吃在何处投宿哪里，有狼虫虎豹，有强盗毛贼，他的体验是生命的体验，如果现在坐飞机旅游，一两个小时就到一地，这个城市和那个城市大致一样，吃喝不愁，你就是行万里，你也没多少体验的。

我再讲几个小例子。沈从文的《湘西散论》里写了大量的少年生活，他是生活在多民族的环境中，又是地方豪门大户，那里孔孟的东西少，自然的、野性的东西多，他不受约束，生命是活泼的、天真的，所以长大以后做人没顾忌。他曾经和丁玲有矛盾，他到北京后因丁玲也是湖南人，声名也大，与之交往，感情真挚，丁玲入狱后他听到丁玲死了还写悼念文章，但后来两人发生误会，他忍隐着。他在京最困难的时候，冬天很冷，在一个仓库里写作，没有火取暖，衣服单薄，郁达夫去看他，把围巾送给了他。他投稿屡投屡退，当时《暑报副刊》的主编是孙伏园，一次编辑部会上，孙搬出一摞他的未用稿，说：这是某某大作家的作品。说完扭成一团，扔进纸篓。他在中国公学看上了张兆和，张兆和是一个美女加才女，他爱得不行，给人家写求爱信，张却看不上他，把信交给了校长胡适，胡适说：沈从文能给你写信，这是难得的好事呀！后来经胡适尽力作合，他们才结了婚。解放初期，沈从文境遇极度不好，夫妻关系不好，但他一直深爱张兆和，他有一个单独的学习写作的房子，每天带点熟食一早去，晚上回来，这样的生活一直十多年。我是没有见过沈从文的，当年一个朋友去北京见过他，回来说：老头儿像老太太，坐在那里总是笑着，那嘴皱着，像小孩的屁股。我告诉说那是他活成神仙了。有一个很奇怪的现象，凡是很杰出的人，晚年相貌都像老太太。我说这些是什么意思呢？说明沈从文不是个使强用狠的人，不是个刻薄刁钻的人，他善良温和，感受灵敏，内心丰富，不善交际，隐忍静虑，这就保证了他作品的阴柔性、温暖性、神性和唯美性。

现在分头说说，他作品的这几方面特点。

沈从文真正创作时间并不多，从一九二四年到一九四九年，总共二十五年左右，人不到五十岁就停止了。五四时期那一批作家，一九四九年后创作也基本上停止了，也都是五十岁左右。陕西的老作家，五十不到，四十岁左右，"文革"开始了，创作也就停止了。这些作家命运也都悲惨。沈从文二十五年时间作品结集八十多部，是现代作家中成书最多的一个。人们熟知的，比如《柏子》《龙朱》《阿黑小史》《月下小景》《边城》《黄河》《湘西散记》等。

说他的阴柔性。他的作品有一种忧郁气质，有一种淡淡的情感基调。作品的题材都是社会下层的士兵、妇女、小职员的日常人生，即便写妓女也都是低等妓女。在他写作的年代，国家破坏、民族灾难，鲁迅在写《彷徨》《呐喊》，茅盾在写《子夜》，巴金在写《家》《春》《秋》，还有柔石那一批作家，还有延安边区那一批作家。而沈从文的作品似乎并没有直接涉及当时的风云。换句话说，他不是政治性强的作家，他的作品没有成为政治宣传品，不是匕首和投枪，他也不是战士。没有直接写政治，写社会问题，使他的作品不阳刚，也因此不僵硬。当他初写出来的时候，以别样的生活别样的色彩惊动着文坛，成为京派作家的一员大将，但他在那个时候不可能成为强手，以至于后来政治性的、社会问题性的、大题材性的东西占领了中国文学，沈从文便渐渐边缘化，受到了漠视、排挤和攻击。一九四九年以后，虽有种种原因他退出了文坛，可以说，即使他还在文坛，他也是写不出来的。我在"文革"后期，有一天去图书馆翻到他的一本书，那是我第一次读他的书。书是丛书，序言由别人写的，序言中说他如何有才华，文笔如何好，但有一句话我记得清楚，就是：他只能算二流作家。我一直读过这样的话，作品必须经历五十年的考验，如果五十年后有人还在读，那就是好作品。五十年后沈从文怎么样呢？沈从文成了中国现代文学超一流作家，成了作家和从事文学工作者的必修课。为什么呢？文学有文学的规律，文学就是写人性的，脱离了写人性，而将文学当作政治的宣传品，你轻视着文学规律，文学也就最后抛弃你，近五十年后沈从文的浮出，是中国文学观的改变，可以说，对待沈从文的态度变化，是二十世纪中国文学的心路历程。

他的温暖性。善良而宽容的作家才能写出温暖的作品。沈从文写下层社会人的日常人生，同时期老舍也是写下层社会的日常人生，两人都是伟大作家，但老舍的眼光是批判的眼光，以一个改革者的眼光去看待人性的，而沈从文以温和的心境，尽量看取人性的真与善。对人性的真与善的关注和肯定，集中体现于笔下的女性形象的塑造。我们姑且不论其长篇、中篇，即使那些短篇，比如《柏子》和《丈夫》中的妓女都是那么可爱、可怜，读完让你心跳和叹息。作品的温暖性，可以使作品有慈爱心。我有这样的体会，小时候家境不好，父亲从学校带回一点吃食，当我们只四人在那里吃的时候，他是静静地坐在那里看着我们吃。我做了父亲后，每当弄些好吃的回来给孩子吃，我也是坐在对面看着，我体会到了一个做父亲的那种感觉。读沈从文的小说，我就想到父亲的神情，我感觉沈从文对他的人物就是这种神情。作品的温暖性，更使文笔优美，没有生硬尖刻，没有戏谑和调侃，朴素而平实，幽默也是冷幽默。

97

说到神性，好小说都是有神性的，也就是有精神的。作品要讲究维度，要提升精神层面。有的作品是政治传声筒，这是令人反感的；有的是把人物作为背景，去研究一个个具有当下性的社会问题，这是讨厌的；有的以观念写作，全文就为着演义一个观念，同样面目可憎。现在有许多作品，写现实，不应称之为现实主义，没有精神的现实作品不是现实主义作品。沈从文写的下层社会人的日常生活状况，就是他探寻的是最为根本意义上的爱、真、美，他的小说才具备了生命力。他有一句名言，说他的作品是建一个希腊小庙。一方面是经营希腊小庙，一方面现实却是人欲横流，红尘滚滚，这样就必须产生孤独和悲凉，他的作品又温馨又哀伤是自然而然的。我画莲喜欢画出藕、茎和花，莲花就是藕的精神之花，这朵花是艳丽的、洁净的，艳丽和洁净得又无比哀伤。

再说唯美吧。中国作家历来分两类：一类政治性强，大题材，大结构，雄浑刚健，这类作家和作品弄得好当然好，而且在当代走红，讲究语言，讲究气韵。当然弄得不好，影响大气，沦为柔弱和矫情。但这类作家的作品寿命长，他的文字至老都好，即使留一个便条都有味道。举个例子吧，现代作家废名是唯美的，沈从文向他学习过，他的作品特别讲究，太讲究的就冷僻、孤寂，失去大气，古诗人贾岛如此，废名也如此，而沈从文学废名脱于废名，他作品的气是向外喷的。孙犁的荷花淀派之所以后继无人，就是后学者气小了。唯美性的作家作品有一个很重要的特点，艺术感觉好，文笔美，善于运用"闲话"，增加韵味，我比喻为往水面上抛石子，有人抛一个石子，咕咚就沉水了，有人的石在水面上连打水漂。举《柏子》的一些句子。他们反复叙说一件事，文笔独思妙想，有无尽的细节，这需要感觉和想象。沈从文、张爱玲也如此。大家可以读《龙朱》。（这里不能具体分析。有许多东西靠自己去悟。没有悟性，那就不是干这行的料了。）

下面，我谈谈沈从文给我的启示。

一、成功的作家，必须是天生的一份文学才能，这份才能不是学校能培养的，它是大自然的产物。只要他胸中有文学，一经开发就有文学作品，若胸中没有，后天的努力也只能成就一般。知识并不等于智慧，而智慧就是悟的积累。张爱玲讲"发展自己是天才"，只要你感觉你在这方面有才，你就好好去发展，许多写作人初期都询问：自己是不是这方面的材料，最后能不能成功？

别人是无法回答的，自己有感觉，这如同端来一碗饭，你会感觉自己能不能吃下。

二、文学是人学，应该写出人的理想，写出人对自己的追问。这是正道也是唯一的道。所以，在中国这个政治性特强的国度里，一定要建立文学观，否则一时红火，得名取利，都是最后悲伤的。中国作家，有人是在政途上失意后转入文学，有人以文学作为跳板进入政途的，有人说是搞文学，经不住一个科长职位的诱惑，这样都不是真正弄文学，也可以说不是能在文学上成事的人。沈从文埋没几十年，是海外重视而影响国内的，也是社会进步后对文学重新认识的。当年沈从文无法搞文学，转向文物研究，他经手过瓷器、铜器、玉器、漆器、绘画、家具、绸缎一百万件，当讲解员几十年，接待三十万人次，写了《中国丝绸图案》《唐宋铜镜》《明锦》《战国漆器》等。他"安忍不动犹如大地，静虑深密犹如秘藏"。但是金子终究发光，古镜愈磨愈亮，当夏志清在海外大力宣传他，海外汉学者去研究他而获得博士学位，他终于文物出土。

三、社会复杂，人生亦复杂，各色人等，当人境逼仄的时候，精神一定要浩渺无涯，与天地往来。人要高贵，作品立意要高贵，这种高贵不是你去当官，得势，是你要隐忍，要静水深度。

四、对于沈从文，任何人讲都无法讲清，真正了解他，认真读他的作品，品味他的一句一字，悟出沈从文为什么是沈从文，悟出沈从文能不能与自己有感应。你只要感应了，你就会学到他许多东西。

本来，在讲沈从文之前，我应该要求同学们熟读他的作品，但我先来讲了，可能听我现在讲的理解不深，那就以我讲的作为一个引子你们再去读吧。声明的是，我讲的是我读过的沈从文，是一个作家去读另一个作家的感受，这种感受只是：他那样写我能不能那样写，他写的东西哪些我可以写，哪些我写不了？所以，我讲的不是全面地评价沈从文，只是一家之言而已，仅供参考。

二〇〇五年十一月十八日

读张爱玲

　　先读的散文，一本《流言》，一本《张看》；书名就劈面惊艳。天下的文章谁敢这样起名，又能起出这样的名，恐怕只有个张爱玲。女人的散文现在是极其地多，细细密密的碎步儿如戏台上的旦角，性急的人看不得，喜欢的又有一班只看颜色的看客，噢儿噢儿叫好，且不论了那些油头粉面，单是正经的角儿，秦香莲，白素贞，七仙女……哪一个又能比得崔莺莺？张的散文短可以不足几百字，长则万言，你难以揣度她的那些怪念头从哪儿来的，连续性的感觉不停地闪，组成了石片在水面一连串地漂过去，溅一连串的水花。一些很著名的散文家，也是这般贯通了天地，看似胡乱说，其实骨子里尽是道教的写法——散文家到了大家，往往文体不纯而类如杂说——但大多如在晴朗的日子，窗明几净，一边茗茶一边瞧着外边；总是隔了一层，有学者气或佛道气。张是一个俗女人的心性和口气，嘟嘟嘟地唠叨不已，又风趣，又刻薄，要离开又想听，是会说是非的女狐子。

　　看了张的散文，就寻张的小说，但到处寻不着。那一年到香港，什么书也没买，只买了她的几本，先看过一个长篇，有些失望，待看到《倾城之恋》《金锁记》《沉香屑》那一系列，中她的毒已经日深。——世上的毒品不一定就是鸦片，茶是毒品，酒是毒品，大凡嗜好上瘾的东西都是毒品。张的性情和素质，离我很远，明明知道读她只乱我心，但偏是要读。使我常常想起画家石鲁的故事。石鲁脑子病了的时候，几天里拒绝吃食，说："门前的树只喝水，我也喝水！"古今中外的一些大作家，有的人的作品读得多了，可以探出其思维规律，循法可学，有的则不能，这就是真正的天才。张的天才是发展得最好者之一，洛水上的神女回眸一望，再看则是水波浩渺，鹤在云中就是鹤在云中，沈三白如何在烟雾里看蚊飞，那神气毕竟不同。我往往读她的一部书，读完了如逛大的园子，弄不清了从哪儿进门的，又如何穿径过桥走到这里。又像是醒来回忆梦，一部分清楚，一部分无法理会，恍恍惚惚。她明显地有曹霑的才情，又有现今人的思考，就和曹氏有了距离，她没有曹氏的气势，浑淳也不及沈从文，但她的作品的切入角度，行文的诡谲以及弥漫的一层神气，又是旁人无以类比。

天才的长处特长，短处极短，孔雀开屏最美丽的时候也暴露了屁股，何况张又是个执拗的人。时下的人，尤其是也稍要弄些文的人，已经有了毛病，读作品不是浸淫作品，不是学人家的精华，启迪自家的智慧，而是卖石灰就见不得卖面粉，还没看原著，只听别人说着好了，就来气，带气入读，就只有横挑鼻子竖挑眼。这无损于天才，却害了自家。张的书是可以收藏了常读的。

与许多人来谈张的作品，都感觉离我们很远，这不指所描述的内容，而是那种才分如云，以为她是很古的人。当知道张现在还活着，还和我们同在一个时候，这多少让我们感到形秽和丧气。

元曲上说：不会相思，学会相思，就害相思！又说：好思量，不思量，怎不思量？嗨，与张爱玲同活在一个世上，也是幸运，有她的书读，这就够了！

一九九四年十二月十七日早

孙犁论

读孙犁的文章，如读《石门铭》的书帖，其一笔一画，令人舒服，也能想见到书家书时的自在，是没有任何病疾的自在。好文章好在了不觉得它是文章，所以在孙犁那里难寻着技巧，也无法看到才华横溢处。《爨宝子》虽然也好，郑燮的六分半也好，但都好在奇与怪上，失之于清正。而世上最难得的就是清正。孙犁一生有野心，不在官场，也不往热闹地儿去，却没有仙风道骨气，还是一个儒，一个大儒。这样的一个人物，出现在时下的中国，尤其天津大码头上，真是不可思议。

数十年的文坛，题材在决定着作品的高低，过去是，现在变个法儿仍是，以此走红过许多人。孙犁的文章从来是能发表了就好，不在乎什么报刊和报刊的什么位置，他是什么都能写得，写出来的又都是文学。一生中凡是白纸上写出的黑字都敢堂而皇之地收在文集里，既不损其人亦不损其文，国中几个能如此？作品起码能活半个世纪的作家，才可以谈得上有创造。孙犁虽然未大红大紫过，作品却始终被人学习，且活到老，写到老，笔力未曾丝毫减弱，可见他创造的能量多大！

评论界素有"荷花淀派"之说，其实哪里有派而流？孙犁只是一个孙犁，孙犁是孤家寡人。他的模仿者纵然万千，但模仿者只看到他的风格，看不到他的风格是他生命的外化；只看到他的语言，看不到他的语言有他情操的内涵，便把清误认为了浅，把简误认为了少。因此，模仿他的人要么易成名而不成功，如一株未长大就结穗的麦子，麦穗只能有蝇头大；要么望洋生

叹，半途改弦。天下的好文章不是谁要怎么就可以怎么的，除了有天才，有
夙命，还得有深厚的修养。佛是修出来的，不是练出来的。常常有这样的情
形，初学者都喜欢拥集孙门，学到一定水平了，就背弃其师，甚至生轻看之
心，待最后有了一定成就，又不得不再来尊他。孙犁是最易让模仿者上当的
作家，孙犁也是易被社会误解的作家。

孙犁不是个写史诗的人（文坛上常常把史诗作家看得过重，那怎么还有
史学家呢？），但他的作品直逼心灵。到了晚年，他的文章越发老辣得没有
几人能够匹敌。举一个例子，舞台上有人演诸葛，演得惟妙惟肖，可以称得
"活诸葛"，但"活诸葛"毕竟不是真正的诸葛。明白了要做"活诸葛"和诸
葛本身就是诸葛的含义，也就明白了孙犁的道行和价值所在。

一九九三年二月二十四日

哭三毛

　　三毛死了。我与三毛并不相识但在将要相识的时候三毛死了。三毛托人带来口信嘱我寄几本我的新书给她。我刚刚将书寄去的时候，三毛死了。我邀请她来西安，陪她随心所欲地在黄土地上逛逛，信函她还未收到，三毛死了。三毛的死，对我是太突然了，我想三毛对于她的死也一定是突然，但是，就这么突然地将三毛死了，死了。

　　人活着是多么地不容易，人死灯灭却这样快捷吗？

　　三毛不是美女，一个高挑着身子、披着长发、携了书和笔漫游世界的形象，年轻的坚强而又孤独的三毛对于大陆年轻人的魅力，任何局外人做任何想象来估价都是不过分的。许多年里，到处逢人说三毛，我就是那其中的读者，艺术靠征服而存在，我企羡着三毛这位真正的作家。夜半的孤灯下，我常常翻开她的书，瞧着那一张似乎很苦的脸，作想她毕竟是海峡那边的女子，远在天边，我是无缘等待得到相识面谈的。可我怎么也没有想到，一九九〇年十二月十五日，我从乡下返回西安的当天，蓦然发现了《陕西日报》上署名孙聪先生的一篇《三毛谈陕西》的文章。三毛竟然来过陕西？我却一点不知道！将那文章读下去，文章的后半部分几乎全写到了我。三毛说："我特别喜欢读陕西作家贾平凹的书。"她还专门告我："普通话念凹为凹（āo），但我听北方人都念凹（wā），这样亲切，所以我一直也念平凹（wā）。"她告诉我："在台湾只看到了平凹的两本书，一本是《天狗》，一本是《浮躁》，我看第一遍时就非常喜欢，连看了三遍，每个标点我都研究，太有意思了。他用词很怪可很有味，每次看完我都要流泪。眼睛都要看瞎了。他写的商州人很好。这两本书我都快看烂了。你转告他，他的作品很深沉，我非常喜欢，今后有新书就寄我一本。我很崇拜他，他是当代最好的作家，当然这只是我个人的看法。他的书写得很好，看许多书都没像看他的书这样连看几遍，有空就看，有时我就看平凹的照片，研究他，他脑子里的东西太多了……大陆除了平凹的作品外，还爱读张贤亮和钟阿城的作品……"读罢这篇文章，我并不敢以三毛的评价而洋洋得意，但对于她一个台湾人，对于她一个声名远震的作家，我感动着她的真诚直率和坦荡，为能得到她的理解而高兴。也就在第二天，孙聪先生打问到了我的住址赶来，我才知道他是省电台的记者，于一九九〇年的十月在杭州花家山宾馆开会，偶尔在那里见到了三毛，这篇文章就是那次见面的谈话记录。孙聪先生详细地给我说了三毛让他带给我的话，说三毛到西安时很想找我，但又没有找，认为"从他的作品来看他很有意思，隔着山去看，他更有神秘感，如果见了面就没意思了，但我一定要拜访他"。说是明年或者后年，她要以私人的名义来西安，问我愿不愿给她借一辆旧自行车，陪她到商州走动。又说她在大陆几个城市寻我的别的作品，但没寻到，希望我寄她几本，她一定将书钱邮来。并开玩笑地对孙聪说："我去找平凹，他的太太不会吃醋吧？会烧菜吗？"还送我一张名片，上边用钢笔写了："平凹先生，您的忠实读者三毛。"于是，送走了孙聪，我便包扎了四本书去邮局，且复了信，说盼望她明年来西安，只要她肯冒险，不怕苦，不怕狼，能吃下粗饭，敢不卫生，我们就一块骑旧车子去一般人不去的地方逛逛，吃地方小吃，看地方戏曲，参加婚丧嫁娶的活动，了解社会最基层的人事。这书和信是十二月十六日寄走的。我等待着三毛的回音，等了二十天，我看到了报纸上的消息：三毛在两天前自杀身亡了。

三毛死了，死于自杀。她为什么自杀？是她完全理解了人生，是她完成了她活着要贡献的那一份艺术，是太孤独，还是别的原因，我无法了解。作为一个热爱着她的读者，我无限悲痛。我遗憾的是我们刚刚要结识，她竟死了，我们之间相识的缘分只能是在这一种神秘的境界中吗?!

三毛死了，消息见报的当天下午，我收到了许多人给我的电话，第一句都是："你知道吗，三毛死了！"接着就沉默不语，然后差不多要说："她是你的一位知音，她死了……"这些人都是看到了《陕西日报》上的那篇文章而向我打电话的。以后的这些天，但凡见到熟人，都这么给我说三毛，似乎三毛真是了我的什么亲戚关系而来安慰我。我真诚地感谢着这些热爱三毛的读者，我为他们来向我表达对三毛死的痛惜感到荣幸，但我，一个人静静地坐下来的时候就发呆，内心一片悲哀。我并没有见过三毛，几个晚上都似乎梦见到一个高高的披着长发的女人，醒来思忆着梦的境界，不禁就想到了那一幅《洛神图》古画。但有时硬是不相信三毛会死，或许一切都是讹传，说不定某一日三毛真的就再来到了西安。可是，可是，所有的报纸、广播都在报道三毛死了，在街上走，随时可听见有人在议论三毛的死，是的，她是真死了。我只好对着报纸上的消息思念这位天才的作家，默默地祝愿她的灵魂上天列入仙班。

三毛是死了，不死的是她的书，是她的魅力。她以她的作品和她的人生创造着一个强刺激的三毛，强刺激的三毛的自杀更丰富着一个使人永远不能忘记的作家。

一九九一年一月七日

再哭三毛

（附：三毛致贾平凹的信）

我只说您永远也收不到我的那封信了，可怎么也没有想到您的信竟能邮来，就在您死后的第十一天里。今天的早晨，天格外冷，但太阳很红，我从医院看了病返回机关，同事们就叫着我叫喊："三毛来信啦！三毛给你来信啦！"这是一批您的崇拜者，自您死后，他们一直浸沉于痛惜之中，这样的话我全然以为是一种幻想。但禁不住还在问："是真的吗，你们怎么知道？"他们就告诉说俊芳十点钟收到的（俊芳是我的妻子，我们同在市文联工作），她一看到信来自台湾，地址最后署一个"陈"字，立即知道这是您的信就拆开了，她想看又不敢看，"啊"地叫了一下，眼泪先流下来了，大家全都双手抖动着读完了信，就让俊芳赶快去街上复印，以免将原件弄脏弄坏了。听了这话我就往俊芳的办公室跑，俊芳从街上还没有回来，我只急得在门口打转。十多分钟后她回来了，眼睛红红的，脸色铁青，一见我便哽咽起来："她是收到你的信了……"

收到了，是收到了，三毛，您总算在临死之前接受了一个热爱着您的忠实读者的问候！可是，当我亲手捧着了您的信，我脑子里刹那间一片空白呀！清醒了过来，我感觉到是您来了您就站在我的面前，您就充满在所有的空气里。

这信是您一月一日夜里两点写的，您说您"后天将住院开刀去了"，据报上登载，您是二日入院的，那么您是以一九九○年最后的晚上算起的，四日的凌晨两点您就去世了。这封信您是什么时候发出的呢，是一九九一年的一月一日白天休息起来后，还是在三日的去医院的路上？这是您给我的第一封信，也是给我的最后一封信，更是您四十八年里最后的一次笔墨，您竟在临死的时候没有忘记给我回信，您一定是要惦念着这封信的，那亡魂会护送着这封信到西安来了吧！

前几天，我流着泪水写了《哭三毛》一文，后悔着我给您的信太迟，没能收到，我们只能是有一份在朦胧中结识的缘分。写好后停也没停就跑邮局，我把它寄给了上海的《文汇报》，因为我认识《文汇报》的肖宜先生，害怕投递别的报纸因不认识编辑而误了见报时间，不能及时将我对您的痛惜、思念和一份深深的挚爱献给您。可是昨日收到《文汇报》另一位朋友的谈及别的内容的信件，竟发现我寄肖宜先生的信址写错了，《文汇报》的新址是虎丘路，我写的是原址圆明园路。我好恨我自己呀，以为那悼文肖先生是收不到了，就是收到，也不知要转多少地方费多少天日，今日正考虑怎么个补救法，您的信竟来了，您并不是没有收到我的信，您是在收到了我的信后当晚就写回信来了！

读着您的信，我的心在痉挛着，一月一日那是怎样的长夜啊，万家灯火的台北，下着雨，您孤独地在您的房间，吃着止痛片给我写信，写那么长的信，我禁不住就又哭了。您是世界上最具真情的人，在您这封绝笔信里，一如您的那些要长存于世的作品一样至情至诚，令我揪心裂肠地感动。您虽然在谈着文学，谈着对我的作品的感觉，可我哪里敢受用了您的赞誉呢，我只能感激着您的理解，只能更以您的理解而来激励我今后的创作。一遍又一遍读着您的来信，在那字里行间，在那字面背后，我是读懂了您的心态，您的人格，您的文学的追求和您的精神的大境界，是的，您是孤独的，一个真正天才的孤独啊！

现在，人们到处都在说着您，书店里您的书被抢购着，热爱着您的读者在以各种方式悼念您，哀思您，为您的死做着种种推测。可我在您的信里，看不到您在入院前有什么自杀的迹象，您说您"这一年来，内心积压着一种苦闷，它不来自我个人生活，而是因为认识了您的书本"，又说您住院是害了"不太好的病"。但是，您知道自己害了"不太好的病"，又能去医院动手术，可见您并没有对病产生绝望，倒自信四五个月就能恢复过来，详细地给了我通信地址和电话号码，且说明五个月后来西安，一切都做了具体的安排，为什么偏偏在入院的当天夜里，敢就是四日的三点就死了呢?! 三毛，我不明白，我到底是不明白啊！您的死，您是不情愿的，那么，是什么原因而死的呀，是如同写信时一样的疼痛在折磨您吗？是一时的感情所致吗？如果是这一切仅是一种孤独苦闷的精神基础上的刺激点，如果您的孤独苦闷在某种方面像您说的是"因为认识了您的书本"，三毛，我完全理解作为一个天才的无法摆脱的孤独，可牵涉到我，我又该怎么对您说呢，我的那些书本能使您感动是您对我的偏爱而令我终生难忘，却更使我今生今世要怀上一份对您深深的内疚之痛啊！

这些天来，我一直处于恍惚之中，总觉得常常看到了您，又都形象模糊不清，走到什么地方凡是见到有女性的画片，不管是什么脸型的，似乎总觉得某一处像您，呆呆看一会儿，眼前就全是您的影子。昨日晚上，却偏偏没有做到什么离奇的梦，对您的来信没有丝毫预感，但您却来信了，信来了，您来了，您到西安来了！

现在，我的笔无法把我的心情写出，我把笔放下了，又关了门，不让任何人进来，让我静静地坐一坐。不，屋里不是我独坐，对着的是您和我了，虽然您在冥中，虽然一切无声，但我们在谈着话，我们在交流着文学，交流着灵魂。这一切多好啊，那么，三毛，就让我们在往后的长长久久的岁月里一直这么交流吧。三毛！

一九九一年一月十五日下午收到三毛来信之后

附：三毛致贾平凹的信

平凹先生：

现在时刻是西元一九九一年一月一日清晨两点。下雨了。

今年开笔的头一封信，写给您：我心极喜爱的大师。恭恭敬敬的。

感谢您的这支笔，带给读者如我，许多个不睡的夜。虽然只看过两本您的大作，《天狗》与《浮躁》，可是反反复复，也看了快二十遍以上，等于四十本书了。

在当代中国作家中，与您的文笔最有感应，看到后来，看成了某种孤寂。一生酷爱读书，是个读书的人，只可惜很少有朋友能够讲讲这方面的心得。读您的书，内心寂寞尤甚，没有功力的人看您的书，要看走样的。

在台湾，有一个女朋友，她拿了您的书去看，而且肯跟我讨论，但她看书不深入，能够抓捉一些味道，我也没有选择地只有跟这位朋友讲讲《天狗》。这一年来，内心积压着一种苦闷，它不来自我个人生活，而是因为认识了您的书本。在大陆，会有人搭我的话，说："贾平凹是好呀！"我盯住人看，追问："怎么好法？"人说不上来，我就再一次把自己闷死。看您书的人等闲看看，我不开心。

平凹先生，您是大师级的作家，看了您的小说之后，我胸口闷住已有很久，这种情形，在看《红楼梦》，看张爱玲时也出现过，但他们仍不那么"对位"，直到有一次在香港有人讲起大陆作家群，其中提到您的名字。一口气买了十数位的，一位一位拜读，到您的书出现，方才松了口气，想长啸起来。对了，是一位大师。一颗巨星的诞生，就是如此。我没有看走眼。以后就凭那两本手边的书，一天四五小时地读您。

要不是您的赠书来了，可能一辈子没有动机写出这样的信。就算现在写出来，想这份感觉——由您书中获得的，也是经过了我个人读书历程的"再创造"，即使面对的是作者您本人，我的被封闭感仍然如旧，但有一点也许我们是可以沟通的，那就是：您的作品实在太深刻。不是背景取材问题；是您本身的灵魂。

今生阅读三个人的作品，在二十次以上，一位是曹霑，一位是张爱玲，一位是您。深深感谢。

没有说一句客套的话，您所赠给我的重礼，今生今世当好好保存，珍爱，是我极为看重的书籍。不寄我的书给您，原因很简单，相比之下，三毛的作品是写给一般人看的；贾平凹的著作，是写给三毛这种真正以一生的时光来阅读的人看的。我的书，不上您的书架，除非是友谊而不是文字。

台湾有位作家，叫作"七等生"，他的书不销，但极为独特，如果您想看他，我很乐于介绍您这些书。

想我们都是书痴，昨日翻看您的《自选集》，看到您的散文部分，一时里有些惊吓。原先看您的小说，作者是躲在幕后的，散文是生活的部分，作者没有窗帘可挡，我轻轻地翻了数页。合上了书，有些想退的感觉。散文是那么直接，更明显的真诚，令人不舍一下子进入作者的家园，那不是"黑氏"的生活告白，那是您的。今晨我再去读。以后会再读，再念，将来再将感想告诉您。先念了三遍《观察——人道与文道杂说之二》。

四月（一九九〇年）底在西安下了飞机，站在外面那大广场上发呆，想，贾平凹就住在这个城市里，心里有着一份巨大的茫然，抽了几支烟，在冷空气中看烟慢慢散去，尔后我走了，若有所失的一种举步。

吃了止痛药才写这封信的，后天将住院开刀去了，一时里没法出远门，没法工作起码一年，有不太好的病。

如果身子不那么累了，也许四五个月可以来西安，看看您吗？倒不必陪了游玩，只想跟您讲讲我心目中所知所感的当代大师——贾平凹。

用了最宝爱的毛边纸给您写信，此地信纸太白。这种纸台北不好买了，我存放着的。我地址在信封上。

您的故乡，成了我的"梦魅"。商州不存在的。

三毛敬上

111

说莫言

中国出了个莫言，这是中国文学的荣耀。百年以来，他是第一个让作品生出翅膀，飞到了五洲四海。

天马行空沙尘开，他就是一匹天马。

我最初读他的作品，我不是评论家，无法分析概括他创作的意义，但我想到了少年时我在乡下放火烧荒的情景。那时的乡下，冬夜里常有戏在某村某庄上演，我们一群孩子就十里八里地跑去看。那时我们最快活的事就是，经过那些收割了庄稼的田地或一些坡头地畔，都是干枯的草，我们就放火烧荒。火一点着，一下子就是几百米长的火焰，红黄相间，顺风蔓延，十分壮观。这种点荒是野孩子干的事，大人是不点的，乖孩子也不点的，因为点荒能引起地里堆放的苞谷秆，还可能引发山林火灾。但莫言点了，他的写作在那时是不合时宜的，是反常规的，是凭他的天性写的，写得自由浪漫，写得不顾及一切。自他这种点荒式的写作，中国文坛打破了秩序，从那以后，一大批作家集合起来，使中国文学发生了革命。

莫言一直在发展着他的天才，他的作品在源源不断地出，在此起彼伏的鼓声中，当然也有指责和谩骂，企图扼杀。但他一直在坚挺着，我想起了野藤。在农夫们为果园里的果树施肥、浇水、除虫、剪枝地伺候，果树还长得病病蔫蔫的，果园边却生长了一种野藤，它粗胳膊粗腿地长，疯了地长，它有野生的基因，有在底下掘进根系吸取营养的能力，有接受风雨雷电的能力，这野藤长成一蓬，自成一座建筑。这就是猕猴桃，猕猴桃也称之为奇异果，它比别的水果好吃且更有营养。

读过了他一系列作品，读到最后，我想得最多的是乡间的社火。我小时候在我们村的社火里扮过芯子，我知道乡间最热闹的就是闹社火。各村有各村的社火，然后十点开始到镇街上集合游行，进行比赛。我扮的芯子是桃园三结义中的关公，六点起来，在院子里被大人化妆，用布绑在铁架上，穿上戏装。当社火到了镇街，那是人山人海，红旗招展，锣鼓喧天，相当地狂欢。莫言的作品就是一场乡间社火，什么声响都有，什么色彩都有，你被激荡，你被放纵，你被爆炸。

我也想过，莫言给了我们什么启示？

一、他的批判精神强烈，但他并不是时政的，而是社会的、人性的。鲁迅的批判就是这样的批判。如果纯时政的，那就小了，露了，就不是文学了。他的这种批判也不是故意要怎么样，他本身就是不合常规的，它是以新的姿态、新的品种和生长而达到批判力量的。这如桑麻地里长出的银杏树，它生长出来了，它就宣布这块土地能生出银杏树。

二、他的传统性、民间性、现代性。传统性是必然的，他是山东人，有孔夫子，这是他的教育。民间性是他的生活形成。现代性是他的学习和时代影响。传统性和现代性是这一代作家共有的，而民间性各有而不同，有民间性才能继承传统性，也能丰富和发展现代性。

三、他的文取决于他的格，他的文学背后是有声音和灵魂。

四、他成功前是不可辅导性，成功后是不可模仿性。

莫言是为中国文学长了脸的人，应该感谢他，学习他，爱护他。祝他像大树一样长在村口，使我们辨别村子的方位。

二〇一四年十月十八日

怀念路遥

时间真快，路遥已经去世十五年了。十五年里常常想起他。

想起在延川的一个山头上，他指着山下的县城说：当年我穿着件破棉袄，但我在这里翻江倒海过，你信不！我当然信的，听说过他还是少年的一些事。他把一块石头使劲向沟里扔去，沟畔里一群鸟便轰然而起。想起省作协换届时，票一投完，他在厕所里对我说：好得很，咱要的就是咱俩的票比他们多！想起他拉我去他家吃烩面片，他削土豆皮很狠，说：我弄长篇呀，你给咱多弄些中篇，不信打不出潼关！想起他从陕北写作回来，人瘦了一圈儿，我问写作咋样，他说：这回吃了大苦咧，稿子一写完，你要抽好烟哩！想起《平凡的世界》出版后一段时间受到冷落，他对我说：一个个都不懂文学！想起获奖回来，我向他祝贺，他说：你猜我在台上想啥的？我说：想啥哩？他说：我把他们都踩在脚下了！想起他几次要把我调到省作协去，而我一直没去，当又到换届的时候，正是我在单位不顺心，在街上碰着他去购置呢绒大衣，我说了想去作协的想法，他却说：西安那地盘你要给咱守住啊！想想他受整时，我去看他，他说：要整倒我的人还没有生下哩！我生病住了院，他带着烟来看我，说：该歇一歇了，你写那么多，还让别人活不活？！想起他的虎背熊腰。想起他坐在省作协大院里那个破藤椅打盹儿的样子。想起他病了我去看他，他说：这个病房好吧？省委常委会开了会让我住进来的。想起他快不行了，我又去医院看他，他说：等我出院了，你和我到陕北去，寻个山圪崂住下，咱一边放羊一边养身子。

他是一个优秀的作家，他是一个气势磅礴的人。但他是夸父，倒在干渴的路上。

他虽然去世了，他的作品仍然被读者捧读，他的故事依旧被传颂。

陕西的作家每每聚在一起，免不了发感慨：如果路遥还活着，不知现在是什么样子？这谁也说不准。但肯定是他会写出更多更好的作品，他会干出许多令人佩服又咋舌的事来。

他是一个强人。强人的身上有比一般人的优秀处，也有被一般人不可理解处。他大气，也霸道，他痛快豪爽，也使劲用狠，他让你尊敬也让你畏惧，他关心别人，却隐瞒自己的病情，他刚强自负不能容忍居于人后，但儿女情长感情脆弱内心寂寞。

陕西画界有人以为自己是石鲁，我听到石鲁的一个学生说：他算什么呀！不要说石鲁的长处，他连石鲁的短处都学不来！

路遥是一个有大抱负的人，文学或许还不是他人生的第一选择，但他干什么都会干成，他的文学就像火一样燃出炙人的灿烂的光焰。

现在，我们很少能看到有这样的人了。

有人说路遥是累死的，证据是他写过《早晨从中午开始》的书。但路遥不是累死的，他昼伏夜出，是职业的习惯，也是一头猛兽的秉性。有人说路遥是穷死的，因为他死时还欠人万元，但那个年代都穷呀，而路遥在陕西作家里一直抽高档烟，喝咖啡，为给女儿吃西餐曾满城跑遍。

扼杀他的是遗传基因。在他死后，他的四个弟弟都患上了与他同样的肝硬化腹水病，而且又在几乎相同的年龄段，已去世了两个，另两个现正病得厉害。这是一个悲苦的家族！一个瓷杯和一个木杯在一做出来就决定了它的寿命长短，但也就在这种基因的命运下，路遥暂短的人生是光彩的，他是以人格和文格的奇特魅力而长寿的。

在陕西，有两个人会长久，那就是石鲁和路遥。

读谢有顺的《活在真实中》

　　当谢有顺在《小说评论》的专栏文章一篇篇发出来的时候，我到处打问着：这是谁？他终于从咸阳机场的大门里出来了，一个年轻得连胡须还没有长黑的后生，站在了面前，那一瞬间里我是"哦"了一声，如突然地被谁撞了腰。我不是不服一人的人，也不是见人便服者，但从那以后，我是那样地喜欢和尊敬着这个南方的小伙。

　　差不多是九八年吧，我开始搜寻和张扬谢有顺的文章。这种行为曾经有过，即"文革"后期第一回读了沈从文的一篇小说，便每到书店都翻那些综合选本，三次为了他其中的一个短文而将整本书买下，那时的钱对于我是一分要掰成两半用的啊。

　　中国人历来有文者相轻的习气，在我认识的文友中，常常有这种现象：只对外国人说好，只对古人说好。而作家与评论家的关系，在很长的时间里有着不正常，要么谁都可以得罪，评论家不可得罪，似乎作品就是为评论家而写的，要么断然拒绝评论，宣布我从来不读那些评论文章。谄固可耻，傲亦非分，这何必呢？我是一个太普通的作家，作品又常引起争论，二十多年里见识了各种各样的评论家。当我初学写作的时候，我的确爱听表扬，反感批评，年事较长，终于体会了前人的一句话："遇人轻我，必是我无可重处，置珠于粪土，此妄人举，不足较，若本是瓦砾，谁肯珍藏？"心平气和下来，倾听各种声音，自然能获得立竿见影的或潜移默化的好处。由此，我感谢着那些为汉语文学的进步而努力工作的评论家，虽然与他们本人始终萧然自远，却在书房里仔细阅读着他们的文章。

我之所以为谢有顺的出现而激动，是因为他的那一种大方的品格，他或许还没有飞到一种高度，但他是鹰，一定会飞得很高。前卫而不浮华，尖锐又不褊狭。如果说北方的评论家沉厚，注重于写什么，南方的评论家新颖，注重于怎么写，谢有顺却汇合了他们的长处，酝酿和发展着自己的气象。我和许多作家不止一次地交谈过，他是有着对创作的一种感觉，所以他的文章对创作者有一种实在的启发。

这个夏天，我有幸地读到了《活在真实中》（中国电影出版社二〇〇一年七月出版）一书，如此集中再读，该痛快时真痛快，该思索时就慢嚼，一边有"目当暗处能生明"之喜，一边却也生出"既生瑜尔何生亮"之怨。我是一个作家，他是一个评论家，我早已中年，他尚还青年，即使指天上的一朵白云，我也用不着慷慨赠他的，但我哪里又能对涌来的明月不说声感谢呢？因为我们都是文人，同样面对的是"永恒的和没有永恒"的中国当代文学。

海风山骨

《海风山骨——贾平凹书画作品选》序

日子过得真快，竟然五十九岁了，阴历的二月二十一是我的生日，《古炉》已经出版一月，空闲下来了，就编一本书画集吧，可以给读者汇报一下我的余事，也权当自己送自己个寿礼。

书画确实是我的余事。

之所以认作是余事，一是几十年来我都是在从事文学写作，文学写作是我的职业也是事业，立身之本，不敢懈怠。二是以我的才质和所下的功夫，自知很难在书画方面取得大成就，也要给自己的浅陋早早寻借口，就完全把书画作为陶冶自己心性之道，更作为以收入养文养家之策，那就只能是余事了。

但我是多么地喜欢着书画艺术啊，自感到我生命的土壤里有各种颜色，能长绿的树，也能长红的花，我与书画应该有缘。在我的认识里，无论文学、书法、绘画、音乐、舞蹈，除了各有各的不可替代的技外，其艺的最高境界都是一样的。我常常是把文学写作和书画相互补充着去干的，且乐此不疲，而相得益彰。

我承认我没有临过帖，也没有临过《芥子园》一类的画谱，但我读美术史，读了很多的书画。对于书法，其实我每天的文学写作都是写字，虽然是钢笔字，对汉字的理解却是一致的。你可以把书法说得是如何的抽象艺术，而它最基本的属性还是实用性的，来源于象形，能把握住它的间架结构，能领会它认知世界的智慧和趣味，以你的心性和感觉去写，写出来的字就不会差到什么地方去。至于绘画，我是在有了书法实践的几年后开始的，因为我还能掌握了线条，就以写入画，自然界的所有形象都在眼前，只是捉那些模样去画就是了。

常听到这样的话：文如其人，字如其人，画如其人。其实这话是从事的文、字、画达到了一定程度后方可讲的。只有在达到一定程度上了，手里的钢笔和毛笔才能与人合而为一，那么，人是什么人，文字就是什么文字，书法就是什么书法，绘画就是什么绘画；我的体会是，我有我长期以来形成的对于世界对于人生的观念，我有我的审美，所以，我的文学写作和书画，包括我的收藏，都基本上是一个爱好，那便是一定要现代的意识，一定要传统的气息，一定要民间的味道，重整体，重混沌，重沉静，憨拙里的通灵，朴素里的华丽，简单里的丰富。

我是先文学写作，后书法，再后绘画，当每一项创作刚刚上手的时候，甚觉快意，而愈往前行，才知干什么都是那么艰难。在这每一条路上，到处都是夸父的尸体啊。我常常不知道该书画些什么，它和写作一样，没有了感觉和冲动，笔就提不到手里，而当有了感觉和冲动，又苦于表现不出来，即便表现出来了，今天看着还可以，明天又觉得太糟糕，苦恼复苦恼，总在煎熬中。十多年来，是出版过一些书法和绘画的集子，现在羞于让人翻阅，就想，编辑了这本集子，再过几年，恐怕又是不堪入目的命运吧。却又想，人生都是从幼稚走来，真到那天了，或许看这些作品难看，那可能我是进步了，或许，那时候了，书画于我就不是余事了呢。

二〇一一年三月十一日

我读何海霞

（《何海霞书画集》序）

　　那一年，当我从乡下搬居来西安，正是何海霞从西安迁居于北京；京城里有了一位大师，秦都乃为之空旷。

　　我们同存于一个时代，却在一个完整的城墙圈里失之交臂而过，这是我作为活人的幸运和遗憾。登临华山，立于下棋亭上，喝干了那一壶"西凤"，听谁个粗野的汉子狼一般地吼着秦腔，我就觉得棋亭里还坐着赵王匡胤和那个陈抟，我不知道赵匡胤是不是了何海霞，还是何海霞就是了陈抟，我仰天浩叹：他为什么要离开西安呢？

　　哪里黄土不埋人，长安自古难留客，何海霞走了，古城墙里却长长久久地流传着关于他诸多的神话。

　　已经是很不短的时间了，热闹的艺坛上，天才与小丑无法分清。不知浪潮翻过了多少回合，惊涛裂岸，沙石混沌，我们并未太多地在报纸上、电视上见过何海霞；但京城消息传来，他还在活着，他还在作画。好了，活着画着，谁也不多提他，提他谁也心悸。百鬼多狰狞，上帝总无言。他的艺术是征服的艺术，他的存在是一种震慑。

　　面对着他的作品，我无法谈论某一方面的见解，谈出都失水准，行话全沦为小技，露出我一副村相了。我只想到项羽，力举千鼎，气盖山河。它使我从病痛中振作，怯弱生勇，改造我的性格。这个时代有太多的委琐，也有太多的浮躁，如此大的气势和境界，实在少之甚少，是一个奇迹。

打开他的画册，我曾经独坐一个晌午又一个晌午，任在那创造的大自然里静定神游，做一回庄子，化一回蝴蝶。但是，当我第一次看到他的近照，枯老羸瘦，垂垂暮年，我感觉到了一个寂寞的灵魂。啊，正是精神寂寞，他才有大的艺术。

　　"知非诗诗，未为奇奇"，海是大的，大到几乎一片空白，那灿烂的霞光却铺在天边，这就是何海霞。真正的中国的山水画，何海霞可能是最后的一个大家。

一九九二年五月三日夜草

李世南的存在

（《李世南画集》序）

　　上世纪八十年代初，李世南还住在西安的马军寨，我去拜访他，写了篇粗浅文字。那是我第一次采写画家，也可能是李世南第一次被采写。三十多年过去了，李世南的大名一直在画坛高隆，他再一次回到西安，两人相见，我已老了，他更老了，而那准备出版的画集样稿放在身旁，厚厚的四大册，就想，在这个时代，上天要成就一个大画家，也是必将让他在生活上、身体上、精神上经历巨大的折磨和痛苦，而不正是在这种折磨和痛苦中，他才能深悟天地之广大、造化之神奇、人生之沧桑、生命之无常，又将此全部倾注于他的作品中吗？

　　从上海到西安，从西安到武汉，从武汉到深圳，从深圳到郑州，从郑州到北京，他总是居无定所，四处漂泊。当过工人，做过职员，成为专业画家了偏又去寺里庙里，学佛参道，或成年半载地在朋友处寄宿。似乎什么都不要了，仅带着颜料和笔，只是寻找他要画的画。这是常人难以理解的，却可以说，是那画正在寻找他。沿着绳一样的路往山顶去，何尝不是山顶在用路的绳作牵扯呢。

　　翻开他的画集，那是他人生轨迹的艺术表现，也是新时期以来中国画坛革命的一份独特探索史。一九六九年的草地写生系列，一九七一年的陕北之行系列，一九七八年的楼观老道系列，一九八四年的矿工系列，一九八六年的贵州印象系列，一九九〇年的白屋系列，一九九一年的书法家像赞系列，一九九五年的独行者系列，一九九七年的浮生系列，二〇〇〇年的高僧系列，二〇〇五年的鹿池系列，二〇一一年的山居系列，二〇一二年的如云

125

系列，二〇一五年的陕北头像系列，二〇一六年的心境系列。都是系列，系列，能想象那是多少个日日夜夜，道旁有鲜花有荆棘，有掌声有喝倒声。他无限地前行，却无法想象那么一个羸弱身躯的人竟有如此的大能量。

如果说这个时代人物画很是繁荣，那是在改革着、变局着，却也正是浮躁和混乱着，如政治、经济、军事，甚或文学、音乐、戏剧一样，没有一个画家的探索之路前边是明的，没有一个画家的作品能众口一词。在这种全体画家都在夜行中，李世南已获奖成名，他是身穿了锦衣的，却最自觉和抢先。他是那样地坚定，又是那样地诡异，S形的蛇行，不断地往返于传统与现代之间。他的每一个作品系列出来，都惊世骇俗；而当许多研究者、效仿者还在慌张和琢磨时，他却倏忽远去，谁也不知道他将会出现在什么地方，下一个系列又会是什么。大的天才往往是没有预测性，也不可模仿，这如古人中的苏东坡，如洋人中的毕加索。

所有的艺术都是从实用到无用的过程，张彦远说过"成教化，助人伦，穷神变，测幽微"，成教化、助人伦是实用的，穷神变、测幽微则是艺术。古人的人物画，其人物我总以为都是实在的、具体的，发展到后来所谓写实，已经是随意而为，集体化的，概念的，而现在流行的写实主义和表现主义，甚或写实和写意，就是把西方的东西加进来，差不多成了头脸对着照片素描的那种，衣服仿着山水画泼墨的那种，遗憾的是全用力在了技法，少了精神的传达。李世南没有蹚这条路子，他完全独立，苦行着，冥想着，实践着，世纪之交后的十几年里，他是越来越现代，越来越传统，既是现代，又是传统，当然更是李世南，真个不可无一不可有二了。

我曾经对文学写作说过这样的话：如果一部小说出来，让不会写的人读了觉得自己也能写，让会写的人读了觉得自己不会写了，那就是好小说。李世南的画，尤其是人物画，竟出现过这种现象，自己也画的、懂画的人看了惊讶：画还可以这样画！不画画的、不懂画的则看了认为这画的是什么呀？这个时代就出了这样一位奇人、大画家、大天才，被理解和歪曲，被推崇和诋毁，他依然在那里，高贵着，孤独着，顽强而苦壮，却是美术史难以绕过的。

二〇一八年七月三十一日

关于张之光的画

(《张之光画集》序)

"不可无一，不可有二。"

这是前人评价那个才情和尚苏曼殊的，我却喜欢用这句话说张之光。

我仅仅见过他一次，满满地坐在一个沙发里，肥脸细眼，总是没睡醒的样子。我不敢说我阅人多多，我总觉得，鬼狐成精似的能贯通一切的那些大智者往往都很愚的。我请教他有关画的学问，他也不善言辞，又多谈画外之事，我就觉得他最能体味到"知非诗诗，未为奇奇"的禅境。他有很怪的思维和体验，诚然并没死读那么多哲学的书。

当今画坛上如同别的艺术门类一样，都热衷卷入"新潮"时髦做"阳刚"狂士，之光则大模大样地治孤，一任散淡适意，这使他的画精神上向内心归宿，笔墨上极尽吝啬，几乎完全是要"得意忘言"了。每幅画似乎是在长长的苦夏之中一觉醒来，夕阳临窗，风过前庭，持一扇一壶独饮于矮凳，又饮得久了，然后方提了笔在那纸上慵懒地抹抹，画是出来了，画者呢，有一串拖鞋声踢踏踢踏远去了。

大漠太丰富了，归于一片空白，我琢磨这个看起来没有架势，没有激情，也永没有清醒的人，是不是总活在他的白日梦里？时间和空间没有区别，他只有他的梦，他已经在梦里耗费了很多精力，现在只是追忆而已。

黑夜中的一点灯笼，照见的是万物中的一处，我们或许知道万物是那一处的背景和内涵，但一点灯笼若是在白天，仍能看到的是灯笼和灯笼所照的一处，则只有之光了。

这就是他的画。

他的画是他的心迹和灵迹，所以他无所谓什么题材，一切都是灵性之载体，即使随便抹一下，都能看出他的精神，这就像一个大的文学家的一张留言条都能看出是文学家一样。

我最欣赏的便是画中的艺术家的那一种启悟的心态——"水流心不竞，云在意俱迟"，这种对于宇宙自然的理解，对于时空的理解，对于人生和艺术的理解，散发着古气，又充满了现代人的气息。我于是想到陶渊明。做"阳刚"狂士是时髦，学陶渊明的人也不少，但都有意为之，"悠然见南山"而不是"抬头见南山"的又有多少呢？

所以我说，画风在某种程度上讲实在是一种情操的显现。

当然，同一切艺术一样愈是有个性的东西，长处和短处几乎同时存在，张之光的画不能到处充斥，这也不可能，我相信，他的艺术是靠征服而存在的，时间会塑造了他的形象。

我所认识的江文湛

（《江文湛画集》序）

　　总是听人说江文湛潇洒，以为是二十出头的小年轻；一日我随一帮人去终南山下访一位禅师，半路上车的是一对男女，女的美艳，男的却五十多了，相貌古怪，像戈壁滩上一只公羊；有人说这是新夫新妇的江文湛，于是我们便认识了。

　　那天的云很淡，他穿件红衣，蓄老长的头发。论罢禅，大家往院外的河里去玩，后门不开，他第一个翻很陡的颓墙，手脚敏捷如猫，还硬要那女子也翻，不翻，就迭声儿鼓动，遂一团绿空中坠下，他在下抱住了，也抱住了带落下来的一块残砖。河并不深，乱石匝地，他疯得像个孩子。女人是坐在一片林子边的，一语不发，任他放纵。他后来却歪在石窝里不动起来，河里是晚霞流动，红的团块和银的波线纠缠组合，岸的两边默坐了遥视的男女，境界如唐诗宋词。我说："你在欣赏妻子吗？"他说："我在看树。"他是在看妻子身后的树，看树全是些人在那里立着，站着各异的美妙，也看见了妻子是林中的一棵。我知道他的想象力极好，易入非非之境。就笑着说：艺术家都蓄这么长的头发，为什么艺术家都蓄长发呢？他说你见过狮子吗？我听说过，没见过，话题就这么断了。几个月后，再见他是在街上，他头发却短得出奇，几乎形象都变了，两人倚着车子在路旁的电杆下说儿女说天气，由发型说到形式问题，他说了一句形式问题是认识观的问题。这话很费解，分手后骑着车子想，回味如读了一本很厚的书：当今是搞艺术的人领导奇装异服，可搞艺术偏要弄到自身也艺术化吗？天上的鸟与水底的鱼原本一样，鸟翔云而不划水。鳞衍变成翅，鱼划水而不翔云，翅衍变为鳞，翅与鳞应美在生存的需要，而不是为美而美。

此后的日子里，与江文湛处得熟了，读他的人也品他的画，理解了他是真正的潇洒。他崇高，是有孜孜追求的事业；他自私，作画原本是一种自娱，画可以悬挂在庄严的大厅和大人物的卧室，街上拉着板车的运煤小工也可以拉他去画一幅两幅；他善吃好喝，敢冒犯，敢不卫生，也谈性说女人，他多么热爱他的生命，不失时机地要美丽，要辉煌。他为人为画，以人生的体证和心性的适意，他当然活得潇洒。别人说他潇洒，是企羡，又乏之摆脱外界和自身的俗尘的勇敢，只好几分嫉妒，几分戏谑，无可奈何。

当今能潇洒的人能有多少呢？轻薄玩世不是潇洒，那是做作和浪荡。如果说潇洒多是属于外向型，幽默多是属于内向型，那么潇洒和幽默同是沉闷的人生所透气的如窗的两扇，是一种超越，人生的别一个境界。

常常是一个电话，江文湛发动了一次沙龙清谈或野游。他喜欢爬极陡的崖涉老深的潭，着人大呼小叫，喜欢摆满墙满地的新作让朋友批点。或是喝到微醉，讲他难堪的少年和青年，最使他不能忘怀的也让我感动的是他少小时的教堂见闻，那高大五色的玻璃和辉煌的圣坛，他跟着大人蘸上圣水点在额上于胸前画十字，然后跪在长凳上和着音乐念经。音乐如水，非常悠扬低沉，神父穿着华而不丽白色镶着花边的披风，提着冒香气的熏炉，将一片叫圣体的白色的据说是江米做成的耶稣圣像送到闭目微张的教徒口里含化。那圣体一定很好吃，但神父不给他，而深深令他伤恼。这种对于江米糕片的圣体可望而不可即，影响了他整个人生。他对于绘画有着天生的悟性，但为了圆满一个真正画家的梦，他在生活的渊海里沉浮。四十年的岁月里，江文湛美丽潇洒。所以他不会轻薄，也不玩那一种"强说愁"的伪深沉。我们在野游的山巅之上待到鸦影日落，看万里夜空里，一轮明月来，朗读鲁迅的《鲜花与墓地》。在开满鲜花的墓地中，一位老人问一位少女："你看到了什么？"少女说："鲜花。你看到了什么？"老人说："墓地。"江文湛站起来了，说："我看到的是墓地上长了鲜花。"我们都为他鼓掌了，浅薄的喜剧是令人生厌的，但太沉重的悲剧并不就是艺术的最高境界，在悲剧的基层上超越悲剧走向喜剧才是大的艺术。曹霑在写《红楼梦》时缺衣少食，为什么他写大观园那么明媚灿烂，一声"宝二哥来了"，鸟也叫，花也开，满院欢笑呢？

还是那种在教堂里吃不到江米糕片的圣体的忧伤，深深地痛苦着江文湛的绘画意识，一派灵性，又固执而放纵，当四十岁里真正步入了中国的画坛，他的花鸟创作赢得了一片声名，但他要潇洒，真正的潇洒使他在艺术上只能朝三暮四，喜新厌旧。而感官上的欲望，现实不可超越的困惑，新的追求和难以割舍的瓜葛，使他毅然离开西安美院南下深圳，又从深圳返回西安，画了撕，撕了画，摔了画盘又买画盘，他心情不好，家庭又破裂，衣着不整，形容如鬼，他完全是被抛进了深渊旋涡，几乎是要沉没了。整整的四五个年头，江文湛硬挺着走过来，于人生和艺术上把原有的自己彻底打碎了，终于完成了他现在的潇洒。论起他作品的旋涡时期到如今的构成时期，江文湛总是笑笑，说："我老去十岁。"老去十岁的代价后的潇洒，潇洒的创作使每一个面对着它的读者都感到"减去十岁"。

但是，当我最近一次去他家的时候，江文湛正窝在一张大沙发中，沙发下是一双摆成了 X 形的鞋，酒和茶在面前的小桌上淋得斑斑点点。

画家王金岭

　　能在水面上扑腾，也可能溅出些水花的，往往并不是大鱼，大鱼多在水底深处。

　　这是文学艺术界常有的现象。

　　似乎有一段时间了，许多人在纳闷：二十世纪九十年代在陕西画坛多么著名的王金岭，怎么就没消息了呢？是从政当官了，还是调往了外地？

　　其实王金岭一直都在陕西，还在画他的画。

　　从宏观上讲，中国在大踏步前进，而着眼于某一个区域，又都是乱象丛生，这就是当今的社会。当画坛上没有一个标准、众声嘈杂的时候，王金岭既不想附庸政治，也不想从众同流，又不想追逐时髦，他是慢慢转身，并不华丽地，坐到了一边，只去想他要想的，只去做他要做的。

　　从热闹的席位上出走，选择寂寞，这需要定力的；而从此即可以看到天，看到地，看到天地的精神，看到"藐姑射之山，有神人居焉，肌肤若冰雪，绰约如处子"。

　　不可避免，他离席的日子里，于别人的眼里，他是不停地盖他的画室。先是在沣峪里筑茅舍，又在翠华山下建新屋，这是多么有好心情又多么会生活呀。其实，这种不断造屋的过程正是他在艰难而痛苦地寻找艺术心灵的归宿。为此，他远离了江湖，不靠近官场，也不动用媒体，不钻小圈子，甚至一些所谓展览、会议也不去，连画也卖得少了，竟然对于一些以官为重、以时髦为重、以炒作为重的盲目接受艺术的顾客一概不卖。

　　谁都承认他是有绘画天才的，但他知道珍惜，又知道如何去发展，因为他有他的抱负。于是，他"游名川，读奇书，见大人，养自己浩然之气"，在新筑的画室里思考着什么是中国画，中国画的本质和精髓在哪里，揣摩历史上的画家和画家的经典作品。天趣忙中得，心花静里开，他的见解高了，判断力强了，又十分苛求自己，反复实践，专注作画。

　　在一个下午，我们去拜见他，他是那么有兴致地谈着新近阅读八大山人、徐渭、黄宾虹、齐白石的感受，也读着石鲁和王子武。他一再在说，画家不是一种职业，而是一种与天为徒的事，墨水要诚实，甚于热血。当他拿出一批新作，大家一声叫好。好在什么地方，众说不一，那又是一番争论，最后几乎达成一致的看法，他不是如书法由篆到隶由隶到楷到行到草的开宗立派人物，却是特色鲜明个性十足的有大格局的画家，他的画：

　　一、传达的是中国人的思维，处理情与理，处理意与境，处理虚与实，完全是中国文化的气质。

　　二、已经完成了人与画的统一。山水花鸟人物其实都在画他，画他的精神，画他的思想情感，画他的文化修养，画他的生命品格。

　　三、功力越发深厚，笔墨更为精到，已不仅仅是技，而是道了。

　　我们对他说，水火既济，宝鼎丹成，闭关修养该结束了吧？他说：哪里是闭关修行不闭关修行呀，搬柴运水，无非大道嘛。我们都笑了，他也笑了，笑得是那样平淡而灿烂。

　　我想，是真天才者，时间是不会亏待的，他的画将会赢得更多人心，他也定会在社会上产生大的影响，当然这种影响不是市场的影响，而是艺术的影响。

二〇一〇年七月十九日

读史星文

（《书法写我》序）

火山往往被雪覆盖着，史星文也如是。他是书法界大才，平日形态却是混沌样子，与谁初交都显得无能。艺可久身，也可招来嫉妒，嫉妒则恨，恨又会生发种种不测。史星文几十年来，不惹是非，是非不惹，俯仰有节，进退皆宽，其处世无奇，在于他的淳厚，在于他的坦诚和无私。河浅只会浪花飞溅，潭深的才水不扬波。这种人可靠，能以委托，但相坐无趣。

从事文艺，晃的都是才华充满之人，而现今社会诱惑太多，竞争激烈，如果奇技淫巧，哗众取宠，是能成名，却到底难以成功，诚如树都在开花，有的花结果，有的花不结果，是谎花。史星文知道自己在书法上有天分，也知道如把天分发展壮大，虽长期在省书协专职，本是蝉声可以藉秋风，却钟悬空中，默不作声。书法并不是手艺活，更需要的是大的视野，大的见解。他能静能忍，博闻强记，穷思竭虑，在求道习艺路上，也曾规规矩矩，也曾标新立异，最后又全然推开了，终于阴阳相济，宝鼎丹成，翻转出自家面目。

一切艺术都是从实用到无用的审美过程，又都是从事艺术的人以心转化自己的修为过程。这些年来，史星文写了许多关于书法的文章，那都是他的体悟，犹如剖开身子可见舍利。而这本自述体的《书法写我》，篇幅不短，体例更大，开卷依然是心平气和，像老僧在说家常，读到深处，竟叩月敲日，刮天揭地，那么多的真知灼见，滚滚涌来，真感慨是一次火山的喷发。

在玫瑰园里

　　《玫瑰色回忆》是邢庆仁的一幅画，这幅画获得全国第七届美展金奖后，他将他的画室起名"玫瑰园"。两年后我成了玫瑰园的常客，那里为我固定了一张椅子、一只水杯和一个用笔洗代用的烟灰缸。

　　有一次再去玫瑰园，我给妻子的传呼机上留言：我去玫瑰园见庆仁。妻子的传呼机上却显示了：我去玫瑰园见情人。结果发生误会，妻子连续打我手机并赶了来，见到的玫瑰园主是个丑陋的男人，比我更粗更矮，大脑袋剃了，突凸滚圆如是个地雷。她便笑了：这是个和尚吗，起这样花的斋号？！从此我们叫庆仁是花和尚。

　　说庆仁是和尚也确实有几分对，他是个居士，而且正式拜过师傅，他在画室里供佛焚香，每每作画都放有佛乐。画室里没栽一朵花，满墙的新作全都有女人，又多是裸体。我每次去总要摸摸石狮的头，汉代的一蹲石狮永远在门口，眉眼笑呵呵的像一个老头。我认定这石狮是大观园的焦大，它清楚玫瑰园主人是如何地内心好色。但现实生活里，一有女性在，庆仁就局促不安，或者只咧了大嘴笑，暴露无遗了黄牙。大家便戏谑他画那么多有女人的画，是性压抑的结果。他后来有些改变了，每每朋友聚会，来一个女的，他就让女的和别人"握手握手""拥抱拥抱"，但他不握也不抱，说：我给你画肖像吧。一画又画成个裸体。问他怎么能看透人家的衣服，又是哪儿获得的这么多的人体知识？他说他在梦里见过。

　　庆仁不会说谎，他确实梦多，又离奇古怪，他每天清早一爬起来就画夜里的梦境，自《玫瑰色回忆》之后的很长时间里，他都在画他的梦。这批作品不再刻意主题，也销蚀了笔画，但形象鲜活，想象力极其丰富，弥漫着一种精神的虚幻，却充满了激情。因此，他被人称为"表现主义画家"。

称"表现主义画家"准确不准确，我说不清，因为我不是画坛人。我问过庆仁，他说他也搞不清，反正他是画家，他活在这个时代，他只画他能画的画。他是个多梦的人，好幻想的人，他更是个在现实生活里欢乐着和痛苦着的人，他肯定是不满意那一类题材决定的观点，又反感那种为笔墨而笔墨的画法，他力主着国画革命，却又身处在传统文化积淀极其深厚的陕西，他得有中西绘画杂交后的自己的面目。表现主义原产生于德国，后蔓延各国，可见其面对的是整个人类。中国的现代艺术中，表现主义是很重要的一个方面，它的背景是中国人同样面临了一种生活困境，所以强调表现主义或新表现主义，从某个角度讲也正是强调了时代的一种精神。中国绘画传统为线性的、素描的、水墨的，它的哲学基础和生长的环境是中庸，天人合一，虚与道，而如今中国绘画语境业已改变，艺术家以什么样的精神和姿态进入生活和创作已经是非常重要的问题了。庆仁的画可能有这样那样的不足，但这一批画我们看到了极强烈的主观色彩，充满了批判与关怀，的确与众不同。

因为我认识了庆仁，我也就将我在文学圈里的狐朋狗友也招引到玫瑰园去，那里成了一个艺术活动点。我们原本能影响他多写写文章，加入作协，没想他竟腐蚀了我们，都热乎了书法和绘画。当我们在玫瑰园的一面墙上画满了壁画，又张狂去办个展，庆仁却在相当一段时间里不画画了，说：让我静一静，我恐怕不能老这样画吧？其实他是一直在变着，包括题材、构图、色彩，甚至绘画的材料，他怕自己滑入定式，画得熟而丧失激情。他的样子又有几分像日本人，曾经在大街被一群日本游客错认为是同胞，所以大家又叫过他是"朝三暮四"郎。现在，朝三暮四郎只鼓动和指导我们绘画，他不画，想必在某一日他会打电话让我们去喝茶，到时又会拿出一沓作品让我们惊骇的。

二〇〇一年二月十八日

读吴三大书品

陕西人知书艺，陕西人都推崇三大，师从三大门下的引为荣，家有三大墨迹的视为宝。我初遇三大在八年前，见他头大口大臀大，其相如虎，敬畏而不敢前去搭讪。后，满街牌匾多为他字，我曾一路慢走，一手在口袋里临摹。至今相见过三次，说过五句半话，那半句话是我在车上他在车下，隔窗说："你好……"车就开了。人皆议论三大嗜酒好烟，贪卜喜乐，凡事尽性，一任放纵，我听了叹其正是天生艺术：没嗜好者岂入艺门，不放纵者难成大果。历来俊才性情逸放，三大生于现时，若如李白挂剑长行，是盲流闲汉，若如王维笑傲林泉，哪里又有一个辋川？三大以平常人的平常玩事侍养心性，正合了俗人喝茶是茶，僧人喝茶是禅，人家不会糊涂、才学糊涂、难得糊涂，似我原来糊涂、还要糊涂，岂不更糊涂了?! 三大的字也极具功量信息。它有侠气，粗观透冷森，久读有暖意。它不雍容，也不轻佻，笔画柔行，柔的是龙泉剑的绕指，结构随意如崖畔松根，随意中却凝聚了破土裂石的硬倔。悬钟馗像逼鬼，挂三大字增勇。

若呼名是念咒，写名是画符，这经某一人书写的形而上的书法的符号，是可透泄出天地宇宙生此一人的精神和此人对天地宇宙的独特体证。人间学书法的甚多，成大家的甚少，正是知其一而不知其二，或两者皆不知，只是死临池。三大的字少蕴藉，多尖锐，少堂皇，多清瘦，看得出他野莽出家，归修正果，归修了正果，又不规不矩。即富贵不如于右任，风流不类唐伯虎。他是在倾诉着灵魂的放达和放达中的艰辛，抒发着人生的奋斗和奋斗后的淡泊。

钟国康

纪渻子为王养斗鸡，历久乃成，其鸡望之若木鸡，盖德已全，他鸡无敢应者。

这个故事，我最先不是从《庄子》上读的，是钟国康告诉我的，他送了我一枚印：木鸡养到。

钟国康是我十余年来见到的很奇怪的人。他凹目翘鼻，胡子稀疏，头发长，卷而油腻。老是穿黑衣。似乎背有点驼，前襟显长，后襟短促，一条线绳从领口拉挂在腰间，他说有这条线绳就生动了，其实拴着一个手机。行走飘忽，有鬼气。

他是位书家，用笔在宣纸上写字，用刀在印石上刻字。

形状这般地孱弱，他应该低眉顺眼，应该寡言少语，但不，他始终不能安静，走来走去，好激动，表情丰富。不停地要说笑，边说边笑，边笑边说。我见过他在宣纸上写字，墨调得很稀，长锋笔戳过去，几乎是端着水墨，淅淅沥沥地就到了纸上，然后使很大的力和很大的动作，如武术一般，出奇的是墨是墨、水是水，有海风山骨的味道。那场面，能想象李白酒后作诗，李白可能很清高，很潇洒，他却几幅字写成，满身墨渍，尤其用卫生纸按拓，一团一团脏纸在地上丢下一层。在印石上刻字那就更疯了，眼镜往额上一推，好像让头上再多两只眼，然后拿块印石，看，看，看得印石都羞了，猛地从怀里掏出刀来，别人的刀都是一拃长的，他的刀一指粗一尺长，简直就是钢凿子！咔，咔，咔，他讲究节奏。他刻印的时候大家都围上来，不敢出声，他却好为人师，讲为什么这个字这样结构，这一刀处理有什么含义，怎么会出现这种效果啊，他哇哇大叫，为自己得意。

他从来都是自负的，眼里无一人无一物能碍，却同时又都为他囊括。仰观象于玄表，俯察式于群形，他正经地告诉我，他要活到九十以上，他要年年把一些东西加进他的艺术里。我不能准确地读出他有哪些突破有哪些局限，但我在他的书法里读出了金石味，在他的印刻里又读出了毛毫、水墨甚至宣纸的感觉，其宣纸上、印石上的作品雄沉豪放，感情充沛，生命蓬勃。

关于他，社会上有许多传言，说他相貌奇异，举止常出人意料。说他饭量极少，精神张狂。说他自制墨和印泥，弄得屋里臭气不散。说他外出开会，车厢就放一筐印石，三五天回来那印石全刻了，然后一筐一筐的作品就存封在那一间专门的房里。说他好色。说来求印的，一枚印二万，若讨价，就二万五，再讨价，就三万，还要讨，便起身送客了。说现在有许多人在社会上收集他的旧印，有收集到一百枚的，有收集到二百枚的，还在收集。说有大老板正筹划给他建艺术馆。

我看着他，总想：这是个什么人呀，可能前世是钟馗，今世才一身鬼气，又邪而正、正而大吗，或许是关公门下吧，玩的是小刀，使的却是大刀的气势？

我也送他一幅书法：木鸡养到。

小记怀一

第一次见怀一，就知道这名字不是他父母起的，自己给自己起名，这像《山海经》上常说的那种动物：自呼其名。但他那么年轻的，还很瘦，怎么就能怀抱得住一呢？

后来见怀一，已经胖了，剃着光头，有些和尚气象，便和名字配上了。

人这一生，要交往各色人等，有的人见了无缘无故感到亲切，有的人见了却没理由地反感。见怀一总觉得熟，怀疑前世我们做过亲戚或朋友，尤其他那笑声和笑起来嘴角的变化。

我给许多人推荐过怀一的画，都说好。

怀一是有绘画天才的，所以他似乎很轻松，不是那种以为搞艺术和种庄稼一样下苦而笨得让人瞧着可怜，也不是那种要光前裕后，以为艺为登天云梯，结果浊气满纸，低俗不堪。他高故能生逸，文故能呈静，多哲思，多性灵，多趣味。他曾画了相当数量的僧，这是我非常喜欢的画，总想起那句话：安忍不动，犹如大地，静虑深密，犹如秘藏。他也曾画过许多案头上的物件，其并不堕落的颓废，其生命本真的简素，其天然风度，让我玩味不止。

当今的画坛上，多是要去评奖和国展，多是要去竞价和拍卖，怀一这样的人，这样的画，注定是不入主流的，他当然明白这点，办起个"二月书坊"，招得一些气味相投者，清风出袖，明月入怀，谈文说艺，弄笔濡墨，真有点"自闭桃源称太古，欲栽大木柱长天"。

不该有怨愤吧，人处在任何社会都是难满意的，我们羡慕春秋时代，孔子也说世风日下，孔子向往周朝，而周朝的伯夷叔齐也说：今天下暗，周德衰。当年齐白石出道，并不合潮流，没有大画，日常题材，却开辟了一个新天地。当然，齐白石是坐在一个菜园子里的老翁，怀一的"二月书坊"是个小木屋，他们今天可能只享小誉，明日谁又能料到不留远名呢？

二〇一一年三月十五日

治病救人

我第一次认识张宏斌，张宏斌是坐在我家西墙南边的椅子上，我坐在北边椅子上，我们中间是一尊巨大的木雕的佛祖。左右小个子，就那么坐着，丑陋如两个罗汉。对面的墙上有一副对联：相坐亦无言，不来忽忆君。感觉里我们已经熟了上百年。

我们最先说起的是矮个儿人的好处，从拿破仑、康德，到邓小平、鲁迅，说到了阳谷县的那一位，两人哈哈大笑。我们不忌讳我们的短，他就一口气背诵了《水浒》上的那一段描写。我说你记忆力这般好，他说你要不要我背诵你的书？竟一仰头背诵了我一本书的三页。我极惊奇，却连忙制止：此书不宜背诵！问他看过几遍就记住了，他说三遍。我说你还能背诵什么，他说看过三遍的东西都能记住。就又背诵起《红楼梦》的所有诗词，让贾宝玉和金陵十二钗全都到我家办诗会了。

但我请张宏斌来，并不是因为他是记忆的天才，他的本行是医生，要为我的一个亲戚的儿子治癫痫病的。我差点儿迷醉于他的记忆力的天赋而忘却了他是医生。他看了看亲戚的那个患病的儿子，笑了笑，说："药苦，你吃不吃？"儿子说："我爱吃糖！"大家都乐起来。我将那小子拉过来，在他汗津津的背上搓，搓下污垢卷儿让他看，几个大人立即向我翻白眼，以为当着医生丢了面子。

张宏斌留下了几袋丸药，开始详细吩咐，什么时候吃什么大丸，什么时候吃什么小丸，极讲究节气前后的时间。我要付他的钱，他不收，提出能送一两本我的书。我的书都在床下塞着，他似乎不解：我把配制的药丸是藏在架子上的瓷罐里的，你怎么把书扔在床底？我说："你那药是治病的。"他说："书却救人啊！"我笑了笑，救谁呢？一本送了他，一本签上"自存自救"放到了我的床头柜里。

他的这些药丸极其管用，亲戚的儿子服后病遂消解，数年间不复犯。

医生我是尊敬的，而这样的奇人更令我佩服，以后我们就做了朋友。他住在岐山县，常常夜半来电话，浓重的岐山口音传染了我，我动不动也将"入"念成"日"，一次作协研究要求入会的业余作者，讨论半天意见不统一，我一急说道：有什么不高兴的嘛，人家要"日"就让人家"日"嘛！

他常常被西安的病人请了来，每次来都来我家，我没有好酒，却拿明前茶，请，请上坐，就坐在佛祖旁的椅子上。我们就开始说《红楼梦》，说中医，说癫痫，说忧郁症，说精神分裂，这现代生活垢生出的文明病。

张宏斌说，医生最大的坏处，是：不能见了别人就邀请人家常去他那儿。这是对的，监狱管理员邀请不得人，火葬场也邀请不得人。中国人有这么个忌讳。但我给张宏斌介绍了许多有病的人和没病的人，还有许多名人和官人。谁的头都不是铁箍了的，名人和官人也是要患病的。作家可以拒绝，医生却要请的，没病也要请，这如在家里挂钟馗像。

同张宏斌打交道的几年里，我也粗略识得什么是癫痫和精神分裂病，什么人易患这类病和什么人已潜伏了这类病。并且，看他治病，悟出了一个道理：病要生自己的病，治病要自己拿主意。这话对一般人当然是自然而然的事，但对一些名人和官人却至关重要，名人和官人没病的时候是为大家而活着的，最复杂的事到他们那里即得到最简单的处理，一旦有病了，又往往就也不是自己患病，变成大家的事，你提这样的治疗方案，他提那样的治疗方案，会诊呀，研究呀，最简单的事又变成了最复杂的事，结果小病耽误成大病，大病耽误成了不治之病。

张宏斌治病出了名，全国各地的病人都往岐山去，他收入当然滋润，而且住宅宽展，他说你出书困难了，我可以资助你，西安没清静地方写作了到岐山来。我很感激他。年初，我对他说：你教我当医生。他说：我正想请你教我写文章哩。两人在电话里呵呵大笑：那就谁也不教谁了！

现在，我仍在西安，他还在岐山，十天半月一回见面，一个坐木雕佛祖的南边，一个坐木雕佛祖的北边，丑陋如两个罗汉。

一九九七年一月二十日晚

推荐马河声

我曾给王 × 推荐过马河声，王 × 没有回音，我又给张 ×× 推荐过马河声，张 ×× 说他们研究研究，今也没有了下文，我只得向您推荐马河声了。您上任后，我与您约定我绝不以私人事麻烦您，可马河声不是我的亲戚，也不是同乡、同学。如果再不向您推荐，马河声的问题在这个城里可能永远得不到解决，而我若不推荐，马河声则不会再有人肯推荐。因为马河声是个穷人，没有城里户口，没有工作单位，甚至三十六岁了，还没有娶妻成家。五年前我认识了马河声，我那时四十三岁，他三十一岁，我们都属相为龙，我恰大他一轮，我惊叹他是个奇才，我们就亲近起来。数年的交往，马河声从未在我面前唉声叹气，知道我与您的关系也从未恳求过我向您提出他的困境。我们常在一起喝茶聊天或展纸写字作画，每到饭辰他就走了，他拒绝我的吃请，因为吃请了就要请吃，他没钱邀我去酒楼，但我接受过他两次从家乡带来的花馍，他是让他母亲亲自做的，夏天最热的时候送给我一盘冰激凌，那是用钢笔画在一张纸上寄我的。我不推荐他，马河声依然是马河声，但我不推荐他，我的良知却时时受到谴责，从年龄和社会阅历上讲我当然算他的老师，从书画艺术的修养上他却应该称作是我的老师，我在二十五岁时就有了工作，生计问题基本解决，几十年衣食无忧一心搞写作方有了今日成就，马河声十多岁进城十六七年里漂泊不定，为生计奔波，直接影响着他的艺术的成功。偌大的城里，多一个领公家薪水的人并不可能使城市贫困，但少一个艺术天才却往往使城市显得空旷。多少单位人浮于事，到处的庙里有不撞钟的和尚，却有人才不去聘用，有天才难以发展，我不推荐马河声，我愧于我身在文化艺术的行当里，也怀疑我心胸狭窄嫉贤妒能，而推荐于您，您若以为区区小事，抓政治和经济工作太忙将此事束之高阁或忘于脑后，世人如果知道不会影响到您的声誉，损害您的形象。我了解马河声而不推荐马河声，您过后知道了马河声的事必定要怪我，我给您推荐马河声就郑重其事地向您推荐，所以不邀您出来吃饭，也不口头叙说，特意写成此信。那么，您就继续往下看，我说说马河声的具体情况了。

马河声是渭北合阳人。合阳地处高寒，缺水少雨，生产小麦玉米，人多刚硬厚重。马河声却性情浪漫，机敏能言。他初学楷书，秀美温润有江南习气，一出道就在行当内声誉鹊起，这也是他能在古城里生存下来的原因。至后，又开始习画，悟性颇高，所临明清小品，几乎与真迹难以分辨。若以如此手艺应酬各种社会活动，马河声绝对可以做个囊中有物、出入有车，一头长发满脸清高之士了，但马河声却突然在一个夜里撕毁了旧时所有作品，他来告诉我，他的天性里确实有秀的成分，而在一片赞扬中单一发展下去，是难以成就大作品的。他的这次改变，使许多人难以接受，却让我振奋不已！我鼓呼了他的豪华志向，也告诉他或许他是一棵丁香，但生在渭北，宽博深厚的人文环境苍凉浑茫的生存态势，丁香已经不再纤弱，若再有意识地增长自己的雄沉，必会成为大的乔木。雄而无秀则枯，秀而无骨则弱，能清醒地认识自己，及时调整自己，我对马河声从此多了一份敬畏。

如今的书坛画坛鱼龙混杂，且到处是圈起来的围墙篱笆，仅瞧瞧他们的名片，足以被其头衔吓倒，但若去看看那些展览，你悲哀的并不是这些"艺术家"，而要浩叹这个时代的荒芜来了。书画，尤其书法，原本是由实用而演变过来的艺术，古人恐怕是没有专门的书法家的，现在书写工具改变，仅仅以能用毛笔写字就称之为书法家，他们除了写字就是写字，将深厚的一门艺术变成了杂耍。正是基于对现状的不满，我们一批作家、学者和教授组织了一个民间性的书画社团，起名为"太白书院"，马河声就在其中。马河声虽不是作家、学者和教授，却长期与作家、学者、教授在一起，他也写作过许多文章，凭着他的年轻和热情，每次活动都是积极的策划者和组织者。更有难得的一点，他是出色的鼓动家，大家在创作时，他在旁极力煽情，往往是现场气氛轻松活跃，使创作者自信心大增，以致使大家在写字画画时总叫喊：河声，河声，你快来！

马河声的书画艺术已经相当地出色，但中国书画历来重视名人，马河声的书画，说真的没有我的书画卖得好。每当我们在一起，外人只买我的字画，我就有些不好意思。有人严厉地批评马河声不迎合市场，那就一直穷困潦倒吧，马河声终不动心，他说：名人都是从未名而有名的，书画能走向市场的有政坛上的书画家，有从事别的艺术门类的书画家，但也有纯以书画成为大家的书画家，我既然纯搞书画而未成大名，那是我的作品还不行的原因。他坦然地面对着永恒和没有永恒的局面，潜心创作。他租住了一间很破旧的房子，购买的书沿着四堵墙往上垒，而让我题写了斋名：养马池。夏天里我去过一次养马池，房间热得像蒸笼，没有空调，一台电扇已经不能摇头，他只穿了一件裤头在挥汗作画，而茶几上零乱地摆着碗筷茶缸和方便面。我见此情景，感慨良久，想中外书画史上，有多少奇才在出道时十分艰难，却总有些富豪有意购买包装，将其推入市场。但是，现在能看出马河声潜力的人不多，能看出的如我，却不是富豪，我只能今日以二百元买他一只《寒鸟》，明日五百元买他一幅《山水小品》，这点零钱又能买几顿饭几刀纸呢？

世人多人云亦云，常常莫名其妙地使砖瓦被人争，金银遭抛弃，而即使一个真正的天才，也多有锦上添花者众，雪里送炭者少。中国正处改革，多种体制并行，以致出现人的贵贱贫富并不以能力而决定于供职的单位，如果马河声不是出身于农家，有一个单位有固定的收入、分配的房子，他是一棵树，会早在数年前就长粗长大，但现在只能艰艰难难地弯弯曲曲地长它的树了。这树肯定还能长大，我们何不在它生长期浇水施肥，而却要在它多少年后长大了才说这是一棵好树啊?! 历史当然是劳动人民创造的，但文字记载的，即为青史，却往往是帝王将相、才子佳人。作为一任领导，抓政治抓经济抓治安是基本的工作，可综观全国，这个古城要在政治、经济、治安诸方面几年间成就显赫、跃入国内前列，那是不现实的，一个城市应有一个城市的特点，古城是文化城，发展文化就得有人才，一任领导在职不过一届两

147

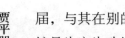

届，与其在别的方面花尽力气而成绩平平，不如抓住几个人才推出，这也不妨是为官为政的一条有效举措吧。

因珍惜马河声，我的推荐情真也易于过激，不免有胡说八道之嫌，恕能谅解，更盼有回音。若半月内亦无消息，我就摆饭局请您了。

小说孔明

孔明碎嘴，见什么都说，去年一本《说爱》，今年又是本《谈情》。

孔明似乎还谦虚：小人说的都是小事，一孔之明。

大说是史家的事，大人物又有几个？小事构成了我们芸芸众生的生命；小说是文人的本事；再者，孔明也是大明，字典里仍写着这层解释呢。

小事要说得很明，得要世事洞明，小事要说得通达，得要人情练达。饭后茶余，睡觉前，如厕时，翻几页看看，有多少事我们整日经历着，经孔明一说，还有这么多意义和趣味！书原本都是写闲话，现在的文人写着写着就都把自己写成上帝了。孔明的书是闲书，闲书不伟大，闲读却有益。

我喜欢听孔明说。

我不喜欢孔明说得太溜顺。

王志平

二十年前，我去李世南家采访，那里有一个小年青在跑小脚路，让他擦桌子，他用袖子去擦，让他去买烟，他在院子里摔了一跤。李世南说："你慌？你慌?！"小年青长得通顺，只是脸黑。二十年后，有人领我去他的朋友家聊天，一进门，那人在伏案画画，一支笔不停地在嘴上蘸唾沫，嘴脏得像小儿屁眼，他认出了我，我也认出了他，当年的小年青已经不小了，脸上纵横皱纹（他说他三十岁就成陈永贵的脸了），现在名字叫王志平。

人的一生，见什么人，关系什么时候疏，什么时候密，都有着定数。这一回和王志平重见后，来往就极多，可能因为他人善良，又很热情，也可能他是画家我也正热心了画画，还可能他有一部旧桑塔纳去哪儿都方便，便不管怎么说，我们经常在一起，曾在几个月里，每到晚饭时间，电话就打过去或者打过来：吃什么饭呀？他把车开过来一块儿去吃饭，最多的是吃搅团和烙饼，再就是吃盐煎肉和麻婆豆腐，饭钱我掏。

和王志平混得狗皮袜子没了反正，发现了他很多毛病，比如性急，急着办事，办出差错，急着说话，说得不妥；比如爱挽裤腿，当众放屁；比如胃功能差却贪吃，吃了就服吗丁啉。若是别人这样，我肯定不愿为友了，但他这些毛病，让你生气又觉得可爱。他的好处是你怎么批评他，他说是毛病，要改要改，可永远没改过。但他的长处却比一般人的长处要长，他能吃苦，累活脏活都能干，不计较自己教授的身份；肯帮助人，他的桑塔纳几乎为文艺界相当多的人运过货物或出远门办事，三更半夜也是随叫随到；他爱辅导，这可能是当教师的职业习惯，谁家的孩子学习上困难，让志平去指导吧，他会不吃不喝，直教得孩子会了才罢。

书画家这个行当，说是天堂就是天堂，说是地狱就是地狱，有的人能把宣纸当钞票印，有的人却穷得像流浪汉。王志平的画还在从流浪汉向宣纸就是钞票的过渡期，需要一方面在画室里用功，一方面为生计奔波，他曾经极困苦过，卖过袜子，拉过大幕，一连十天酱油泡米饭，但现在好了，有七所房产在倒腾，我称他是西安市最小的房地产商。他有着颇高的绘画才能，志向也大，却总是生计困扰，不断地中断专业，他自嘲这是命运，也自慰这可能是天要降大任给他所需的折磨。四十五岁前未能成名，积累了扎实的绘画功底和丰富的人生体验，四十五岁后，他的绘画发生质变，在意识上、题材上、笔墨语言上突飞猛进，出版了自己的画册，广泛获得好评。他对灾难的预感是非常惊人的，对形象和色彩的敏感也超乎常人，并时不时灵光乍现，朋友们都认为他是一堆珍珠可惜一条线没串起来，是一堆砖瓦木料可惜没有柱子，而将要年过半百了才突然纸戳破。他应属于晚成之人，他说他要感谢我，我说不用谢我，你教会了我一些造型线条和色彩搭配，我什么也没有教你，仅仅影响了你多读些书，要谢，谢你老婆。

他的老婆似乎是上帝派来管制他的，他是个野马，得有驭手，他是把琴，得给调弦，他的老婆按家庭主妇的要求不是称职的，但她好学习，性沉静，长处正好是他的短处。他们真正是身影不离，我笑着说樱桃大多是一颗樱桃一个把儿，偶尔也有一个把儿上两个樱桃，你们是连把樱桃。他说那就是并蒂莲嘛。我说：别说得那么高洁，是连把儿樱桃！

现在的王志平虽然还喜欢长发飘飘，虽然还喜欢穿色彩怪异的衣服，虽然我们一冲动就驱车数百里去耀县吃一碗一元五角的咸汤面，虽然每到一处他还是发疯似的为一个造型或树上叶子的色彩大呼小叫，但他已在加紧创作，画出了大量的极有新意的作品，准备着新作展。我热情地关注他，衷心祝他成功。

二〇〇四年十一月二十四日

文学访谈

答《文学家》编辑部问 ①

一、你是如何产生去商州进行考察的想法的？商州给了你什么？

商州是生我养我的地方，那是一片相当偏僻、贫困的山地，但异常美丽，其山川走势、流水脉向、历史传说、民间故事，乃至天上飞的、地上跑的，构成了极丰富的、独特的神秘天地。在这个天地里，仰观可以无其不大，俯察可以无其不盛。一座高山，一条丹水，使我度过了整个童年和少年。直至背着行囊到西安求学，我整整在那里生活了二十年。如今，我的父母、弟、妹还在商州，我的祖坟在阴阳先生用罗盘细细察看之后，认为风水已满，重新移辟了新地，我每年都要回去祭祀的。我早年学习文学创作，几乎全是记录我儿时的生活，所以我正正经经的第一本短篇小说集就取名《山地笔记》。确切说，我一直在写我的商州，只是那时无意识罢了。到了一九八二年，陕西的文学评论家，主要是"笔耕"文学评论组的评论家，对我的作品进行过一次大的、全面的评说，他们的用心良苦，态度积极，虽然有些观点令我一时消化不了，甚至接受不了，但评论家之所以是评论家，并不是为了投合作家而活着，他们有他们的理论体系，有他们的独立见解和评

---

① 一九八五年十月二十六日，《文学家》编辑部负责人陈泽顺就有关方面的问题同贾平凹进行了磋谈，内容涉及贾平凹的商州之行以及关于商州的系列作品、小说的技巧与观念、当前一些引人注目的文艺理论与现象等等。现根据录音整理出来，在此发表。

为了使读者便于了解贾平凹的创作思想，整理时，我们改原来的谈话方式为回答式，删去了我们认为不太重要的言论。整理后，我们请贾平凹做了订正。

——原编者注

论自由，于是，在经过一段时间的冷静和思索之后，我对这些评论家怀上了连我自己也都吃惊的感激之情！他们的批评，在重新正视之后，我深感震动。我明显地知道了自己思想浅薄和生活积累的严重不足。这期间，我是沉默了，几乎再没有写小说，到了一九八三年，社会上、文艺界清除精神污染，我的一些小说自然属清除之列。但我此时倒很冷静。不管外界如何议论纷纷，我的目标已相当清楚，我知道了我应该怎么办，在这时促使我尽快地行动的另一个因素是，当时文学界在对我近两年所写的散文作评价时说："贾平凹的散文是可以留下来的，小说则是二流、三流的。"这就是说，我的散文比小说好。这话倒使我甚为不服：我写散文，是我暂不写小说后写的，你说散文好，我偏不写散文了，你说小说不好，我偏再写写让你看！我甚至产生这样一个念头：以后再发表小说就不标"贾平凹"三字，另起笔名，专来抗争抗争。这种意气用事可爱倒可爱，却大大地幼稚可笑了。但当时真的是决心很大，决心写小说，写中篇小说。可是，怎样去写？去写什么？我认真总结了以往的经验教训，分析自己的优势和劣势，针对自己生活阅历的不足和认识生活的能力不强之短处，我只能到商州去丰富自己，用当时的话说："再去投胎！"为什么不到别处而去商州？因为商州我是比较熟悉的，我在那里和去别的地方获得的感受相比，一天可以抵住十天乃至一个月的。

到了商州，丰富自己的目的是明确的，但具体要写什么却很茫然，我开始一个县一个县游走，每到一县，先翻县志，了解历史、地理，然后熟人找熟人，层层找下去，随着这些在下面跑着的人到某某乡、村、人家，有意无意地了解和获得了许许多多的人和事。第一次进商州，对我的震撼颇大，原来自以为熟悉的东西却那么不熟悉，自以为了解的东西却那么不了解。当我每一晚在农家土屋的小油灯下记录我一天来的见闻时，我异常激动，懊悔自己下来得太迟了；当我衣服肮脏，满身虱子，头发囚长离开商州时，就想到再一次进商州，应该再到什么地方去，可以说，是商州使我得以成熟，而这种成熟主要的是做人的成熟。城市生活和近几年里读到的现代哲学、文学书籍，使我多少有了点现代意识，而重新到商州，审视商州的历史、文化、传统和现实的生活，商州给我的印象就相当强烈！它促使我有意识地来写商州了。这就是我写《商州初录》的最初心境。在写《商州初录》以前，文学作品中是很少有人提名叫响地来写这块地方的，而且即使写，也都是写作"商洛"，"商洛"是现在的真正地区名，"商州"则是商洛的古时叫法。而如今"商州"才慢慢被重新使用了，尤其文学界。

二、在你的商州系列作品中，可以感觉到在新的时代背景下人物的精神、心理上的极大变化，这是先入为主的观察呢，还是生活中实实在在的发现？

可以说，无论商州怎样偏僻、贫困，地理如何复杂，风俗如何独特，但它毕竟和整个世界同被一颗赫赫洪洪的太阳照耀，同整个中国任何一个省、地区同受中国共产党的领导。它是陕南的一部分，严格地讲，它是陕南与关中平原的过渡地区。它所生养的人民绝大多数是汉民族，距曾有十三个封建王朝建都的西安古城四五百里，它的文化属于中原文化。这就是说，商州的文化结构，其民族心理结构从整体来看是和别的地方同在一个地平线上，对世界的感知、因袭的重负、历史的投影、时代的步履，与别的地方大致相同。因此，在新的改革年代，商州引起的骚动，其人的精神上、心理上的变化是不可能同别的地方反律的。但是，商州之所以是商州，正因为它偏僻、贫困，而又正好是距十三个封建王朝建都的古城西安四五百里远，这就形成了它区别于别的地方的特点。从历史上讲，当古西安成为全世界文化、经济名城时，商州还是荒蛮之地，它乱崖裂空，古木参天，著名的四皓（东园公、夏黄公、绮里季、甪里先生）就隐居商山。秦以后，乃至清朝，商州有过四次大的移民到此。天下名关武关在此，它是东南进入关中的唯一要道。虽有过龙驹寨和赫显过一时的水旱大码头，但衰而盛，盛而衰，几度荒废。在近代史上，它民风古朴，却人性剽悍，脚夫成串，但武术流行，出美女，出土匪，各地有写得一手魏汉隶书的老古董，更有凶残暴戾的山大王，国民党在这里"清剿"得最残酷，游击队在这里革命得最活跃，这相辅相成和相正相反的各种奇特现象，构成了这片山地复杂而神秘的色彩。新中国成立三十多年来，大深山里有相当多的人未见过汽车，更未见过火车，甚至连县城也未去过。但县城里却充斥着当今社会最时髦的商品和习气，每每西安城里一流行什么奇装，县城就出现异服，其速度之快令人惊骇。常常是一种时兴从西

157

安先到商州各县城，再由商州各县城慢慢回缩，方由远而近影响到关中平原及西安近郊各地。如果有幸参加一次商州各县城的集会，看到立体声双卡录音机和野藤编织的粪笼同摆在一起出售，看到戴着贴有商标的蛤蟆镜的小伙和一边走一边用抓手搔痒的老头一块儿拥挤在商场的出入口，你就会忍俊不禁而大发感慨！在我未去商州深入生活之前，我对现实农村的变化，粗略地有所了解，但对商州这个特定环境下的农村却知之甚少，经过那日日夜夜，耳闻目睹许多人和事，商州山地农民的精神、心理上的变化便引起了我的兴趣。可以说，先入为主的观察是有的，但真正引起触动，使我产生强烈的创作欲的则是生活中实实在在的发现。我第一次到柞水，很想吃吃当地的土特产，但在县城街道上竟发现仅仅在车站附近有三四家饭店，且大多出售馒头、面条和凉粉，而别的任何杂食、小吃几乎没有。一了解，原来此地历来没有做生意的习惯，到山村去，地上长的，树上结的，要买是不卖的，要吃则尽饱吃。可第二次再到柞水，到了凤镇，那里却出现了一件轰动挺大的新闻：三个复退军人返回家乡后，不安心在几亩山地上撒籽、收获，然后无事做而去游逛、喝酒、赌博和寻玩女人，他们联合筹办了一座针织厂。听别人传说，与他们交谈，才知在办针织厂的过程中，他们充满了喜怒哀乐，这件事提供的关于土地观念、家庭观念、道德观念的信息量是相当大的。将这一切变化放入整个中国农村的大变化中加以比较、分析，深究出其独特处、微妙处，这就为我提供了写出《商州初录》之后的一系列中篇小说的创作素材。

三、在你所写的有关商州的作品中，你对哪一部较为满意？为什么？

到现在为止，还没有一部使我满意的。这绝不是一种矫情！

我是很佩服外国作家的自信的，记得有一次接待一个外国作家代表团，问到一个作家，你们国家谁的小说最好？他立即说：我的小说最好！遗憾我未读过他的小说，但听了他的回答，却令我十分激动！老实说，每当我在构思一部作品时，我是很自信的，直到作品草稿拉出，我激动得要对一些要好的朋友夸口：这部小说太好了，是我最好的小说！但往往发表之后，我就在暗地里大骂自己，别人当面一提起那部小说，我就羞愧得以话岔开。我是一个得意时颇得意、自卑时极自卑的人。截至目前，我写过的作品没有一部写出了我心中要达到的水平，所以常常过了一阵子，立意、结构就想变一变，这也正是因为我力图写出较满意的作品的。我愿意把我的试验期放长些，更愿意我的试验期能够缩短，我是多么盼望有一天我会说：啊，这一部我最满意！

四、在你的作品中，对于商州的山川地貌、地理风情的描绘很引人注目，构成一种独有的艺术上的美。请谈谈你的想法。这是如目前一些人所说的"寻根"的结果吗？

对于这种赞美，我首先要说：谢谢！人总是爱听好的嘛。但是我要指出这是一种过奖。对于商州的山川地貌、地理风情我是比较注意的，它是构成我的作品的一个很重要的因素。对于一个地区的文学，山水的作用是很大的，我曾经体味过陕北民歌与黄土高原的和谐统一，也曾经体味过陕南民歌与秦巴山峰的和谐统一。不同的地理环境制约着各自的风情民俗，风情民俗的不同则保持了各地文学的存异。我在商州每到一地，一是翻阅县志，二是观看戏曲演出，三是收集民间歌谣和传说故事，四是寻吃当地小吃，五是找机会参加一些红白喜事活动。这一切都渗透着当地的文化啊！在一部作品里，描绘这一切，并不是一种装饰、一种人为的附加、一种卖弄，它应是直接表现主题的，是渗透、流动于一切事件、一切人物之中的。正如中国戏曲一样，如果拆开来看，它有歌、有舞、有画、有诗、有武术、有杂技、有光、有音乐，但哪一样不是直接地服务于整个戏曲的需要的？能分出谁主要谁次要吗？若不是从这个观点出发，那一切只是皮相的、外在的，花拳绣腿无用而可笑。目前，文学界议论很热闹的有一种"寻根"说，虽然各家观点甚是不同，所指的范畴也差之颇远。依我小子之见，我是极赞同这种提法的，但却反感一窝蜂。之所以一些优秀的作家提出"寻根"，都是有针对性的，只要看看韩少功、阿城等人的文章，答案是很明白的。"寻根"并不是一种复旧和倒退，正是为了自立自强的需要。中国的文化悠久，它的哲学渗透于文化之中，文化培养了民族性格，性格又进一步发展、丰富了这种文化，这其中有相当好的东西，也有许多落后的东西，如何以现代的意识来审视这一切，开掘好的东西，赋予现代的精神，而发展我们民族的文学，这是"寻根"的目的。当然，对于山川地貌、地理风情的描绘，只要带着有意"寻根"的思想，而以此表现出中国式的意境、情调，表现出中国式的对于世界、人生的感知、观念等一系列美学范畴的东西，这当必然是"寻根"的结果。但是，这只能是一个方面，而不是"寻根"的全部内容，绝对不是。至少，我是这样认为的。

五、你是否还准备去商州，是否还要写有关商州的作品？

这一点是肯定的。写了几部商州的小说，外界以为我对商州十分熟悉了，这实际是一个大大的错觉。我虽然在那里土生土长了二十年，离开商州后每年还几次回到商州，而且近年多次去那里考察体验，但，我跑动的地方还很少、很小，不知的东西还更多、更大。当然，我这一辈子不可能目光老盯在商州，老写商州，但不论以后再转移到别的什么地方，转移到别的什么题材，商州永远是在我心中的，它成为审视别的地方、别的题材的参照。广州的孔捷生曾给我来信，邀我到他那儿去一趟，说："你来走走我们的雷州，就更明白你们的商州了。"这话说得太好了！目前，我正在写我的第二部长篇，取名《浮躁》，主写一条州河，所谓州河，是我的家乡人对于流经商州的商县、丹凤县、商南县境的全州最大的丹江河的俗称。所以说，这又是一个"商州货"，写完这个长篇，我将去陕西正南的安康作"流浪"，再到渭河和泾河的上游黄土地去跑跑，然后就集中一段时间对我现在居住的古城西安作深入的了解。但无论如何，商州我是随时要去的，因为那是我的大本营、根据地，是我的"老家"，回家是迫切的、愉快的，随随便便而不要打什么招呼。

六、你所理解的小说应当是什么样子的？在当代，应当首先在哪些方面显示出这一体裁区别于其他体裁的特性？

一位医生在给我治病时说："当你感觉到你身体的某一部分存在的时候，那一部分就是生病了。"这医生简直是一位了不起的哲学家，是诗人！而在我的写作中，有时才一动笔，就踌躇了，自问：按这个构思写出来，像个小说吗？往往就力求写得像小说。但是什么才是小说，无非是社会上流行的那类格式，或是别人已写过的样子，结果，越是想写得像小说，写出来越不像个小说了。我现在的理解是，小说应当是随心所欲。小说小说，就是在"说"，人在说话的时候难道有一定的格式吗？它首先是一种感情的宣泄，再就必须是创造。当然这并不是说一切无章无法，而恰恰这是有一个极大的限制。霍去病墓前的石雕，或虎，或羊，或卧牛，随便将一块不规则的丑石凿几下，一件精美无比的艺术品就产生了，但它正是在一块石头上完成的！从中外的文学史上看，每一个时期，对小说的理解都是不同的，所采用的方式方法也是不同的。我们现在流行的小说的概念，大多是十九世纪外国小说的写法，可中国古人作小说却是另一回事，而外国，一个地区与一个地区又不一样，十九世纪与二十世纪更不一样。历史既然在否定之否定中前进，一切框死的东西都是要消亡的。树枝枯死了方显出僵硬，树叶呈现了鲜艳的红色，那是它将落脱的时候啊！当代中国的小说，已经出现了新的趋向，即越写越怪，越写越新，有些小说几乎是四不像了。这正好！只要把我们感动了，只要把我们激励了，能够悦目，能够赏心，我们就承认它是好的小说。那么，在当代，应当首先在哪些方面显示出这一体裁区别于其他体裁的特性呢？这一问题使我太狼狈了，我只能坦白地说：我说不清。我似乎感到有些体裁恐怕在不久的将来将要被淘汰的。古人有一种散文和韵文的分法，这分法是很大度而狡猾的。也基于此，我是不主张把什么都分得那么细，仅在小说一项里，现在就有农村题材小说、工业题材小说、军人题材小说、知识分子题材小说，而农村小说里又分山民小说、知青小说、法制小说……现在又翻出新的花样：报告小说、纪实小说、诗小说、散文性小说等等。这有必要吗？在国外，这种新花样多极，有的是有一定的理论体系，有的是为着某种文学现象的反动，有的则仅仅是标新立异。中国目前的这些花样，据我所知，有好些名目是草率为之，多少有点哗众取宠。为什么提出报告小说、纪实小说、诗小说、散文性小说？这不正好是对我们将体裁越分越细的一种讽刺吗？如果再发展下去，怕还要出现社论小说、绘画小说、音乐小说吧。社会发展到了今天，题材已不能单一划分，各个艺术门类互相渗透，如果愈是细分，愈是最后连自己都糊涂了。我的观点是只要我能用的，我都可以拿来用，写出来，你说是什么，那就是什么，人吃杏子，人肉永远也不会像杏一样酸，人吃羊肉，永远也不会长出羊角来。

七、在陕西省长篇小说创作促进会上，你曾谈到在创作中要树立"现代观念"的问题，请解释。

陕西长篇小说创作促进会是一次极有成效的会议，大家各抒己见，谈了许多很启发人的观点。轮到我发言，因为时间关系，每人只给半个小时，我只简单地谈了谈我的一些看法。其中谈到"现代观念"问题。具体讲"现代观念"到底是什么东西，包括哪些内容，我从理论上也说不完全。我是针对陕西小说创作情况有感而发的，尤其是对我自己有感而发的。我们陕西的小说作者，大多是从农村来的，就是现在从事专业创作的几位中青年作家，也都是从农村到文化馆或中小学，再到作协，一步步走出来的。社会阅历丰富，生活积累厚实，可以说是陕西作家得天独厚的一点长处，这是一个作家的很重要的条件。但是，我们却存在着另一种先天不足，这就是缺乏系统的理论和艺术上的修养。我们都经历过"文化大革命"的动乱年代，在对于中国古代文学艺术的继承上和对于外国现代文学艺术的借鉴上，都十分浅薄。我们一开始学习创作，凭借的是我们的生活和可怜的一点文学知识，而把这种生活的表象写出来罢了。这种文章的发表，刺激了我们，以此才慢慢走上作家之路。我们曾经给文学界造成了一个"陕西作家群"的概念，但随着文学运动的发展，我们不能不看到我们现在越来越赶不上了。那些外省的作家，论其生活积累并不比我们强多少，可人家的作品一经和我们的作品相比较，就比我们明显地高出一筹。这是什么原因？我感觉有一个"观念"问题：一是我们的气派不够；二是我们有小农经济思想，也就是农民意识的束缚；三是我们缺乏理论上的修养；四是我们知识陈旧。我们写我们脚下的这块土地，对这块土地并没有从历史、文化、政治、经济甚至地理上加以透彻的研究，没有哲学和美学的眼光。就事论事，令我们吃尽了苦头。我们要心胸阔大，目光放远，在深入到生活中之后，再坐上飞机来俯视这种生活。这首先需要我们从哲学上入手，建立我们对世界的认识，再是吸收、借鉴中外古今文学作品中的精华，研究他们的表现形式。这样，我们重新回到生活中去，获得的就是更丰富的、更本质的、更深刻的东西了。

八、最近，拉美文学成了人们谈论的热点，你怎样看？你喜欢马尔克斯吗？

拉美文学是了不起的文学，它成为人们谈论的热点，那是必然的。我特别喜欢拉美文学，喜欢那个马尔克斯，还有略萨。但说实话，因为许多条件的限制，我读拉美文学作品是极有限的，好多东西弄不来。有的作品是读了，有的作品是听别人介绍的，但都蛮有兴趣。读他们的作品，我常常会想到我们商州。在我的想象中，拉美那块地方和商州有许多相似之处，比如那山呀，河呀，树林子呀，潮湿的空气呀。我首先震惊的是拉美作家在玩熟了欧洲的那些现代派的东西后，又回到他们的拉美，创造了他们伟大的艺术。这给我们多么大的启迪呀！再是，他们创造的那些形式，是那么大胆，包罗万象，无所不有，什么都可以拿来写小说，这对于我的小家子气简直是当头一个轰隆隆的响雷！可是话说回来，拉美文学毕竟是拉美文学，那里的历史、地理、政治、经济、民族、风俗与我们不同，在向他们学习、借鉴之时，我们更要面对我们的文学。我接触过许多作者，其信息很灵，学习的热情很高，但遗憾的是好多学问都是赶一种时髦，一会儿热这样，一会儿热那样。前几年对于苏联文学热得要命，最近开什么会，在什么场合，又是口必称《百年孤独》，我每见他们夸夸其谈，倒怀疑他们是否认认真真读了人家的作品？读大师们的作品，只能是借鉴而不能仿制。有一个材料介绍，诸葛亮读书是"吸"其大义，毛泽东读书也是在"吸"，吸精，吸神，吸髓。这是政治家的读书之法，我辈是臭文人、小小草民，但从大人物的读书方法中也可以得到启迪的啊！

九、你怎样看川端康成？你是否从他的作品中借鉴到了些什么？

从四五年前第一次接触到川端康成的作品时，我就喜欢上这位日本作家了。记得那时每次到书店，总寻他的书。为了得到他的一个短篇，竟花很多钱去将那本厚书买来，甚至还给一位日文翻译家去信，希望他多翻译些川端康成的作品。我喜欢他，是喜欢他作品的味，其感觉、其情调完全是川端式的。但他的作品最令我头痛，因为寻不到他写作的轨迹。我不止一次发这样的感慨：世界上的作家可以分为两种，一种是人，一种是神。读有的作家的作品，如果系统地读他的长、中、短篇，读他的散文、随笔、诗、剧乃至理论文章，慢慢便可从中摸出其规律性的东西。但有的作家则不能，你简直无法捉摸，你只能望洋兴叹。中国的庄子、屈子、苏东坡，外国的马尔克斯、泰戈尔、海明威，再加上这个川端康成，你就是专心仿制，出来就走了味儿！我这个人生性孤独、卑怯，每遇见任何名人，总想去看看，但绝不敢当面去交谈的。我之所以去看看名人，一是想一睹尊容，二就是听人家说一席话，琢磨这些人的思维方法。我读川端康成的作品，也就像去看那些名人一样，受益只是那一点，也只能是那一点。能不能学来某一个作家的精髓，我觉得首先是你是否喜欢，如果喜欢，你精读了他的作品之后，就要研究这位作家的生平、气质，看有没有同你类似的、相近的方面，而他的风格凭什么形成，如何形成，你有没有可能性？这番工作做完后，你才有可能学到他的一点精神。川端康成的感觉我是无法学到的，但川端康成作为一个东方的作家，他能将西方现代派的东西、日本民族传统的东西糅合在一起，创造出一个独特的境界，这一点太使我激动了。读他的作品，始终是日本的味，但作品内在的东西又强烈体现着现代意识，可以说，他的作品给我的启发，才使我一度大量读现代派哲学、文学、美学方面的书，而仿制那种东西时才有意识地又转向中国古典文学艺术的学习。到了后来，接触到拉美文学后，这种意识进一步强化，更具体地将目光注视到商州这块土地上。

十、你觉得中篇小说创作很得心应手吗？

要是很得心应手就好了。但可以说并不怎么痛苦。我曾经说过，文学作品当然是作用于社会的，但还有一点，起码是受用于自己的。每一个作家，在他开始创作之时，并不像有人说的那样"我是为革命写作，为共产主义事业写作"的，它首先是一种爱好，是兴趣、是快乐，像抽烟一样。只是写起来了，越写越多，才慢慢落得一个作家的责任，对艺术的责任，对社会的责任。北京有一位评论家，在读过我的长篇、中篇、短篇和散文后，来信说：你是宜于写散文和中篇，而中篇尤宜于写小中篇。他这话很有趣。我想，宜于不宜于不敢说，但写小中篇确实舒服一些。我写东西的时候，别人以为很苦，其实在写时感觉不到，倒很快活，苦的只是构思期，再就是抄写期。我的提纲是要经过三次五次来作的，抄写时像上沙场一样，不想到桌子边上去，中国字太复杂了，得一个一个去写，中国的作家之所以没有外国作家作品多，抄写怕是一个重要原因。写作时不怎么痛苦，并不等于写作时就得心应手。时常在写作时感到这样不是，那样不够，但又无可奈何。这也就是我对我的作品总不满意，不停地变来变去的原因。我也检点过：这是不是我写作时不怎么痛苦而导致的结果？我也说不清。

十一、从作品气质上讲，你是一个更多地受到东方美学思想影响的作家，那么，对你产生最大影响的文学家是谁？

若要提名，则有庄子、陶潜、苏轼、司马迁、蒲松龄、曹雪芹、泰戈尔、川端康成。我要解释的是，如果要再提，还可以提到很多。我说不清谁对我产生最大影响。我是一个时期突然爱上一个作家，读过他一段作品后，我就又爱上另一个作家。中国古代的文学，每一个时期的，我都多少浏览过，每一个时期都有我爱的人和作品。属于东方美学范畴的外国作家，我没有条件系统地去了解。读得是支离破碎的。我在学习上喜新厌旧，朝三暮四，不是一个十分忠诚的人。最近一个女友到我这儿，要我给她写写毛笔字，最好写写自己学习上的见解，我随便写了四句："读书不甚解，习文忌随它，心静乃生神，观察于太极。"这观点是胡扯，但说到读书，也多少透露了我以上的毛病。

十二、你是否喜欢老子？道家美学对你是否有影响？

是喜欢，但可惜很难收集到这方面更多的书籍、材料，只听过几次道士的言谈，读过一本《道德经》。不仅是老庄的喜欢，也喜欢佛学方面的东西。儒家的东西接触得多，从小家庭教育这方面多。对于佛、道，看的东西不多，看了也不全懂，但学会了"悟"。他们的一些玄理常常为我所悟，悟得与人家的原意相差甚远，但我却满足了。反正只要我悟出了对我有用的东西，便不管它原本是什么。在这方面的学习，我也吃了不少苦头，遭到许多非议。其实，了解这方面的知识，并不是要去做和尚、道士，要了解中国民族传统的东西，对中国的儒家、道家、佛家的了解是很重要的，这样才能弄懂中国的国民性，了解中国的文学发展史。

十三、二十世纪三十年代的作家中，深得你喜爱的是哪一个？

不是哪一个，而是一群人。比如散文方面，有朱自清、丰子恺、周作人。小说方面，有鲁迅、沈从文、郁达夫。

十四、你这个人性情平和，很超脱，这种性格在你的作品中也表现出来了，你承认这一点吗？

一般来讲，文如其人，作家的性情是可以从他的作品中表现出来的。但具体到我，你认为性情平和，很超脱，那是你的看法，别人或许又是另一种看法。我的作品是否也表现出了这种性情，那也只好完全由你去认为了，请原谅，我最好什么也不要说。

十五、除文学之外，你对绘画、音乐、书法、戏剧等是否也有爱好？请分别谈一谈你从这些门类的艺术中汲取了些什么？

我毫不谦虚地说，我对于绘画、音乐、书法、戏剧的爱好、热情并不比文学低，其有些见解和对文学的见解相比有过之而无不及。我平日读的书中，相当多的则是这方面的书。当然，既然现在是以文为主，对绘画、音乐、书法、戏剧诸方面是空谈的多，实践的少，理论上可以应酬，技法上等于零。了解、学习这诸方面的知识，于文学创作万分有益。如果有人说我的作品中多少有一点东方美学思想的影响，那很大程度得益于中国的文人画、民乐、书法和中国戏曲，我有意识地将中国的古代哲学与西方的现代派哲学作过比较，然后就分别将中国文人画和西洋画作比较，将中国戏曲和话剧作比较，从中获得我们民族文化长期以来所形成的美学方面的东西。简单地说，就是对世界和人生，中国人是用什么方式方法感知和把握的？要从具体谈起，不是一句两句能说得清的。一九八五年年初，我当时怕别人耻笑，写了一篇文章，其中正好涉及你所提及的问题，我不妨让你再看看这篇臭文章吧。

附：《我的诗书画》

所谓文学，都是给人以精神的享受，但弄文学的，却是最劳作的苦人。我之所以作诗作书作画，正如去公园里看景，产生于我文学写作的孤独寂寞，产生了就悬于墙上也供于我精神的受活。既是一种私货，我为我而作，其诗其书其画，就不同世人眼中的要求标准，而是我眼中的、心中的。

基于此，很多年来，我就一直做这种工作：过一段，房子的四壁就悬挂一批；烦腻了，就顺手撕去重换一批。这种勇敢，大有"无知无畏"的气概；这种习性儿，也自惹我发笑，认为是文人的一种无聊。

无聊的举动，虽源于消遣，却也有没想到的许多好处。

诗人并不仅是作诗的人，我是极信奉这句话的。诗应该充溢着整个世界，无论从事任何事业，要取得成功，因素或许是多方面的；但心中永远保持着诗意，那将是最重要的一条。我试验于小说、散文的写作，回到生活中去，或点灯熬油笔耕于桌案，艰难的劳动常常会使人陷入疲倦；苦中寻乐的，只有这诗。诗可以使我得到休息和安怡，得到激动和发狂，使心中涌动着写不尽的东西，永远保持不竭的精力，永远感到工作的美丽，当这种诗意的东西使我膨胀起来，禁不住现于笔端的，就是我平日写下的诗了。当然这种诗完全是我为我而作，故一直未拿去发表。这如同一棵树，得到阳光雨露的滋润，它就要生出叶子，叶子脱了，落降归根，再化作水、泥被树吸收，再发新叶；树开花，或许是为外界开的，所以它有炫目悦色之姿，叶完全是为自己树干生存而长，叶只有网的脉络和绿汁。

诗要流露出来，可以用分行的文字符号，当然也可以用不分行的线条的符号，这就是书，就是画。当我在乡间的山荫道上，看花开花落，观云聚云散，其小桥、流水、人家，其黑山、白月、昏鸦，诗的东西涌动，却意会而苦于无言语道出，我就把它画下来。当静坐房中，读一份家信，抚一节镇尺，思绪飞奔于童年往事，串缀于乡邻人物，诗的东西又涌动，却不能写出，又不能画出，久闷不已，我就书一幅字来。诗、书、画，是一个整体，但各自有不可替代的功能，它们可以使我将愁闷从身躯中一尽儿排泄而平和安宁，亦可以在兴奋之时发酵似的使我张狂而饮酒般的大醉。

已经声明，我作诗作书作画并不是取悦于别人的欣赏，也就无须有什么别人所依定的格式，换一句话说，就是没有潜心钻研过世上名家的诗的格律、画的技法、书的研究。所以，编辑同志来我这里，瞧见墙上的诗书画想拿去刊登，我反复说明我的诗书画在别人眼里并不是诗书画，我是在造我心中的境，借其境抒我的意，无可奈何，又补写了这段更无聊的文字，以便解释企图得以笑纳。

十六、目前，人们正在谈论"文化断裂带"问题，你是怎样看的？

我是一个极一般的作家，且在文艺理论方面的知识很浅薄，故每每对文坛上出现的什么争论，我都是退在一边，老实地静静听别人说话。听完了也暗地里想一想，有时想出点什么，大多数什么也没想出来，只是又去照看自己的创作了。所以关于"文化断裂带"问题，也没资格去争论，硬是要问，我可以说说我曾经遇到过的一件事情。一九八一年到一九八二年的时候，外界对我的散文和小说评价截然不同，说我的散文很美，说我的小说太怪，缺陷很大。当时我很彷徨，不知所措，为什么同一个时期的同一个人，立意甚至笔调都一样写的东西，仅仅由于体裁稍有不同，得到的评价就如此悬殊呢？我去请教我的一位老师，他对于中国古典文学研究很深，又十分关注当代文学和我的创作，我们是无话不谈的。在交谈中涉及这个问题，他说，在中国，散文和小说相比，散文的历史是悠久的，成绩是辉煌的，小说虽有《红楼梦》，但像这样的作品很少，其小说的理论没有形成体系。这样到了二十世纪三十年代，一大批作家在散文创作上基本上继承了散文的传统，而小说方面则完全向西方学习。也正因为当时是文学的开放年代，外国的小说发展已形成完整的理论体系，确实小说作品比当时中国的强。而你读中国古代文学作品多，受的影响较大，你按传统的散文写法从事散文创作，很自然，读者能接受，而你借鉴唐人传奇小说和笔记小说的写法，则使现在的读者觉得好像太那个了，因为现在的读者接受的小说一般是从三十年代开始的，而三十年代的小说严格讲大量学的是外来小说的写法呀！这次谈论，使我想了好多问题，比如，三十年代的作家大多都是自小读四书五经的，古文水平是极其深厚的，为什么小说创作却更多地转向外国学习？从此使中国小说的理论再没有接续下来，这是可幸的事呢，还是遗憾的事？作为我们现在的年轻作家和年轻的评论家以及年轻的读者，接受的小说理论完全是外来的，而要进一步使我们的小说成熟，能自立自强，需要不需要挖掘中国传统小说中有用的东西呢？事情奇怪就奇怪在，三十年代的作家向外来的小说学习，而到了以后的几十年，我们的小说却又没有继续向外学习，我们所沿用的可以说仅仅是十九世纪的东西，现代的东西几乎一无所知了。这便是我的看法。所以，当今文坛争论"断裂带"问题，无疑是一件好事，无论准确还是偏颇，都将会使我们清醒地来"面对永恒和没有永恒的局面"（海明威的话），有意识地继承传统文化和吸收外来文化。文学创作上的大度，兼容并蓄，广泛吸收，才可能有好的作品、大的作品出现。

十七、你是否有意识地在"寻根"？你认为目前中国文学的着眼点应当在哪里？是寻根呢，还是加强现代意识，更加准确地反映我们这个时代？它们两者的关系如何？

"寻根"是中国文学界新近产生的一种提法，但做类似内容的工作，我可以说是有意识的。对于目前中国文学的着眼点是寻根还是加强现代意识，我觉得这是一个问题，不能将它们剥开。在回答前边的几个问题时，也谈过这层意思。要成熟我们民族的文学，这是目的，目的是一，要做的工作是二，这便是一分为二；寻根是在现代意识之下进行的，以现代意识去寻根，这便又是合二为一。

十八、你是否有意使自己的作品在政治上超脱一些？

政治是无法超越的，完全没有政治的文学作品是没有的，也是不可能有的。我们不能狭隘地理解政治。文学艺术有它的自身规律，只能忠实生活，忠实艺术，我反对的是就事论事，别的并没有想得太多。

十九、你怎样理解小说家的历史责任感和使命感？

作为一个作家，都是时代的作家，他必须为这个时代而写作。怎样为所处的时代写作，写些什么，如何去写，这里边就有了档次。

二十、平时，你是否很注意文艺理论战线上所发生的情况和变化？作为一个作家，你对理论家有何建议？你期望文艺理论如何发展？

我是十分关注文艺理论战线上所发生的情况和变化的，因为我是一个各方面知识都很浅薄的作家，又身处在较偏僻的地方，我得力争站在一切信息的前头，想方设法提高、丰实自己。对于文艺理论家我是极尊重的！一个作家写出东西，都希望评论家说说话。如果听些很好听的话，将会给这个作家想象不到的刺激，所获得的力量是极其大的。我的情况也是这样。但是，当这个作家的作品渐渐地多了，他就不一定光爱听好听的话了，甚至对那些不符合实际的好话有些反感，需要的是有好说好，有坏说坏，在分析研究中受到启发。当前，中青年文艺理论家十分活跃，他们思想锐敏，见解独到深刻，读他们的文章很受启发。我盼望我们的文艺理论能形成自己的体系，多关注文坛上的创作，在评价任何作家、作品时，要实事求是而不要就事论事。创作和评论同样需要自由、自立、自强。

二十一、你对你将来的创作有什么想法？

我不知道我生前为何物所托生，亦不知道我死后又会托生为何物。我将来的创作我想还是创作吧。

二十二、要把主要精力放在小说创作上来吗？

说不定。

二十三、你通常什么时候写作？每天大约写多少？

我虽然是专业作家了，但创作的时间还只能是业余的。我的房子太小，而每天来的人又太多。人来了就打门，打得好响，不开门吧，那敲打声不断，四邻反感，我在里边又写不成，人家就坐在门口，你连咳嗽也不敢咳嗽了，只好开门。来人有的是有重要事，有的则是闲聊，我心软，既来之，就陪着聊，聊一晌，聊半天，他才走，我就又去写。所以，我没有一些人的所谓"最佳写作时间"。每天能写多少？这更说不来，有时写几千，有时写几十个字，有时好长时间一个字也写不出。

二十四、你最近在读什么书？

又读了一遍《史记》，正在读《金瓶梅词话》。因为在病中，也读了一些中医书籍。看中医书太好了，中国文论的许多东西全在里头。因身体不好，就梦想武功，看了《武经七书》，极有意思。

二十五、你喜欢交朋友吗？和朋友在一起，你谈些什么？

我认识的人多，好朋友不多，我一生吃过许多亏，全在那些"朋友"之中。当然，好的是大多数，我们在一起什么都谈，谈得多的还是文学和艺术。

二十六、你是一个十分会讲故事的人，这种交际活动是否也与你的创作热情有关？

那都是瞎扯。在特定的环境下，别人不说透的话我来说透，有时故意作践我让大家快活。大家快活了，我也就快活了。除此之外，没有别的目的。

二十七、在人生事业上，你有没有一种宏愿、一种目标？是什么？

请允许我不要说。

二十八、你还有什么要说的吗？

十分谢谢你能到我这儿来，我们又谈了这么多问题！但我声明：我是信口胡说的，未经过深思熟虑，一定错误百出，请多批评。文责自负，也话责自负，若有谬处，那是无知所致，请万不要上到什么纲上去啊！哈哈！

一九八六年十一月

传承"中国小说"的传统

——张清华对贾平凹的访谈

张清华：平凹先生好，很高兴有机会问您一些问题。首先，我对您的生活方式很感兴趣，比如，很多人知道您是书法家，据说近几年还在画画，另外还做收藏，总之您的生活有非常特立独行的一面，有很多关于您的有意思的故事——比如关于您如何"抠门"的传说，这当然属于善意的揶揄。我想说的是，自五四以来，新文化诞生了一种新的主体身份——"知识分子"，但对您来说，似乎很难与这样一种身份联系起来。您整个儿让人想起了一种古老的身份——"文人"，与新文化派生出来的知识分子相比，您更接近于一个文人。这表明，您身上有一种非常顽固、顽强的东西，也就是说，在当代作家和文化人中，您属于稀有的一类。这样的一个说法您认同吗？如果是的话，它对于您的写作意味着什么呢？

贾平凹：我从没觉得我特立独行，或者说，没这个意识，我只是热爱文学写作，得闲时弄弄书法呀，水墨画呀，收藏呀，还有，就是好佛好道，喜欢戏剧和《易经》。我也纳闷，别人总是说我是"文人"？我搞书画收藏与文学写作在审美情趣上是一致的，以及到好佛好道喜欢戏剧《易经》，是一种生之俱来的兴趣，又是为了丰富我的文学写作。或许，中国的哲学和美学都浸透和体现在这些方面，我接触得多了，就影响到我的文学写作上了。中国的哲学美学在于对天地自然的认知和对生命的体验，注重的是意象、整体、混沌、空灵，而现在的人多是单一领域的专家的追求。传承传统的话一直在讲，但有多少人在读中国的经典，有多少人真正了解传统，我是悲观的。中国的传统并不是清代和民国的那些东西。我不敢说我怎么样，但当我粗略地了解了宋朝以前的经典后，我知道了中国之所以是中国，中国人的思维是怎么形成的，中国人对天地万物和生命本身是如何认知的，从而为中国的文化骄傲。

我并不是个民族主义者。现在的文学，就拿我写小说来说吧，首先必须要有现代性，再是传统性，再是民间性。现在写作品，没有现代性就等于白写，没有传统性就不是中国人写的，而民间性是丰富、推进传统和现代的。我反对"越是民族的越是世界的"的说法，你如果没有人类意识，没有现代的意识，就什么也不是。我是主张在观念上、作品的境界上要学习、借鉴西方的，也就是说全球大多数人在想什么，在思考和追求什么，而在写法上尽其所能地民族化。我四十岁时写过一篇文章，说"云层上边一浴阳光"，每个民族都是一朵云彩，云彩或下雨或下冰雹，你得明白穿过云彩上边一浴阳光后来写你所处的那朵云彩。

张清华：从八十年代早期的"商州系列"开始，您就被文学史叙事纳入了"风俗文化小说"和"寻根文学"的行列中，这些作品与当时普遍关注主流政治生活的"反思小说""改革文学"都很不相同，请问是什么样的眼光与想法使你"偏离"了这种主流？你反复描绘商州一带古老的民俗与民间生活，是基于什么考虑？后来在八十年代中期，为什么又逐渐靠近了主流政治生活——比如《鸡窝洼人家》《腊月·正月》等，还有长篇小说《浮躁》，你开始由关注民俗民间文化到关注急剧变动的现实生活，这个时期为什么会出现如此大的一个转变？

贾平凹：七十年代末，我开始搞文学，那时所写的小说、散文多是模仿性的，而且冲动什么就写什么，后来觉得我这样写是"流寇主义"，没有"根据地"，我才返回我的故乡商洛地区采风、考察，写我熟悉的东西，于是跑遍了商洛山山水水、各县各村镇，写了一系列作品。评论界说那批作品是"寻根文学"，我不理会什么文化小说还是什么寻根小说，我只是把我在商洛看到的想到的东西写出来。到了八十年代中期，中国文坛热闹着学习、借鉴西方文学，在那时我读得蛮有兴趣的是两类书，一类是西方现代美术的东西，一类是中国戏剧美学的。我把西方哲学和中国哲学、油画和水墨画、话剧和戏剧、西医和中医做过长时间的分析对比，求出其相同与相异之处，认真地琢磨思考。至于后来又写到《鸡窝洼人家》《腊月·正月》《浮躁》等，并不是要靠近主流政治生活，而是我在商洛采风、考察，写了大量的短篇小说和散文后，水自然地流到这里的。如果说我写"寻根文学"，这些作品也属于"寻根文学"，只是所写的更多了现实生活的内容。所谓的"寻根文学"虽写着民俗民风，追究着我们是从哪儿来的，怎么来的，但还是立于现实生活而思考的。也就从那时起，我开始关注中国的现实，关注一个时代里中国人是怎么生活着，他们的生存状态和精神状态。因为在我的观察中，我的故乡商洛在急剧地发生变化。这种文学上的观念和立场，我越是关注着中国的急剧变化，越是自觉和强烈，一直延续到现在。

张清华：九十年代，您的写作又发生了很大的变化，我注意到，在九十年代初期，您发表了一系列关于"土匪生活"的小说，比如《晚雨》《白朗》《五魁》《美穴地》等，这些小说充满了一种难言的气息，似乎表明您在对人性与文化意义上的"恶"进行一种大胆而深入的探究。随后，就看到了您在一九九三年推出的堪称惊世骇俗的长篇《废都》。《废都》一出世就遭到了广泛的指摘与批判，甚至关于这部小说的争论还成了"人文精神大讨论"的起因和焦点之一。人们注意到了这部小说中比较露骨的身体和性的描写，但只是孤立地看待它与正在兴起的市场与商业社会的价值观之间的关系，而没有看到其中所隐含的人文忧思。恰如张竹坡对《金瓶梅》的辩护，言其为"泄愤"之作一样，如今我们在二十余年之后，似乎可以看到这部小说所预言和暗示的一些"寓意"的实现——比如，在主人公庄之蝶身上所蕴含的当代文化与知识分子精神的全面溃败，如今早已有过之而无不及地变成了现实。我想问的是，您自己当初是基于什么样的一种冲动写了这样一部冒险的小说？《废都》中的"废"与土匪小说中的"恶"之间究竟是什么关系？

贾平凹：八十年代末，你是懂得的，我和大多数人一样手足无措，当我把我的一些作品投到几家报刊社去，他们拒绝发表，我那时是有些茫然，现实的生活难写了，但我还要写，就写了《五魁》《白朗》《美穴地》《晚雨》，我的题材是过去年代的土匪题材，我写的是人性，人性中的种种恶。没想这些作品都得以发表。写完这些作品后，我沉下来，没再写中短篇，想把我所思所想的东西写部长篇，这就是《废都》。写《废都》，是我有太多的激愤和迷茫，写《废都》前，我去美国了一个月，在美国期间初步有了构思，回来后又患了大病，在治病期动笔写的。我写时是感觉这样的作品难以出版，但我决定先不管什么，按我所思所想去写吧，写完了再说。写完后，我让几个朋友读了，有人不主张拿去出版，有人说先让出版社编辑看看再说，而出版社编辑看了大呼其好，就这样出版了。出版后半年，好评如潮，半年后，大地震一般地，全国猛烈批判。当时批判的借口是书中有性描写，这我承认冒犯了当时的社会道德标准，但我还是庆幸让他们就以所谓的色情问题批判吧，只要不牵涉书中关于文化与知识分子精神溃败的事就好。可很快，他们就批判到这方面了，将书禁止出版发行。我在此后十多年里为此蒙上了政治上工作上甚至生活上的严重阴影，而令我不解和痛苦的是一些人，或许也就是"知识分子"吧，不断地批判，甚至人身攻击，我就怀疑他们如果不是政治上的投机便是并没认真地读作品。中国历史上有这样的"知识分子"，骨头硬起来数他硬，骨头软起来又数他软。中国文化有极优秀的东西，也有极丑陋的东西，这也是中国有那么多复杂曲折的历史的原因。

张清华：《废都》之后，您的长篇小说产量可谓丰厚，《白夜》《土门》《怀念狼》《高老庄》《病相报告》《高兴》《秦腔》《古炉》《带灯》《老生》……十几部，这些作品有的反应强烈，有的也似乎掌声寥落。您自己怎么看，在这些作品中，您自己最为珍爱的有哪些？您认为，这些作品是否也属于"世界性怀旧"（这个说法是诺贝尔文学奖评奖委员会对莫言的评论）的一部分？假如是的话，这种怀旧的意义是什么？从不同的角度书写乡村世界或农业文明的毁灭，表达对传统伦理的颠覆或者历史的某些悖论的忧思，您认为对于一个当代的写作者而言有什么意义，其表达的独特性又如何建立？

贾平凹：《废都》之后，有十多年我的处境不好，却使我摆脱了热闹和喧哗而躲在一边写作，这就是《白夜》《土门》《怀念狼》《病相报告》《高老庄》。这些作品出来，因受《废都》的阴影，要么还是批判要么就没人肯写评论。我只是写，一部一部地写。我之所以习惯在每部长篇后要写个长长的"后记"，不断地阐发我的文学观，阐发我的那时期写什么和怎么写的一些随想，就是我在为我鼓劲，也在宣言，想，今天没人吱声，总会以后吱声。我曾给自己画了一张画，把我画成个钟，题款道：一坐成钟，大鸣在天。直到《秦腔》之后，《废都》重新出版，也是文学生态环境好起来，也是我在某些方面开了文学的窍，接连写出《高兴》《古炉》《带灯》《老生》，回应之声强烈，各类研讨会、评论文章骤多。我珍爱《废都》之后的作品，尤其《秦腔》之后的几部，珍爱是因为这些作品在我的创作中有特殊意义，如在路边拐弯处的树。在这些作品中，有我对当代中国的观察，有我的在现实生活中的思考和生命的体验，有我的智慧和才情。我们现在的年代是现代文明的突进，农业文明的衰败，一方面物质极大丰富，一方面社会矛盾集中爆发，中国社会就是这样一个又好又丑又爱又恨的品种的社会，在这样品种的社会中，我们在写作，就也必然写出了这样一个品种的文学。叙写当下的中国，为历史留下记录。这是我们的命运，也是我们的责任。

张清华：从写法上看，您的这些作品与现代以来从西方输入的小说形制相比，显得很不一样，大部分的作品，从结构上看十分随意自由，故事性很强，有不少传奇性的因素，人物多属于奇葩式的或怪诞不经的类型，不追求十分戏剧化和高度集中的情节，但内容又具有魔幻、诡秘或灵异的色彩，语言相当隽永和有味道……这些特点都指向一种古老的专属于中国的小说传统——"笔记"或"野史"传统的写法。您的大部分作品，在我看来都可以纳入这样的一个范畴之中来看。这可不是一个小问题，它意味着，在新文学诞生以来，在旧文学处于被压抑和改造的时代潮流中，居然出现了一个不大不小的"逆流"，这个返回传统的写法，其实并不为太多人所意识。我想问您，对这一点您是否具有自觉？是一种出于修养和阅读经历的本能的驱使呢，还是一种修复传统的自觉努力？

贾平凹：如前边所讲，我追求作品的观念上境界上向西方学习，强调现代性，又极力要以中国传统的东西来改造、融合，写出有中国的气源和味道，我就几十年来在试验着，摸索着，慢慢才走到今天。从《废都》到《老生》，这种写法才熟起来。我出生在中国的商洛，在那里生活了十九年后去的西安，商洛在秦岭中，秦岭是中国南北的分界线，故乡又是中国中原文化和楚文化的交混地，我作品中写到一些风俗，如诡秘的灵异的怪诞的事情，都是我小时候的经历和见闻，那并不是故意要编造和作伪，而是那里的生活本来就是如此。有这样的经历和见闻，又对传统的东西有着本能的喜好，我的写法就逐渐形成我的声音和色彩。

张清华：还要再问一下《废都》，从各方面看，一个作家的作品可能有很多，但最重要和标志性的作品可能又只是一两部。如果我的看法是有道理的，那么我认为您迄今最重要的作品应该是《废都》，之所以如此看待它，是因为这部作品属于新文学诞生以来最早向中国传统小说致意和致敬的作品，它唤醒了被压抑的古老的小说模型，并且敏感地重合了九十年代的文化语境，敏感地捕捉到了一种"颓废"或者"颓败"的文化气息，某种意义上说，它还是您返回中国小说传统的两个路径中的一个，前面所说的那些作品代表了"笔记"式的写法，而《废都》则代表了"奇书"式的写法。因此它显得是如此重要而不可或缺。我想问，您在写《废都》的时候，是否想到了这些？是偶然灵感的结果呢，还是蓄谋已久的摹写？

贾平凹：写完长篇《浮躁》后，写的第一个长篇就是《废都》，我在《浮躁》的前言中写过：以后我再也不这样写了。《浮躁》的写法还是沿袭了中国五六十年代的长篇写法，而这种写法又是从苏联文学的样式演变而来的，即"革命现实主义"。我那时虽还未具体构思到《废都》，却隐约地感觉"革命现实主义"的那一套写法不适宜我，我得有另一种写法。在写《废都》时，前边我已讲了许多，再补充一点，我是受《红楼梦》和《金瓶梅》的影响，尤其它们写日常生活琐事，在日常琐事中表现社会，表现人性。中国当代作家中很多人受《三国演义》《水浒》的影响，影响我的则是《红楼梦》《金瓶梅》以及《西厢记》。有了它们的启发，我就试着写，但严格地说，那时这种写现实生活我做得并不得心应手，到了后来《秦腔》《古堡》，意识就自觉了一步，技法也成熟了许多。

张清华：迄今，您的作品在海外的翻译还比较少，相比您的文学成就，相比同时代的其他作家，您的作品的外译似乎还远远不够，这其中的原因当然有很多，尤其与您作品中浓郁的地方文化色彩、与您庞大而驳杂的文化承载力有关，同时，这与您作品的语言特色也不无关系——这涉及一个普遍性的问题，即，有的人的作品很容易翻译出去，因为其故事性很强，戏剧性的结构整饬而强大，翻译起来就便当得多；还有的故意给作品做了"减载"处理，使得翻译的时候民族性和地方性知识减至最少，这也是一种办法。您认为，自己的作品应该如何走出去，去赢得更多的读者？

贾平凹：我接触过一些翻译家，他们觉得我的作品特别有意思有味道，但确实难翻译，如果对中国文化了解不够，只注重故事性，翻译出来就失去得太多。现翻译了十几部吧，译文怎样，我也不知道。所以，我也没什么办法。那就慢慢等待吧，总会有人对中国文化了解透彻的，会把一些作品较好地翻译出来的。

二〇一六年一月十五日于西安

声音在崖上撞响才回荡于峡谷

——关于长篇小说《山本》的对话

王雪瑛：涡镇不大，它仅是秦岭中的一个点；涡镇又很大，不仅是秦岭中最大的镇，主要是在阅读中感到了涡镇气场的强大。《山本》是让我们在涡镇中感悟天地人之间的关系？天，白天黑夜的更替，斗转星移的轮转，这是天道对人的影响；地，莽莽苍苍的秦岭，千山万壑中无数生灵的繁衍生息；人，涡镇内外的人与人之间爱恨情仇的缠绕，祸福相依的命运之间的交织。

贾平凹：涡镇是秦岭中的一个点，秦岭又是中国的、人间的。我曾经画过一幅画：天上的云和地下的水是一样的纹状，云里有鸟，水里有鱼，鸟飞下来到水里就变成鱼，鱼离开水跃入云里又变成鸟。人在天地之中。人之所以不能变成鸟与鱼飞翔腾跃，是灵魂受困于物欲追求，而为了满足自我的需求去挣扎、恐惧、争斗。人类能绵延下来，凭的是神和爱。神，是人对于天地万物关系的理解；爱，是人与人关系的理解。

王雪瑛：《山本》不仅仅沐浴着秦岭的自然气息，还浸透着中国传统文化的深厚血脉。在中国传统文化中，你受到哪种文化或思想的影响最大？在《山本》中氤氲着庄子的气息？

贾平凹：我一直好爱着佛和道，谈不上什么研究，只是读过一些经典，甚至参照着《新旧约全书》和《古兰经》读。要说最受影响的，那是《易经》和庄子了。因为受其影响，其思维和意识就不免渗到写作中，这应该是我认识事物的另一个维度，而不是生硬强加的，不是要什么装神弄鬼，它是自然而然的。

王雪瑛：在各种势力的角逐中，麻县长在任上难以作为，于是，他留意草木虫鸟，采集多种标本，编撰了两本大书，一本是秦岭的植物志，一本是秦岭的动物志。而你撰写的秦岭志《山本》，主体是涡镇的人物，时代的激流冲刷着人物命运的起伏跌宕，你和小说中虚构的人物麻县长，一个是真实的作家，一个是虚构的人物，各自完成着秦岭志，我感到一种真实与虚构相互呼应和勾连的方式。你写作的时候，有过这样的考虑吗？

贾平凹：作家写任何作品其实都是在写自己。写自己的焦虑、恐惧、懦弱、痛苦和无奈，又极力寻找一种出口。这样，就可能出现真实与虚构的呼应和勾连。就以书中的人物来说，说穿了，常常是以人的不同面形成一组形象，比如周一山、杜鲁成、井宗秀，就是一个井宗秀；陆菊人、花生，就是一个陆菊人。这一切在写作中仅仅是混沌的意识，就让它们自然发枝生叶。我强调自然生成，不要观念强行插入，这如土地是藏污纳垢的，但它让万物各具形态地肆意蓬勃。

王雪瑛："涡镇之所以叫涡镇，是黑河与白河在镇子南头外交汇了，那段褐色的岩岸下就有了一个涡潭……接着如磨盘在推动，旋转得越来越急，呼呼地响，能把什么都吸进去翻腾搅拌似的。"你笔下的涡镇，既是水文地理的写实，也是人物命运的隐喻？比如麻县长的自杀，他跳入河水中，最后卷入漩涡；阮天宝父母的惨死是因为儿子与井宗秀为敌，株连到他们……在乱世中，人如在激流中漂荡，无法掌握自己的命运。麻县长这个人物意味深长，他记下的草木在秦岭岁岁年年地生长着，而他的生命消失在历史的漩涡中……

贾平凹：时代、社会、世事都是漩涡，任何人都不可避免地被搅进去。这就是人生的无常和生活的悲凉。但在这种无常和悲凉中，人怎样活着，活得饱满而有意义，是一直的叩问。

王雪瑛：《山本》展开的情节和故事，是以秦岭以及陕西二三十年代的民国史为背景的，读完全书，感觉到你似乎没有兴趣总结那段历史中各路人马的成败得失，不是梳理历史大事件，而是描述世俗烟火中各自展开的日常人生，思索处于时代激流中的人物命运：个体的渴望与困顿，理性与情感，人性的复杂与黑暗，彼此的争斗与残杀……秦岭不仅仅是《山本》的地域背景，而且是你呈现与思索中最重要的价值尺度，秦岭蕴含着生生不息的生命力和恒常不变的价值能量，你依靠着秦岭，审视和思索历史、人性和命运？

贾平凹：你的提问已经回答了，回答得十分精彩。历史是历史，小说是小说，它们攫取的素材和如何处理素材是不一样的。小说中当然有作家的观念，但花更大力气的是在呈现事实，也就是它的人物，它的情节，它的语言，不管你这个时期、这个观念去解释它，还是那个时期、那个观念去解释它，它始终都在那里。这如有诗说，你走进花园，花开了，你没走进花园，花也开着。小说家的工作是让花开，在这一点上，我一直向往做得好些，但我还做得不好。

王雪瑛：有评论认为，这是你写得最残酷的一本书。《山本》写出了农民和下层民众参与的各种武装力量之间的暴行，残暴的复仇方式，被剥了人皮作鼓的三猫，被开膛剜心的邢瞎子……太多百姓死于无辜。面对你生活着的秦岭上，曾经有过的残杀与暴行，人性中的黑暗与残酷，你的选择是呈现和审视，而不是遗忘与掩饰，你有过犹豫吗？在写作的过程中，有着沉重的心理体验吗？在你痛心的反思中，流露的是深刻的悲悯？

贾平凹：《山本》中随时有枪声和死亡，因为这是在那个兵荒马乱的年代，之所以人死得那么不壮烈，毫无意义，包括英雄井宗秀和井宗丞，就是要呈现生命的脆弱，审视人性中的黑暗和残酷。越是写得平淡，写得无所谓，我心里也越是颤栗、悲号和诅咒。

王雪瑛：在残杀与争斗中，生命在瞬间被毁灭，意义和价值被消解，是最让人痛心的。你是一个有着丰富写作经验的作家，你判断一部长篇小说的成功，主要依据是什么？在《山本》的创作中，让你感到特别满意的是什么，感觉还有遗憾的是什么？最难处理的又是什么？

贾平凹：年轻时阅读，好技巧，好那些精美的句子，年纪大了，阅读时看作品的格局和识见。现在人阅读习惯于看作品讲了个什么故事，揭露了什么，宣传了什么主义，或者有趣不有趣，其实人类最初谈小说，就是为了自己怎么活人，里边有多少值得学习的生活智慧。《山本》是我六十多岁后的作品，我除了要讲一个完整有趣的故事，就是一有机会就写进了我六十多年的

181

生命经历中所感知和领会的一些东西。遗憾的是这一点常常被阅读者忽略。《山本》中你能感觉某一章、某一节写得特别痛快淋漓，那就是我得意时，而某一章、某一节写得生涩迟滞，那就是我思路不畅或我不熟悉或不愿写又不能不这么过渡时。生活中最难处理的是个人与社会的、集体的人之间的关系，作品写生活，也就是写人的关系，也是最难的。

王雪瑛：《山本》的结构方式很独特，全书不分章节，不设标题，仅以空行表示叙事的节奏、内容的转换，请说说为什么采用这样的结构方式？"陆菊人怎么能想到啊，十三年前，就是她带来的那三分胭脂地竟然使涡镇的世事全变了。"这十三年指的是哪个时间段？

贾平凹：从《废都》始，除了《带灯》和《古炉》，别的作品，尤其是《秦腔》和《山本》我都采用这种结构方式，这主要是作品都写日常生活的，想写出日常生活的琐碎和冗乱。黄河就是这么流的，大水走泥，少有浪花，全是在涌，远望是一动不动，底下全是激流，而我们的日子更是这样，好像这一天做了许多事，又像什么都没有做，不知不觉天黑下来，这样的一天就过去了。这样的写法是比较难写的，需要有细节而产生真实感和趣味性，又要保持住节奏。节奏在写作中是极其重要的。至于问到十三年，那当然是指陆菊人当童养媳那一年到涡镇全被毁掉这一年的之间。

王雪瑛：井宗秀是涡镇的核心人物，也是《山本》中着墨最多、形象最鲜明的人物，"井掌柜是从来不说一句硬话，从来不做一件软事。"这话，让我过目难忘，这可以概括井宗秀的个性与为人吗？

贾平凹：嘿嘿，这话是多年前陕西一位学者来说我的话，这话也可能是陕西的一句老话，我写井宗秀时用上了。井宗秀在我心目中应该是戏剧里的小生角色。戏台上的小生面白，不挂胡子，发声也与众不同。这种人是阴阳雌雄同体的，最能代表中国人的传统审美。

王雪瑛：井宗秀，有着鲜明的个性和丰富的内涵，小说以他与涡镇的关系来展开他的人生。涡镇是他生命的家园，他与涡镇是彼此塑造的关系，他兢兢业业地守卫着涡镇，但他又因为报仇和残杀给涡镇招来杀身之祸，涡镇失去了长久的坚固，最后毁于红军的炮火。他又在毁坏着涡镇？也许，涡镇在时代的风云中，在历史的漩涡中，谁也无法一定守住涡镇，因为一切都在动荡中？

贾平凹：有晴天就有阴天，太阳和风雨是日子的内容。不是有句老话"淹死的都是会水的"吗？成也萧何，败也萧何么。那个年代的"英雄随草长，阴谋遍地霾"。如果井宗秀算是一个英雄，那是如夏日的白雨，呼啸而来，呼啸而止。

王雪瑛：井宗秀和井宗丞是井家两兄弟，他们是两种不同的人生选择，从地域上看，是固守涡镇和离开涡镇。在小说中的陈先生看来，他们都称得上英雄，相对而言，你对井宗秀用笔更多，刻画得更全面而丰满，请你说说井宗丞，他与井宗秀有什么不同？你在塑造他的时候，有怎样的构想？

贾平凹：他们是同而不同，不同而同，是一棵树上的左右枝股，是胳膊被打断了骨头还连着筋。人生常常这样，要么需要不停地寻找对手，要么需要不停地寻找镜子。《山本》处理这两个人的兴趣在于人性的复杂，不关乎黑白判断。

王雪瑛：《山本》呈现了在战乱频繁的动荡年代，仇恨点燃着以暴制暴，底层百姓的旦夕祸福。你以冷峻的笔触揭示了"恨"，"恨"改写着人的命运，你也细致地叙写着"爱"，"爱"是一种强大的能量，会改变人物的命运，比如陆菊人和井宗秀的关系。

贾平凹：我喜欢陆菊人和井宗秀的这种关系，既和谐，又矛盾，他们被虚妄的东西所鼓动，从此有了向往和雄心，而相互关注着，帮扶着，精神寄托着，最后分离。一提到爱，现在的人多想到性爱，而人间却是有大爱存在的。

王雪瑛：在《山本》中没有演绎酣畅淋漓的爱情，你笔下的陆菊人与井宗秀的感情，深长、独特而节制。在乱世与困境中，他们彼此相互成就，是生命中的不可或缺，但他们又始终保持着距离。有人认为，他们的感情是传统的"发乎情止乎礼"，有人质疑在现实人生中是否有这样的感情。我想，这是不是有着丰富人生阅历的你，对两性情感的一种期许、一种理想？

贾平凹：还是谈这种"爱"吧，有人说，陆菊人和井宗秀怎能不发生肉体的关系呢？我说，在那个年代，从小都一块儿长大，发生身体关系是可能的，也是不可能的，而对于他俩来说，相互欣赏，又被要干大事的欲望鼓动，应该是不会发生身体关系的。作为男人，我让井宗秀下部受伤了，作为女人，我给陆菊人身边安排了花生，花生代表了陆菊人的另一种欲望。

王雪瑛：阅读中感觉你在书写和探寻一种更理性的情感，不是本能的强烈，而是克制的长久，是成熟心灵中生长的"爱"，历经现实的磨砺，历经战火的考验，依然留存彼此的人生中。小说以他们的爱，在探寻爱的持久与能量？陆菊人的爱，不是易损的激情，而是将利他放在首位，成就对方，支持对方，这很不容易。涡镇内外炮火与残杀中的人性很暗沉，而他们的情感中透出了理想之光、人性之光？

贾平凹：是呀，你说得很对。

王雪瑛：井宗秀是一个有着理想的亮度、现实的灰度的形象，他有着英勇无畏的明亮，也有着残忍腹黑的灰暗。而陆菊人是透着人性光亮的理想形象，她，与你以往小说中塑造的女性形象不同，她是血腥的乱世中一株身姿挺拔又柔韧的野菊，她是伟岸的秦岭孕育的秀外慧中的女子。井宗秀将原本属于她的胭脂地里挖出的铜镜送给了她，你这样的情节安排大有深意？她的目光注视着涡镇和井宗秀，她是一地碎瓷的年代里，没有碎裂的铜镜。

贾平凹：在我以往的小说中，人物一出场都是定性的，《山本》的陆菊人和井宗秀却一直在成长。曾经写过许多女性形象，应该说陆菊人是特别的，她并不美艳，却端庄大方，主见肯定，精明能干，这是中国社会中男人心中最理想的形象，现实生活中常见到这样的女人。她的原型有陕西清末时期很有名的周莹的部分，更有我家族中三婶的部分。胭脂地里挖出的铜镜，是我写作中的灵光一现，那时就想到她该是井宗秀的镜子，该是涡镇的镜子。

王雪瑛：你在后记中有言，在写作《山本》时，你的书房里挂着"现代性，传统性，民间性"的条幅。我想，小说写的是上世纪二三十年代秦岭涡镇民间的往事，行文中氤氲着传统文化的氛围，而你认识和审视的目光是现代的，你以现在的思想来认识历史上权力争斗的真相、人性深处的复杂、个体命运的难测？

贾平凹：现在写小说，没有现代性那怎么写？现代性不仅是写法，更是对所写内容的认识。传统性，我主张写法上的中国式叙述。民间性，往往是推动现代性和传统性，它有一种原生的野蛮的却有活力的东西。

王雪瑛：你原来想写一部秦岭的散文体草木记动物记，而最终写成的是一部视域宏阔内蕴丰厚的小说。一面是以"贾氏日常生活现实主义叙写法"，让读者看见"一堆鸡零狗碎的泼烦日子"，另一面又以灵动而神秘的描摹，展开秦岭的自然生态，动物与植物的传神细节，宽展师傅的尺八，陆菊人家里的猫，有龙脉的胭脂地，老皂角树的焚毁，钟楼里的尖头木楔，炮火中纷飞的鸟群，天空中火红的云纹，让读者感受到了万物有灵的意蕴空间。既有日常的写实，又有神秘的迷离，是《山本》的小说美学？也是你对人世间，人与自然关系的理解？

贾平凹：把握一个故事，需要多种维度、空间才可能使故事活泛，让人感觉到它一切都是真的，又是混沌的，产生多种含义。故事的线条太清晰，会使人感觉这是编造的一个故事，移栽树木，根部不能在水里涮得太干净，连着土一块儿移栽了树才能活。

王雪瑛：《山本》中有两组人物，一组是以井宗秀为主的涡镇预备团（后升级为预备旅）、以井宗丞为主的秦岭游击队、以阮天保为主的保安队，他们在涡镇内外不停地争斗着，构成了推动情节的紧张关系。还有一组人物，是由陆菊人、目盲的陈先生和失聪的宽展师父组成。陈先生在安仁堂，为涡镇的人们疗治着身体的病痛，也为乱世中众生开启心智。宽展师父的悠悠尺八和诵经，给身处现实困苦中的涡镇人，带来悲悯和超度。陆菊人是这两组人物的纽带，她是涡镇乱世中的铜镜，她体验着、承受着纷繁日子中的冷暖悲欢……她的目光中有着你的注视，她的无奈中有着你的心事，她的仁爱与怜悯中有着你的情感温度，塑造他们的时候，流露着你的价值尺度？

贾平凹：你全都说了呀，社会是一个网，生活是一个网，写作中，作者是一个蜘蛛吧。

王雪瑛：在一天中，你习惯于在哪一个时间段写作？在《山本》的写作中，最顺利的时候，一天写了多少字？海明威说，在知道接下去会发生什么的时候停笔，第二天就能顺利地接着写下去。你的写作习惯是怎样的呢？

贾平凹：我现在没有整块时间呀，会多活动多，我基本上是有事忙事，没事了就抓紧写。如果这一天没有事，我从早上八点三十分可以写到十一点，下午三点可以写到五点，这样能写五千字左右。海明威的经验是作家的普遍做法，就是这一天写顺了，万不能一气写完，应是第二天接着写，而不至于写不下去。我通常是每天早晨起来，要在床边坐那么一个小时，想今天要写的内容，不说话，不吃不喝，不允许家人打扰。

王雪瑛：你以这样的方式在心中孕育文思。评论家陈思和对你贯穿当代文学近四十年的创作，有过高度的评价：贾平凹既能够继承五四新文学对国民性的批判精神，对传统遗留下来的消极文化因素，尤其是体现在中国农民身上的粗鄙文化心理，给以深刻的揭露与刻画；然而在文学语言的审美表现上，他又极大地展现了中国本土文化的力量所在。他在新世纪以来创作的《秦腔》等一系列长篇小说的艺术风格，都是带有原创性的，本土的，具有中国民族审美精神与中国气派。你对这样的评价怎么看？

贾平凹：陈先生是我敬重的大评论家，他的评论文章不是很多，但每有文章，必有重要观点，对文学的影响甚大。他对我的一些评论，给过我相当大的力量。评论和文学创作是共生的，相互影响、发酵、刺激和作用的，光照过去再反射过来，声音在崖上撞响才回荡于峡谷。

王雪瑛，中国文艺评论家协会理事，上海报业集团高级编辑

答《安徽商报》胡竹峰问

胡竹峰：我们从新书《老生》谈起。这部长篇气息如阴雨弥漫，芸芸众生在其间生生息息，故事粗看无章法无焦点……它是近两年你的想法你的结晶，《老生》对你意味着什么？

贾平凹：那是一种解脱，我终于了结了一桩心事，完成了一件记忆写作。人生有时是来还债的，有钱债、情债也有文篇债。为什么写作时人会忘我，觉得浑身被充满，如鬼附体一样，那就是你所欠的人事在催债。

胡竹峰：读《老生》，我有个体会：不要以为成长是年轻人的事情。看见《老生》后记的手稿照片，干干净净，一气呵成啊。

贾平凹：成长期是柔软的，成熟了就僵硬干枯，人和文在成长期都期冀成熟，一旦成熟那就意味着完了。所以也就有了"老来少"之说。

胡竹峰：读完《老生》，觉察到它虚无，是深不可测的一座原始森林，我在雾中，站在有限范围里，看清一点附近的轮廓。这个长篇借着唱阴歌的唱师的回忆和叙述，让历史与风土人情成为一幅画卷，需要《山海经》的高度，需要这样的时空视野。

贾平凹：历史不是文学，当文学中写到了历史，这历史就一定要归化文学。过去的事情回头来看，得首先看来龙去脉，要看清来龙去脉则只能站高，然后才是某个节点，也才能懂得这些节点。《老生》是写了百多年，那是唱师的视角，他是个超越了群族、阶级、时政、生死的人。可百多年又算什么呀，在人类的发展中那是瞬间呀。古人写《山海经》，那时没有飞机，也不

187

可能做出一个地图呀，沙盘呀，但它写得那么阔大，你不觉得有神吗？现在人说《山海经》是神话，我总觉得那是真实的，真的是神在说话。

胡竹峰：很多读者被《老生》的故事、语言风格，被细致叙述、人的命运所吸引。你有没有担心，读者会因为大段琐碎密集的无头绪故事，弄得心神不宁，读不下去？

贾平凹：文学的目的就是向未知世界探寻和追问的，正如此，它可能使读者由平静心境而起波澜，也可能是浮躁焦虑情绪归于宁静。读小说，很多人要读故事，要读到故事最后的结局，但读故事和故事的结局并不全是小说的意义，意义主要在过程。吃饭当然是为了填饱肚子维持生命，而诱惑我们有兴趣地完成吃饭任务的，却是味道。

胡竹峰：你几部小说放一起，是一卷《清明上河图》与《富春山居图》。也就是山水韵与水墨味，先生是为中国文化招魂吗？

贾平凹：既然生与活在中国的土地上和中国的文化里，就是中国的品种。在这个大转型期的社会里，一切都复杂着，是需要强调：品种、招魂、家园。我之所以喜欢《山海经》，是《山海经》里有许许多多关于中国人思维、观念起源问题，知道我们是怎么来的。

胡竹峰：贾先生文字越来越澄澈了，早期有禅家笔墨，现在差不多都是道家气息。

贾平凹：禅是在做心灵转化的，道是体悟自然的。人是极其渺小和有限的，活得久了，经的事多了，超越生活的爱意才会多起来，我们常说花儿开放了，见到花儿就这么地喜欢呀，其实，花儿更喜欢你。

胡竹峰：先生早期的中篇是溪水潺潺，奇峰陡峭处也是青山秀水。《秦腔》之后差不多就是大水走泥的气势了。

贾平凹：四季如此，生命也如此。年轻时勃发英气，看什么都新鲜单纯，经事多了，人如物一样有包浆，看问题就混沌了。文学的三境界：看山是山看水是水，看山不是山看水不是水，看山还是山看水还是水。如果说有大水走泥的气势，那还在第二境界吧。

胡竹峰：你的写作是逆流而上的，师法民国明清、唐宋，然后是《史记》，这些年追本溯源，接通了先秦文章命脉。

贾平凹：清明节祭祖，祖并不仅是故去的父母呀，续香火就得知为谁续。每个人都知道父母，可能也知道爷爷奶奶，再往上就不知道了，但要知道自己是怎么一路来的，就得翻翻家谱。

胡竹峰：你是个元气很足的作家，从年轻到现在为止，几乎没有显著的低谷，只有职业写作的人知道这有多么不容易。

贾平凹：其实危机处处，焦虑多多，脚步趔趄。尤其五十岁后每写一部作品，得不停地鼓励自己，写许多条幅挂在墙上，我的好处是能忍隐和全神贯注，多年里一直挂在书房的条幅是：受命于神的周密安排而沉着。

胡竹峰：我现在不喜欢散文这个说法，倒是喜欢"中国文章"四个字。我看先秦的，看唐宋的，再看《金瓶梅》《红楼梦》，觉得这些文章仿佛天地之间生成的一般。我读西方的东西，好的确是好，也不过巧夺天工。不知道是不是我的偏见，先生以为呢？

贾平凹：我在办《美文》杂志时，创刊词里也说过你这段话的前半部分。我们读西方的东西是不懂原文的，读的都是翻译的，好的译本会译出原来的味道，不好的译本就失了许多，可能会产生这种印象。还有一点，阅读是在一种氛围中读的，对中国文化、历史、社会生活熟悉，读中国的经典就容易进入，对外国的文化、历史、社会生活相对陌生，读外国的经典就体会不够。

胡竹峰：好的文章，甚至可以说一切好的艺术品，有囫囵囵混沌沌的东西，是婴儿的元气，不需要那些雕琢。这种认识让我清醒了，知道自己是谁，也知道别人是谁。因为这个认识，让我特别喜欢《废都》《白夜》《秦腔》《古炉》以及这本《老生》。化境之后随心所欲的东西，比头悬梁锥刺股呕心沥血的作品来得高级。

贾平凹：写文章的苦，不在文里而在文外，写作时若觉得苦那就不是好文章，写作时那是神在运作，而离开稿纸，作者又是世俗的，他会为关于文章的事而烦愁苦闷。

胡竹峰：佛法好比渡船渡人过河，到彼岸是目的（解脱），已经解脱就不必执着法了，何况是非法呢？我写文章也有个认识，一定要丢掉规矩，丢掉了，就成大家。

贾平凹：规矩如成语一样，都是概括出来的，多用成语能写成作文，而追溯成语本义，还原新概括的东西，就可以写小说散文了。

胡竹峰：先生的文章，从青年时代到今天，兀自还有一股痴气。佛家要绝了贪、嗔、痴，艺术却是贪与痴的事业。

贾平凹：所以只能是好佛好道而已。可一想，法门很多，写作也是修炼的法门之一。不管从事什么事业，先要尽心尽力去做，生命方可完满，生命完满也算是修炼的目的。

胡竹峰：看贾先生经历，挺有意思。基本不算书香门第，但你接通了中国文脉，感觉你的创作是从血管中一点点自己生发的。

贾平凹：书香门第当然好，但写作并不是家传之事，我不敢承受你的表扬。五十岁后，我对写作老有惊恐感，长短文章都是反复改，觉得好像不会写，而且没有年轻时那种见什么就来写作的冲动了，常常是想一想，觉得没意思，就不写了。年轻时靠激情，年纪大了凭体会和智慧。

胡竹峰：你一直是一个有争议的作家，骂你的多，捧你的多，中国人对人好捧杀或棒杀。

贾平凹：是我的福分。捧杀棒杀双方都在鼓动着，才有动力，你说我好，我会为你再写，你说我不好，我不服，再写了来证明我。当然，这得自己坚强。水火相济，方能炼丹。

胡竹峰：有没有烦恼，甚至心乱如麻？这些年，最低谷是什么时候？想过不写了？

贾平凹：烦恼是生命的一部分呀。心乱起来不仅如麻，更是如生野草。情绪每天都有低谷。深深低谷行，高高山上站。就这么交替着。因为并未成功，并没有想过不写了。

胡竹峰：中国文章里，曾经最推崇过谁，现在呢？

贾平凹：小说里是曹雪芹，诗文里是苏东坡。这二人中国的文人都推崇吧，我除了推崇还有一种亲切感。

190

胡竹峰：你作画写字，有人觉得是不务正业，我倒是认为不过是为了饱满、完善生命的个体。对某一事物、对某个过程有新的体验认知，文字呈现不了，只好用书画。

贾平凹：书画对我来说是余事，但它对我的写作有益，一是书画中的滋味我知道，二是在经济上可以让我写作更专心和自在。

胡竹峰：中国画是线条的艺术。看你的书画，尤其是画，线条隐藏起来了，几乎全是墨块，或浓或淡，或硬或软，看不到传统的线条出现，你是有意识地选择了线条之外的表达途径吗？

贾平凹：这得看画的内容，尤其表现当下生活的一些画，我吸收了油画的方法。

胡竹峰：你写诗作画弄书法，听说还弹琴。这些对你意味着什么？你个人更看重哪一种艺术形式呢？

贾平凹：琴不会呀，长期写作用签字笔，指头僵硬还变了形，弹不了琴。绘画书法音乐在古时是文人都会的，现在是分开了。玩这些并不是要显示自己丰富，只觉得好玩，就玩玩。写作还是我最爱。

胡竹峰：先生和孙犁有过接触，近来读完《孙犁全集》与《胡适文集》，感觉孙犁是乡村儒，胡适是朝廷士，先生自嘲"我是农民"，但你已经不是农民了。

贾平凹：我说我是农民，是一本写了在乡间生活五年的自传性的作品名。是什么呢？我不知道。

胡竹峰：读贾先生的作品，看你闷声不响地写，间或有号啕大哭处，极其沉痛。

贾平凹：我不爱走动交际，不爱热闹，不搅和任何是非，因为我没这方面的能力。人的一生太匆忙，干不了几件事，既然写作，就多写几部。作家说到底是靠作品的。我以前说过，五十年后有人还读你的书，你才算真正的作家，否则都不是。五十年后还有人读我的书吗，想起来心里很悲凉啊！

胡竹峰：文字、语言样式，开卷就能感受个人风格，以特有姿态亮相，作家的文本是根本。

贾平凹：认人是认脸的，没风格就认不出来你。其实文本意识，并不是故意要怎么样，是各自认知世界的角度不同。凡是对文学艺术有感觉的人，其作品必然有显明特点。没特点的人，仅凭题材取胜，那不可能有好文字，更不可能长久有好文字。

胡竹峰：说说你欣赏的国内外作品。你认为中国的作家最缺乏什么？

贾平凹：那多啦，而且欣赏随年龄、阅历不同在变化。饭是从来没有吃厌烦过的，但这几天喜吃辣的，过几天又想去吃甜的，不管吃什么，最基本的还是人类维持生命的米面吧。别人缺什么我说不了，我想吃什么了还是我所缺什么。

胡竹峰：陕西方言有很好的文学土壤，除了上海话和北京话，其他地域形成文学气候的地区似乎就很少。

贾平凹：这我没研究过。陕西方言多是上古语言遗落在民间的，我只是整理借用了一下。

胡竹峰：会特别留意那些方言写作的作者吗？像老舍、李劼人他们。

贾平凹：这倒没有。我写的都是西北乡间生活，乡间人那么说话，势必就写进文章了。

胡竹峰：这个问题是替我一个叫陶妍妍的同事问的，创作和地域有关，说说商州与西安对你的影响。

贾平凹：我生在商州，活在西安，这两个地方就决定了我的品种。橘生淮南则为橘，橘生淮北则为枳。好的是商州为乡下，西安是都市，双方观照，相互对比，就易于了解城乡。把握住两头，易于把握当下的中国。

胡竹峰：从汉语的角度看先生的创作，我们可以懂，但是译到国外，有些特质就丢失了。你怎么面临译文的损失？有什么解决办法吗？我觉得《带灯》里有这样的尝试。

贾平凹：可能有这个问题，但我没办法。《带灯》的写法与这问题无关。我又想，写作是给中国读者的，而且也是给一部分读者的，别的自己没能力解决，就交给天去吧。

胡竹峰：你一直重视文学探索，一脚踏进这条河里，水已经不是以前的水了。

192

贾平凹：一直在写作，怎么能不变呢？别说文学界新人一茬一茬在后边催，即使自己，老是那一套也烦了。

胡竹峰：贾先生有耐心，是冷静的旁观者，仿佛推着杵的敲钟人，缓而慢，一声巨响，你马上走开。读你的东西，《废都》也好，《带灯》也好，《老生》也好，最后只剩一声长叹，像暴风袭击后的村庄。

贾平凹：作家能感知社会，但开不了药方，把自己观察体会的东西写出来，也是尽一份活着的责任。

胡竹峰：贾先生内心有座大都，可以登高远望，可以躲进城池成一统，你就是城主。

贾平凹：有人说鲁迅是伟大的战士，有人说沈从文在建他的希腊小庙。我什么都没有，也什么都不是，我只是这个年代的写作人。

原发表于二〇一四年十二月七日《安徽商报》

答《文学报》傅小平问

一

傅小平：听了《山本》的研讨会，我惊讶于各位专家围绕小说本身，居然能谈出那么多不同的理解。等我自己读完，我就想到他们能有这么多角度、多层次的解读，是因为这部小说的确给人"横看成岭侧成峰"的感觉，小说写的也正是"远近高低各不同"的秦岭，就像您说的"《山本》的故事，正是我的一本秦岭志"。我想知道这是秦岭本身给了您丰富的启发，还是您追求复杂多义的艺术境界使然？

贾平凹：我看重一部小说能被多角度、多层次地解读，也经得起这样的解读。甚至梦想过，如果写成了一部小说，能使写小说的人感觉小说还可以这样呀，自己不会写了，而又能使未写过小说的人感觉这生活我也有呀，想写小说了。我一直在做一种尝试，其实从《废都》开始，后来的《秦腔》《古炉》，就是能写多实就写多实，让读者读后真以为这都是真实的故事，但整个真实的故事又指向了一个大虚的境界，它混沌而复杂多义。遗憾的是能力终有限，做不到得心应手。

傅小平：体现在小说里，其复杂性一个重要的方面在于，写作视点的转移。这一点有评论都谈到了，王春林就写道，如果说那些"革命历史小说"都聚焦于类似秦岭游击队所谓革命力量的一边，那么《山本》却聚焦在以井宗秀为代表的似乎更带有民国正统性的地方利益守护者的一边。在我印象中，涉及那样一段历史背景，的确很少有小说这样写。能否突破政治意识形态的束缚与惯性思维的缠绕是一个方面，另一方面这样写有很大的难度。您在构思小说的时候，有没有过顾虑？

贾平凹：是有难度，一是怎样看待认识这一段历史，二是这些历史怎样进入小说，三是怎样结构众多的人物关系，其轴动点在哪里。《山本》的兴趣在于人性的复杂，不关乎黑白判断。

傅小平：在题为《历史漩涡中的苦难与悲悯》的评论文章，王春林还写道，您转移写作聚焦点后，以一种类似于庄子式的"齐物"姿态把革命者与其他各种社会武装力量平等地并置在一起。我想，这样一种处理方式，是不是也体现了您庄子式"齐物"的思想？我总觉得，这部小说某种意义上也可以看成是秦岭的"齐物论"。

贾平凹：我在回答类似的问题，我举过我以前曾画过的一幅画为例：天上的云和地下的水是一样的纹状，云里有鸟，水里有鱼，鸟飞下来到水里就变成了鱼，鱼离开水又跃入云里变成鸟。人在天地之中。人的一生其实就是一直寻找自己的位置，来梳理关系，这关系是人与人的关系，人与万物的关系。当我们身处一段历史之中，或这段历史离我们还近，我们是难以看清这段历史的，只有跳出来，站高一点，往前往后看，才可以摆脱一些观念和习惯性思维。小说当然有作家的观念，但花更大力气的是呈现事实，不管你这个时期、这个观念去解释它，还是那个时期、那个观念去解释它，它始终都在那里，它就是它。

傅小平：正因为小说在思想上的突破和艺术上的独具匠心，我想知道您这部小说经历了哪些修改？我知道您写了三遍，总字数达一百三十多万字。在这三遍里您修改了什么，又补充了什么？是在总体布局上有调整，还是只是局部或细节的丰富与深化？

贾平凹：构思酝酿是最耗人的，它花去了很多时间和精力，当故事基本完成，我都以为这一切是真实发生过的事，闭上眼睛，人与事全在活动，我才开始动笔，仅把闭上眼睛看到的人与事写下来罢了。修改三遍，是我习惯一遍一遍从头再写，那只是稍微调整情节、丰富细节和精准语言而已。

傅小平：就我的感觉，您可谓把人的复杂性写到了极致。以井宗秀与井宗丞两兄弟为例，井宗丞为筹集经费，出主意让人绑票父亲，结果阴差阳错造成了井掌柜的死亡。而井宗秀与作为共产党游击队首领之一的井宗丞，在政治意识形态上是对抗的，两个人一直井水不犯河水，但到了井宗丞被人暗杀，井宗秀不仅祭奠了他，还祭出他的灵牌，要为他复仇。可以说，您把革命与人伦亲情之间的矛盾写透了，而如王宏图所说的"价值意蕴的暧昧性"，也给了读者多元化的解读。当然两相对比，前者是革命压倒了人伦，后者是人伦压倒了革命。为何做这样的设计？

贾平凹：在写作中，有些关系，以及关系所外化的一些情节，并不是刻意设计，仅是一种混沌的意识，就让它自然地发枝生叶。我一直强调自然生成，不要观念强加，这如土地，它是藏污纳垢的，只要播下种子，就有草木长出来，各有形态，肆意蓬勃。就拿井宗秀井宗丞来说，是一棵树上的左右枝股，是胳膊被打断了骨头还连着筋。

傅小平：应该说，井宗秀兄弟俩都是英雄或英雄式的人物，但给人感觉都是带有宿命色彩的末路英雄。两人都死于非命，且都没有留下子嗣。这像是应了陆菊人与陈先生的那段对话。陆菊人问陈先生什么世道能好？陈先生说没有英雄了，世道就好了。这样的安排，是否隐含了您的某种批判意识？

贾平凹：在那个时代，有了许多被虚妄的东西鼓动起来的强人，才有了兵荒马乱，也正因为兵荒马乱，许多人的存在都是死亡的存在。成也萧何败也萧何，上山的滚坡，会水的淹死，这也是人生的无常和生命的悲凉。小说的价值不一定须得去歌颂什么批判什么，最重要的是给人活着和活得更好的智慧。

傅小平：井宗秀与陆菊人的爱情，可以说是小说里最动人心弦的篇章。他们之间"发乎情、止乎礼"，甚至连手都没牵过。而井宗秀后来也在一次打仗中，被打中大腿根，丧失了性功能；另一方面，或可对比的是，井宗丞后悔和救了他命的杜英在其经期发生关系，使得她被毒蛇咬伤致死。为了惩罚自己，他扇打自己的生殖器，想杀死它。这样的描写毫无疑问充满张力，并会引发出爱与阉割的主题。在我的阅读经验中，像这样的主题在《秦腔》里也出现过，那部小说里疯子引生就杀掉了自己的生殖器，这在当时也着实引起了一些争议和非议。您怎么看这个主题？

贾平凹： 人的一生总是在寻找着对手，或者在寻找着镜子，井宗秀和陆菊人应该相互是镜子，关注别人其实是在关注自己，看到别人的需求其实是自己的需求。至于井宗秀丧失性功能以及阉割的先例，那是为了情节更合理的处理，也是意味着这种"英雄"应该无后。陆菊人和井宗秀并无身体的性关系，那是身处的时代和环境所决定的，而陆菊人和花生是陆菊人的一个人的两面，花生由陆菊人培养着送去给井宗秀，也正是这个意思。

傅小平： 以我的理解，您这样写到阉割，或许是想通过一个侧面，从深层次上写出时代的残酷性。您在这部小说里，以战争写人性，也写得特别残酷。尤其是很多人都注意到，小说里人如草芥，说死就死了。战争就这么残酷，不要说普通人不得"好"死，即便是英雄，也未必就有英雄的死法，像井宗秀兄弟俩就死得特别不英雄。我想，这并不是您刻意把人物往残酷里写，而是艺术地还原了真实。我只是有一点疑惑，您往常写死亡，写人物死亡后的葬礼，都很有仪式感。在这部小说里，似乎不是这样。在这方面，是否也包含了对那个时代的诅咒的意味？

贾平凹： 是的，死亡得越是平淡，突然，无意义，越是对那个时代的诅咒。

傅小平： 或可再展开的是，战争一般说来是非常态的，小说却把战争也写得很日常，似乎战争只是日常生活的一部分，但很多小说写战争都会加以渲染。相比而言，您写的战争给人有零度叙述的感觉了。何以如此？另外，您也突显了战争的非正义性，其中的人物都不可避免地掺杂着个人私利。尤其是阮天保这个人物，他的革命带有很大的投机性。这样的书写是有颠覆性的，您是有意识地要做些纠偏吗？

贾平凹： 我在后记中写过，《山本》虽然到处是枪声和死人，但它不是写战争的书。在那个年代，兵荒，马乱，死人，就是日常。写任何作品说到底都是在写自己，写自己的焦虑、恐惧、怯弱、痛苦和无奈，又极力寻找一种出口。正是写着兵荒、马乱、死人的日常，才张扬着一种爱的东西。我曾说过，有着那么多灾难、杀伐，人类能绵延下来，就是有神和有爱，神是人与自然万物的关系，爱是人与人的关系。

三

傅小平：总体上，这是一部让我在阅读中时有疑惑，也因疑惑更觉耐琢磨的小说。比如，大致说来，小说由井宗秀等人物发生在涡镇的故事，以及发生在井宗丞介入其中的秦岭游击队亦即革命者身上的故事两条线索组成，但实际上重心就在涡镇这一条主线上。所以我读的时候，感觉整个小说的结构，呈现出随物赋形的特点，不像是您经过精心设计的，而是像草木在秦岭里自然生长出来的，而您作为叙述者，把读者引入秦岭之后，就像是让他们"跟着感觉走"了。所以，想问问您在小说的结构上有何考量？在您看来，结构对于小说有何特殊的重要性？

贾平凹：我前面已经说过，确定了人物，定好了人物的关系，并找到了一个轴心点，故事就形成了，然后一切呈混沌状，让草木自然生长。秦岭之所以是秦岭，不在乎这儿多一点那儿少一点，而盆景太精巧，那只能是小格局。小河流水那是浪花飞溅，禹门关下的黄河就是大水走泥。

傅小平：另一个疑惑是小说的视角问题。我在读的时候，一开始感觉您用的是上帝的全知视角，后来又觉得您用了多视角的叙述，而不同视角的冲突与融合，也使得小说体现出多声部的特点。同时，我还看到有读者说，您在小说里用了没多少"政治概念"的老百姓的视角，因此才得以摹写出原生态的真实。您自己是怎么看的？

贾平凹：我们已经有了太多的启蒙性的作品，应该有些从里向外、从下到上的姿态性的写作。这也是写日常的内容所决定的。不管怎么个写法，说实在话，我的体会，越是写到一定程度，越是要写作者的能量和见识，而技术类的东西不是那么重要了，怎么写都可以，反倒是一种写法。

傅小平：想到小说里写了很多人物，您是怎样做到让他们错落有致的呢？其中该是隐含了一些秘密的。比如井宗秀与陆菊人之间就存在一种相互映照的关系，这种映照是有对应物的，从后来成了井宗秀父亲墓地的，原是陆菊人要父亲要来做陪嫁的三分胭脂地里，就挖出了一面铜镜。这面铜镜就像《红楼梦》里的风月宝鉴，也像小说里的其他一些意象一样，显然是有隐喻性的。这样的隐喻，无疑是能拓展小说的叙述空间的，那您认为隐喻之于小说有怎样的重要性？

贾平凹： 小说如果指向于一种大器的境界，在写作的过程中自然而然就有着不断的隐喻、象征的东西。我在后记中说"开天窗"的话，就包含着这一类内容。

傅小平： 我还想说的是，这样一种映照关系使得井宗秀与陆菊人之间，甚至使得小说的整体构架都平衡了起来，尤其是他们之间开始是相互吸引，到后来却有了分歧，但始终是爱恋着的，也使得叙事充满了张力。要拿捏好他们之间的这种感情关系，的确有相当的难度，尤其是要让在新时代条件下成长起来的读者信服就更难，要处理不好就很容易失真，而陆菊人在您塑造的女性人物群像里，都算得是非常特别的。把这个人物，还有她与井宗秀之间的关系写得有说服力，的确太难了。您是有意给自己设置难度，还是写着写着就写成这样了？

贾平凹： 我以前的小说都是人物一出场就基本定型了，《山本》的人物，尤其井宗秀和陆菊人，他们是长成的。而井宗秀、周一山、杜鲁成其实是井宗秀一个人的几个侧面，陆菊人、花生其实是陆菊人的两个方面。井宗秀和陆菊人的关系，我是喜欢的，但并不是我为了理想化而生编硬造的，现在的人容易把爱理解为性爱，这里的爱是大爱，是一种和谐的关系。理清了这种关系，用不着刻意设置，自自然然就成这样了。

傅小平： 如果说井宗秀与陆菊人之间相互映照，那么井宗秀与蚯蚓之间可以说是相互陪衬的。实际上在《古炉》里面，狗尿苔与夜霸槽之间也是相互陪衬的，这倒让我想到堂吉诃德与桑丘。我的一个感觉，这样一种搭配，看似不很重要，倒也使得这部看起来特别残酷的小说，多了一些趣味，也使得小说变得张弛有度了。

贾平凹： 次要人物一定得有趣味。它是一种逗弄，一种发酵，一种节奏。

四

傅小平：无论是如陈思和先生所说，《山本》存在显性和隐性两条线，显性体现在井宗秀身上，从他身上看到一部非常具有中国特色的历史，隐性体现在陆菊人、瞎子中医、哑巴尼姑身上；还是如王春林所说，《山本》不仅对涡镇上世纪二三十年代充满烟火气的世俗日常生活进行着毛茸茸的鲜活表现，也有着哲学与宗教两种维度的形而上思考。具体到写作而言，引入瞎子中医、哑巴尼姑，体现了您虚实结合的叙事理想，也如有评论所说暗合了《红楼梦》里一僧一道的穿引格局。这当然是值得赞佩的，但我还是忍不住想冒昧问一句，这会不会太《红楼梦》了？

傅小平：实际上像小说里陈先生、宽展师父这样超越性的人物形象，在您的小说，尤其是写历史的小说里是一以贯之的。比如《古炉》里的善人、《老生》里的唱师，都体现了您良善的意愿。但会不会像鲁迅写《药》，在夏瑜这样一个革命者的坟上加一圈红白的花一样，是为了给小说增加亮色呢？这部小说的最后，炸弹把镇子炸了，很多人都死了，陆菊人、陈先生、宽展师父却都活着，是不是就像陈思和说的，他们超越了时间、空间，里面也隐含了您"一些故意为之的神话意味"？

贾平凹：小说需要多种维度，转换各种空间。我好爱佛、道，喜欢《易经》和庄子，受它们的影响的意识，在写作时必然就渗透了。《红楼梦》在叙写日常，《三国演义》《水浒》在叙写大事件，如果以《红楼梦》的笔法去写《三国演义》《水浒》会是什么样子呢？

傅小平：另外，您把陈先生设定为瞎子，把宽展师父设定为哑巴，会让人想到《庄子》里那些"形残神全"的神人变体，也显见地受到老庄道家思想的影响，这会不会有点偏于观念化？这个问题要换个问法即是，您怎样看待观念对小说的影响？

贾平凹：陈先生的眼瞎，宽展师父的口哑，并不是观念化，当时写陈先生时只想着他将来和腿跛的剩剩能组合一起，背着剩剩走路，让剩剩在背上看路，但写到后来，把这一节删了。至于宽展师父，我想她有尺八就可以了。我不主张观念写作，这在前边已经说过了。

五

傅小平：刚说到《古炉》《老生》与《山本》这三部小说，我注意到好几个评论家不约而同指出，三者之间有内在联系。但具体是怎样的联系，都没有展开。以我的理解，三部小说都写的是相对久远的历史，从时间上看，《老生》写到了四个时间段，其实把《古炉》和《山本》包含在里面了；三部小说都涉及民间写史、写历史记忆，以及诸如此类的问题；三部小说也都涉及时间的命题，但里面写到的故事，都没有写具体的时间刻度，也都体现出了如吴义勤所说的历史空间化的特点，亦如他说的，有时是反时间的，而您写的这个历史，也仿佛是超越了历史本身，具有一种稳定性、恒常性的特征。您是怎么看的？这三部小说之间有怎样的联系？

傅小平：我注意到您在写有深厚历史背景的小说时，都特别强调要有现代意识。不过鉴于现在很多作家特别缺少历史意识或历史感，倒是想向您求教下，怎样看待历史意识？怎样让写作有更多的历史感？同时该怎样实现历史意识与现代意识的统一？

贾平凹：《老生》是写了百年里四个节点，第一个节点就写了二三十年代游击队的事，而《山本》则是全部写了那个年代。历史是历史，小说是小说，这是不同的，历史又怎样进入小说？《三国演义》《水浒》就是民间说书人在说历史，一代一代说着，最后有人整理成册而成。这里边有两点，一是当历史变成了传奇，二是一代一代说书人都经过了"我"而说，这就成了小说。历史变成了传奇，这里边有民间性，经过了无数的"我"，也就是后记中所说的"天人合一是哲学，天我合一是文学"。有了"民间性"和经过"我"，肯定是不拘于时间的，甚至模糊时间，巴尔扎克说文学是民族的秘史，重点在于怎么写出秘史。

傅小平：如果说您写当下的小说，有些是以城市为背景的；但写历史的小说，居多是以乡土为背景的，而在城市化进程展开之前，中国的城镇其实也带有浓郁的乡土色彩。但我从来没觉得，您的小说可归为乡土题材或是乡土小说，这或许是因为您写乡土，并不是为写乡土而写乡土，而是超越了乡土。我是觉得具有了某种超越维度，以至于已经不能以乡土题材界定的乡土小说，才称得上是好的乡土小说。就好比我们也不会说福克纳写美国南方农村的小说是乡土小说一样。不过，我也不怎么清楚这种超越性体现在什么地方。倒想请您结合您的创作谈谈这个问题？

贾平凹：中国是乡土的，可以说，即便现在城乡的界限已经模糊混乱，但中国人的思维还是乡土思维。我过去和现在的写作，写作时并不理会什么题材、什么主义，只写自己熟悉的感兴趣的，写出来了，名称由搞理论的评论的人去定。

傅小平：可能是联想到战争带来文明的摧毁吧，读到麻县长留下他写的《秦岭志·草木部》和《秦岭志·禽兽部》后投河自杀时，我会不自觉想到《百年孤独》。当然您没有写涡镇在轰炸中像马孔多一样消失不见了，这两本书其实倒是和那羊皮卷一样包含了某种神秘色彩的。某种意义上，就像有些评论提到的那样，您把自己的某些方面投射到了麻县长身上，而麻县长选择自杀，并且把书留给了一直跟随井宗秀的蚯蚓。我总觉得这样的设计，是有某些意味的。可否说说？

贾平凹：涡镇上的故事涉及了麻县长，麻县长算是个知识分子，他真正是秀才遇见了兵，他还能做些什么呢？实际的情况，是我一直想为秦岭的动物、植物写一本书，就让他在《山本》里替我完成吧。

傅小平：说到这里，该问问您该怎么理解山本或说是山之本的"本"了？虽然您在后记里说，因嫌原定名《秦岭》与曾经的《秦腔》混淆，变成《秦岭志》，再后来又改成了《山本》，读起来像是"生命的初声"，但您似乎没说为什么叫了"山本"，只是约略有点暗示。比如，您引用了李尔纳的话：一个认识上帝的人，看上帝在那木头里，而非十字架上。其中包含了回归本源或还原到本来面目的意思吗？

贾平凹：我在后记里也是说了"山的本来"，"写山的一本书"。

六

傅小平：说《山本》体现了您艺术探索的某种极致，有着综合或集大成的意味，大体是不会错的。我特别叹服的是您绘景状物的能力。您笔下的秦岭充满灵性与神秘是不用说了，您描写了大量动植物的外貌特性，读起来就像有评论说的，颇有《山海经》的意味，平添了更多与天地神灵对话的意境，还有最重要的是，您笔下所有的景物都是活的，都在运动中，感觉您写它们的时候，仿佛是自己幻化成了那些景物。不知道您写它们的时候，是怎样一个情状？

贾平凹：以天地人的视角看涡镇，涡镇是活的，热气腾腾，充满了神气。你在写作时得意时，能感觉到你欢乐的时候，阳光灿烂；你沮丧的时候，便风雨阴暗，那花是给你开的，那猫叫起来是在叫你，而一棵树或一只鸟的死去，你都觉得是你自己失去了一部分。

傅小平：就您的写作而言，最没争议的该是您的语言艺术了，无论写实、写虚都没什么说的。我自己倒是特别感佩您写梦，您在很多小说里都写梦，像是能钻到人物的潜意识里去，看着玄妙，仔细推敲一下，又特别合乎情理，这方面真是得了《红楼梦》的真传。其实很多作家是不怎么能写梦的，因为梦与现实呈现不同逻辑，让两者自然衔接起来比较有难度。您是怎么做到的，这方面有何经验可以分享？

傅小平：您的小说里都会写到很多闲话，您自己也强调写小说写闲话的重要性，但您说的闲话，一定不是废话。但要写不好闲话，闲话的确会写成废话。所以，倒想问问您怎样做到闲话不闲？

贾平凹：这我倒没觉得怎样，写作时没有刻意用什么词和不用什么词，语言是写作最基本的东西，写作这么多年了，已过了训练期，就像写作时忘记了还有笔的存在一样。只是注意着，小说就是说话，准确地表达出此时此刻你所要说的物事的情绪，把握住节奏就是了。

傅小平：比较赞同王宏图引用萨义德理论，说《山本》体现了您的晚期风格。因为透过这部小说，的确能看到比您早期，甚至巅峰期作品，表现出来更多的、不可调和的复杂性。难道以您的通透，还能看到很多不明白的问题，所以您看世界也更复杂、更深邃了？也因此，想知道您对以后的写作还有什么样的期许？

贾平凹：世事越解越是无解啊，就像看大魔术师在一阵表演之后，给观

203

众解开一些魔术的秘密，解着解着，却又将观众迷惑进更大的魔术中。看着敦煌壁画上的飞天，想为什么我们不能飞翔，是我们物欲太重了，身子太胖了，只能留在人间，只能处于恐惧、惊慌、痛苦、烦恼之中。以后的写作对于我是什么，那就等着灵感的到来，守株待兔吧。

二〇一八年五月二十八日

答朱文鑫十问

贾平凹先生：

我自一九八二年读到您的散文集《月迹》之后，便开始跟踪阅读、收藏和研究您的作品。在我的周围还有一个小小的读书群体，都很关注您的作品及身体健康，今日受这个群体（读书会）的委托，向您提几个问题，请在百忙中给予支持。

朱文鑫

一九九七年二月一日

一、近十年来，反映工人生活的作品少且没有分量，是作家缺少五十年代那种下厂生活的缘故，还是其他原因？您如何看目前的工业题材作品的趋势？

工厂生活我不熟悉，工业题材作品我了解的情况有限，不能妄言。但无论工业农业，现在的生活与五十年代左右都不一样了，当年的那一种"下生活"方式也不一定现在照搬。依我之见，不主张将文学分得那么细碎，如今各行业都混为一谈了，若再细碎分下去，对写作人是一种束缚。

二、作为一个忠实的读者，我更喜欢品读您近时期的作品，因为它少了技巧，多了作家对生活的体察和总结，从某种意义上讲是不是另一种"心迹"？

我喜欢我近期的作品，早期虽清新可爱，但人生的体证不多，而且有做文章的痕迹。或许我如今老了些，人的年龄是了不得的，不到一定年龄就无法理解一些问题。如年少是不知死的，人到四十五岁以后，死的意识就逼近了。有了体证的作品，似乎没有章法，胡乱说，却句句都是自己生命之所得所悟，而文学的价值恰在这里。

三、中国第六次文代会提出了作家要注意继承借鉴与探索创新的关系，在这一方面，我认为，您二十几年来的创作，始终是在这么做的，尤其坚持具有中国风格、中国气派——中国味的东西，而且堂堂正正地走向世界，得到了人们的承认，让世界更好地了解中国，那么，今后是否仍然坚持这一点，并有更大的突破？

艺术以征服而存在，而存在靠创造。艺术家的全部尊严在于创造。我坚持中国作风，但作品内涵一定得趋世界之势而动。目前"远大"一语人人都说，但有人在写作时就全忘了：为一个民族而写作。

四、在由北京市委宣传部、工会联合主办的"北京市职工文学创作研修班（一年）"上，我作为学员与在京的几位作家、评论家（如王蒙、刘绍棠、曾镇南等）交谈中，他们大多承认您的创作既不属于传统现实主义，也不属于先锋主义，而是属于追寻（意境）艺术主义道路的一类，您如何看待他们的评价？

我是谁也不要的作家，这可能有自己面目的好处，但同时有出了事谁也不保护你的尴尬。山头和圈子有互相激励、互相关照的生存优势，但我无法做到。我不知道我是什么个样儿。

我只能依我的河流去流，至于是流得大与小，是否到大海，谁知道呢？天生我在西北一隅，又生性不喜交友呀。

五、您的小说中的女性形象鲜明，美得妙不可言，那么，您如何看女人的"大丑"，是否能够在您的笔下也塑造一位"大丑"的女人形象？

我也想写写丑妇，也写过，但不强烈。这或许与我的妇女观有关。至于以后怎么写，都不要特意要怎么怎么。

六、在您的近期散文作品中常常出现"知非诗诗，未为奇奇"的观点，能否具体解释一下这种思想？

懂得什么是非了，就懂得了什么是是，实事求是也可实事求非。一般人写诗是白纸写黑字，李贺则黑纸写白字。

七、一九九六年初春，您到江浙一带走了走，写了大量日记体散文，而且读者喜欢，只是在《文学报》上读到了一小部分，那么请问江浙日记近期是否有结集出版的计划，这种文体今后还大量续写吗？比如新疆行、商州重行等等。

江浙日记全部在去年五六月份由中青社结集出版，书名：《江浙日记及新近散文》。那一组日记，只是记录而已，一是所见所想的真实写照，二是为对上边的安排有个答复。文学意义可能不大，但能看出我的内心和感受。

八、《美文》杂志办得很有特色，在我的文友中，我知道至少有六位自费订了该杂志，能否谈一谈当前纯文学刊物如何赢得更多的读者？

杂志毕竟是消费性的。要赢得读者，一是作品要逼近生活，二是要有自己的特色，三是编辑工作要精心。

九、您的小说名字大多是两个字的，虽然乍看上去很白，但寓意深，象征性强，尤其近三部长篇小说尤为突出，您怎么理解小说中的象征，比如《土门》。

作品必须形而下与形而上结合，无形而上不成艺术，但纯形而上则又成了哲学。作品的象征，我喜欢用整体象征和行文中不断的细节象征，这样，作品就产生多义性，说不尽。这一切皆要自然为之，作者在写时，仅感知里边有东西，但无法准确道出，感觉是作家的看家本事。

十、最后，向您提一个不太好回答的问题：孙见喜先生是您同乡，也是

207

作家，又做过编辑工作，方英文先生曾称你们是"爱友关系"，一般人不能比的。我读过您写有关文友、画友、书友的大量序跋、速写文章，当然包括"我的老师"孙涵泊，那么，却迟迟不见您评价孙见喜方面的文字，因此，我冒昧请您谈一谈他的散文如何？谢谢您。

因孙写了我的许多文章，我写他就招嫌了，也可能太熟，太熟的人是不讲礼节的。其实孙的散文很好，他冷静、沉着、细腻、有艺术性。他的散文影响也是很大的。此人进步极快，有见地，常有惊人之语，也是文论家。

附言

一、因过春节，节后又忙单位事、家事，一直抽不开手写信，迟复望谅。

二、感谢您的厚爱。我的作品是速朽文字，您这么关注、收集，给我许多鼓励。我将再努力吧，争取能写些半速朽文字，年少时创作热情大，但不知深浅，如今有些感觉了，又怯于多写，这实是人生之遗憾。

三、您的水平颇高，单从这些提问上看，我产生了回答的欲望，但因要去开会，放下午饭碗，匆匆写此。望多联系，多交流。

四、祝您一切如意。问候您周围的朋友。

敬礼

贾平凹

一九九七年二月二十八日

关于书画

——与武艺对话

武　艺：贾先生好，距上次见面数来有九年时间了，时间过得真快，您仍然很精神，手很有劲，气色很好，今天的这件衬衫很漂亮。

贾平凹：欢迎你，武艺。我昨晚改稿子，今天早上五点睡的。

武　艺：要不您再睡会儿，我下午来。

贾平凹：不用，没关系，已经休息了五个小时了，我常常是这样。没问题。上次你来西安好像从敦煌来，还有你的家人。

武　艺：是的，那年春天，我在敦煌住了近五十天，临回时，全家来敦煌。我母亲曾在上世纪八十年代初到敦煌，那时，看壁画很方便，她在洞窟里临摹了许多精彩的壁画。这是她第二次来敦煌。我父亲是第一次来，很激动！我小孩那时不到六岁，对绘画很着迷，进洞窟画个不停。后来他读小学三年级，语文课本上有您的照片，他跟同学说，这个大作家我认识，我们还一起吃饭和照相了。同学都说他吹牛。上次咱们晚餐还有全铎先生、庆仁兄、范超夫妇。

贾平凹：哈哈，时间过得太快，都是将近十年的事了，我是在你之前去的敦煌，是坐部队朋友的车去的，待的时间很短。我记得当时问过你：怎么住了那么长时间？

武　艺：那时在敦煌除了临摹壁画，还画了在敦煌工作的人们及莫高窟周边的风景，这里还有我的大学同学和一些老朋友。原来没想住这么长时间，总有一些感觉好像没有表达出来，订好的返程车票，到走的那天特别不情愿，看着完成的画，心里慌，有些烦躁，想想还有些内容没能完成，说是下次再来，其实几年一晃就过去了，下次再来又不知是什么时候，创作的感觉肯定是断了，于是便让朋友开着车带我去火车站，改签了车票，立马心里高兴，踏实多了。于是，反反复复，中间曾改签了四次。

贾平凹：你的这感觉，我能体会得到，写作也是一样，需要一气呵成，中间不能断，断了，气就接不上了。后来我看过你画敦煌的书《逗留》，里面都是油画，内容很多，打破了人们以往关于画敦煌的认识，过去画家去敦煌主要是临摹壁画，你除了画壁画以外，还画了许多关于敦煌的现实生活。

武　艺：时常我们面对传统和现实时，现实的生命状态更吸引人，更能打动人。上世纪五十年代初，常书鸿先生在敦煌临摹了许多经典的壁画，同时也画了关于当时人们在敦煌工作和生活的作品，这两部分的内容构筑了常先生的艺术高度，非常令人感动！为了向前辈老艺术家致敬，我在敦煌的写生作品也引用常书鸿先生相关作品的名称，如《临摹工作的开始》《正在临摹》等。

贾平凹：敦煌前辈的精神高度是后人难以企及的，我没画过油画，但我很喜欢常书鸿先生在法国画的油画，很年轻就画出了地道的油画，非常了不起！他回国后画的油画又很有上世纪五十年代中国特有的风俗，有一张好像画的一位半裸的女人，画得很厚重，很朴实，也很真实。

武　艺：您对油画也很在行，讲得很专业。那一代中国的艺术家都有着丰厚的传统文化修养，又有着在西方留学的经历，对东西方文化有着极好的平衡感，在表达上都很自信，他们的画现在看还很有现代感。

贾平凹：那代人还是厉害。他们在对西方的态度上与现在有很大的不同。

武　艺：这是我第二次来上书房拜访您，上次全铎先生带我来。这次书房的内容又丰富了许多。当时看了您的作品原作，非常震撼！智慧的内容，笔墨直抒胸襟的表达，淳朴厚重的气息扑面而来。因为有些作品在出版物上见过，但与原作还是有很大的距离。关于原作与印刷品的关系，我与西川先生有过这方面的探讨，他曾说："我去故宫看展览，展品挂在或摊在眼前，但我所有关于它们的知识都是之前从印刷品当中获得的，读原作你才觉得这是个真东西，它的丰富性要远远大于印刷品。"

贾平凹：是的，现在印刷技术已非常成熟，全世界的人们还要千里迢迢、不辞劳苦地奔赴各地去拜读原作。原作所富含的信息量是印刷品无法比拟的。

武　艺：从另一个角度看，印刷在文本中的作品也因此有了另外一种美感。

贾平凹：不像你们专业画家，我这些年出版的画集比较杂，因为精力还是在写作上，有些画已不在手里了，当时留下的图片有些也不清晰，所以书的质量也参差不齐。

武　艺：这些并不影响人们对您作品的欣赏和喜爱。我觉得河北教育出版社出版的《当代名画家精品集——贾平凹》画集，人民美术出版社出版的《海风山骨——贾平凹书画作品选》，怀一策划、新世界出版社出版的《写写画画书系——平凹文墨》等在业界已有着广泛影响。美术学院的学生在低年级时还不太能读懂您的作品，因为这个时期他们接受的是基础的素描写生训练，思维方式都是立体的，对作品的立意、想象着画一幅画都很少有涉猎，不排除有学生离开模特画自己的画，但用毛笔在宣纸上创作就更难、更少了。随着年龄的增长，他们的眼界、思维也在提高，学生们毕业或读研究生时会慢慢喜欢您的作品，而且这种喜欢是发自内心的。

贾平凹：来来，先吃点水果。抽根烟吧。

武　艺：给您点上。

贾平凹：老郑，你把茶杯洗洗，咱们喝茶。

武　艺：给您带来一套雕版册页《西湖人物志》，我勾的线描，桃花坞的雕版师卢平刻制。

贾平凹：好着呢，你要不说我以为这是古书。

武　艺：二〇一五年秋天，银座美术馆的年度展以我的个展"西湖"为题，展出了我创作的三组作品：油画《西湖十五景》，水墨《西湖山水志》，雕版《西湖人物志》。其实这是一次命题创作。大约二〇一二年，寒碧先生与我谈起杭州，谈起西湖，话语间能感受到他对西湖有很深的情感，时至今日，他一有空就会到杭州住上几天，寒先生希望我以《西湖》为题创作一组作品，我说，我很荣幸您信任我，这是我的第一次命题创作，希望给我充分的时间去体会。寒先生说，那就用三年时间来创作吧。

贾平凹：我这里有寒碧先生主编的《诗书画》杂志，我认为这是目前中国最好的、最有收藏价值的杂志，水准非常高，其中有关西方近现代哲学以及中国传统画论的文章对我都很有启示意义，其中有对你不同时期不同内容及风格的作品介绍，看来寒碧先生是非常欣赏你，理解你，支持你。他的格局非常大，古今中外的文化现象都有涉猎，很了不起，思考的深度通过杂志都呈现出来了，这是这个时代难得的，也是最需要的东西。

武　艺：可以说寒碧先生将全部的心血都投入到《诗书画》上了，他有时校对稿件接连几天不睡觉。杂志印出来只要有一点点小瑕疵，他都会深感不安与自责。寒先生对人非常善良，某种意义上说他是一个完美主义者。

贾平凹：做学问是要这样，遗憾我还没见过他本人。

武　艺：寒先生现在上海，复旦和同济两校聘他做客座教授，他通晓古诗文，二十几岁就在香港大学教授古典诗词，我曾问过他的求学经历，他说，他没有读过大学，是童子功，从小在天津跟位老先生学习古汉语。他现在还是《现象学刊》和《山水丛刊》的主编。

贾平凹：期待看到他的新杂志，寒碧先生是天才。

武　艺：寒碧先生在上海创办了巽汇艺术空间，今年一月，首展是我的个展"修真图"，当时我给您发了邀请。

贾平凹：是的，我本应该去的，只因到了年终省作协会多，一月十八号已通知省纪委来检查，接着开考核会、党内生活会，实在无法走开。

武　艺：寒碧先生做学问非常严谨，由于我的疏忽，创作这套《西湖人物志》时，文字中出现繁体字与简体字并存的情况。记得当时在苏州桃花坞卢平雕师的工作室，同行的有邵宏先生、岩城见一先生、武将。寒先生说这个字要改成繁体字，我存着侥幸心理说，板子已经刻好，恐怕改不了了。其实在我心里觉着繁简体共用也没什么。寒先生没吭声，掀开门帘走了出去。不多时，寒先生返回屋里，脸色非常难看，冲着我很严肃地说，必须改，否则过不了我心里这道坎。

贾平凹：现在看这套雕版就完美了。

武　艺：创作过程中，寒先生一再强调要把那个古意表现出来，不要考虑现代，虽然你是现代人。

贾平凹：对，这不容易，这就有收藏价值了。明代的陈老莲与雕师项南洲也曾合作过雕版人物画，这是我们祖先很独特、很重要的一块传统。

武　艺：卢平雕师是桃花坞传人，中央美院曾调他来主持传统木刻工作室，他很勤奋，几乎每天都在工作室工作得很晚。但在现今时代，选择学习传统木刻的学生相对较少，学生们似乎更喜欢丝网版画，铜版或石版。

贾平凹：这里面就存在如何对传统理解、学习和传承的问题。

武　艺：时代变化太快了，丰富多彩，形式现代了，但中国人的内心审美始终同前人有着千丝万缕的联系，包括思维方式，感觉我们正处在农业文明向工业文明转化的过程中，现在发生的事其实在以前都发生过。

贾平凹：不是有那句老话"太阳底下无新事"吗？世上的道和理其实古人都说过，也都说透了。后人只是不停地解释罢了。如何解释，这当然又牵扯到地域，地域的山水、气候、物产，又由此产生的文化不同，思维方式和观看的习惯不同。我有时常想，我们现在的思维，好多好多还都是农业文明的思维，也就是农民意识。《西湖人物志》印了多少册？

武　艺：一共印了五十套，因北京空气太干燥，都是在苏州装裱的，做得比较慢，上墙时间长些。这些册页现在放到任何地方都会很平整，裱画的周师傅很敬业，用最传统的方法在装裱。

贾平凹：这很重要，"三分画，七分裱"，裱画师应对传统的技艺程序有敬畏之心，要心静如水，不急不躁，是对画家作品最好的尊重。

武　艺：您说得太深刻了。很有意思，这么多年我对您书法与绘画的体会，也是经历了一个逐渐积累与深入的过程，好像隔一段时间读您的绘画和书法会有不同的感觉与收获，并不断地引发我的一些思考，好像机缘也到了，特别想与您当面请教。因为从我个人的绘画经验来讲，是一直受美术学院的专业教育，毕业后又留校任教。时常会想，我画画还教人画画，就像您，您写小说还要教人写小说，是不是一件很悖论的事？在上美院前，也是随父母学习很严格的绘画基本功，即使在现阶段，想自由表达的时候，多年积累的绘画基本功仍然在画面背后起着支撑作用，我也很享受这种表达的过

213

程，觉得技术在绘画过程中仍占有很重要的位置，它可以帮助我满足我对事物表达的欲望。然后特别想了解您对绘画的见解，因为我也跟我的学生不时地探讨您的绘画，在一个专业院校里面，好像他们对您东西的理解要有一个过程，就像前面我提到低年级的学生是不太看得懂，到毕业时候跟我说，武老师，您三年前讲贾平凹先生的画我现在渐渐读懂了。还有的学生可能隔五六年之后，然后他们买您的小说来读，说画也能看懂了。所以，我觉得您的这个现象在中国，在当代，可能对未来都会有影响，因为我们还属于美术圈子里面，这里有很多的规范，而您作为中国最重要的文学家，您的书法与绘画作品的独特魅力与您的文学作品一样显得越来越重要，这种重要性与影响力不是今天才有的，几十年前，您的绘画与书法作品一问世，即在美术界引起反响。我在美术学院教学，在我的教学主张里面绘画是可以自由去表达的，但最有意思的其实是限制与自由之间的表达，这里有一个度的把握。您是了解中国整体教育水平现状的，包括艺术教育在内，它其实有固化的因素在里面。

贾平凹：聊得好像一下严肃起来了，因为我原来一直有个观念，首先你是我特别欣赏的画家，再次见面特别高兴。记得应该是二〇〇六年，我看到你编写的《线描》书，喜欢书里面你画的马，其实马不太好画，但你画的与别人不一样，将马人格化，很独特，笔法生动，也很强烈。我便在书的扉页上写道：武艺属相为马，固爱画马，喜举重若轻之功，故有其惊鸿一瞥之笔法。

武　艺：当时全铎先生将您题字的复印件寄来，我很惊喜，也很兴奋。

贾平凹：我是不主张文学艺术分得那么清，什么专业不专业的，一切都以作品说话。谁说的写小说的就不能写散文写诗，谁又规定搞书画的不能写文学作品，当有人在说我不该到书画行业吃他们的饭，说这话的一是他肯定不自信，他肯定不是好的书画家，二是我也了解了一下，是有人来向我白要过字，我没写，他就骂娘了。人性里有羡慕，羡慕发展到嫉妒，再发展到恨，什么事都可以发生。现在还有一种现象，就是有人写文章骂我，文章中要加许多我的书法，但那些书法压根儿就是假的，或许正是他伪造的，通过写文章把假字洗白，就像洗黑钱一样。

我是书画圈外的，我从没有想过做书法家、画家，但我对书画的喜爱是从小就有的，一方面小学里有写字课，从小就临帖。另一方面也是最重要的，书画是人的生命中本来就有的东西，只是多和少、开掘不开掘的问题。我从小对书画特别爱，可能是生命中这种东西多些。小时候我的毛笔字和画画就在小伙伴儿中很突出。我现在还在给人说：如果我不搞写作，我肯定去搞书画。但写作是我后来更喜爱的事，所以书画就变为次要的。种麦子除了收获麦粒还有麦草，这就是我现在的状态。首先我写作，什么事都不能阻挡我写作，然后业余搞搞书画。这不是说书画比文学低，不是的，这是根据我本人的实际情况而选择的。我常说，写好汉字（汉字是包括一句话、一段话、一个文章），把意思表达清楚，词能达意，再就是把字写好，这是最起码的，也是两者统一的。两者统一是它们审美是一样的，最高境界是一样的，仅仅是形式不同罢了。看到你的画之所以激动，觉得你是画家也应是作家和诗人，觉得在中央美院还有这么个人，稍稍颠覆了我对学院派的看法。现在是有些人也写写所谓的古词以为就有了传统的继承，那不是的，关键要看思想的艺术的境界，思维没变，文学观艺术观没变，那些古词也写不好，反倒有一种酸腐气。再谈我吧，我在写作之余搞字画，我觉得这极正常，也本分呀。我不解的是当我的字画有人来买，便有一种声音说我不该搞字画，把他们的饭吃了。这是什么怪论？

武　艺：您说的这个现象很普遍了，许多介绍近现代书画家的文章里面的附图都是假画，时而也有放一两张真迹，真假混合在一起，有些就全是假的了，虽说书画造假的历史由来已久，但像现在这种现象已经是毫无底线、非常拙劣了。时代进步与道德规范并不成正比。还有就是将假画印成画册，然后办展览，使人们误认为经过展出及著录的画就是真迹。

贾平凹：我没有参加任何书画协会，我不是会员。我搞书画纯粹是兴趣所致，文学和别的任何艺术在根本性上是一致的。但各自又独立，谁也替代不了谁。我是有些东西无法用文字写出来，我就写字画画，书法绘画和写作对我来说是互补的。这种互补我知道它的好处。但文学对于我来说是第一位的，为了保证第一，别的我都可以舍弃，所以从这点讲书画可以算余事。对待余事，我多少有些玩儿的意思。虽然书画有人买，卖出几张得到的钱比我

215

写一部长篇的稿费还高，但若我正在写一部长篇，写到要紧处谁来买书画作品我都会拒绝的。我甚至想，书画能卖钱是不是上天给我的一种补偿？因为写书很难养家糊口，可能也是这种补偿的想法使我虽把搞书画当作余事，却不敢轻佻随意，越发要认真对待。我的书法作品虽也有重复的内容，但尽力要让它不一样，在情绪上、节奏上、结构上、线条上一定要有我的东西，尽量常写常新。而绘画，我若是没感觉、没想法、没冲动，是绝不画的，也从来不重复的。总之，书画在我是兴趣，它对我的文学创作有极大益处，我虽是玩儿的状态，但真正到了书画创作时又是敬畏认真。从我的角度讲，文学、书法、绘画，它是有区别的，又是完整统一的，你能说头脑重要，还是心肝肺重要，还是胳膊腿重要？

武　艺：您刚才说的这点很重要，就是您对书画是爱好与兴趣，觉得有意思，乐在其中。您讲的这种玩儿的状态，绝非字面上理解的这么简单，您的作品看似不经意，背后却有着严谨的思考方式，它是理性的，是反复推敲、反复琢磨的结果，这也是对专业画家触动最大的地方。任何职业一旦成为专业后，就会不可避免地出现麻木和重复，当然，人的一生不断重复做一件事是了不起的，也可以说是伟大的，关键是看做的事情的质量如何。人们也已认识到从事绘画初心的重要性，便重新去寻找，但恐怕就不是寻找的事了。您的书画实践也有几十年了，但作品仍然保持着鲜活的状态，而且所有作品的立意、构图、造型、笔法都不雷同，每一幅作品都有其独立性，也许与您丰厚的文学储备有关，在我看来，您的每一张画的主题都可以成为一部小说的主题，"文学与绘画"这么大的一个命题在您这儿已经很自然地呈现出来了。

贾平凹：前十年说社会腐败也行，物质特别丰富也行，那时候字画市场特别好，如果靠纯粹写作那都是穷人。全国写得最多的，除网络作家和一些儿童文学作家外，我是写得最多的，而且我的稿酬也是最高的，但是我知道我能拿多少钱，我可以想到别人比我更糟糕，更拿不来钱。字和画能卖钱的时候，实际上我画卖得特别少，因为我画得少，画出来还舍不得卖。卖一些字画可以使你的经济相对来讲独立一些，独立以后你就能一心干你想干的事。比如现在家里要养家，老婆、孩子需要花钱。没有钱的时候一个煤老板、石油老板，说你给我写一个传记，把我的家族好好写一下，我给你五十万块钱，我肯定就写了。但是现在你给我说，给你一百万，你给我写一本书把我宣传宣传，我肯定不写，觉得没意思，浪费我的时间，浪费我的才华，我现在经济独立了，卖了字画我也有钱了，谁叫我也不去，我坐在我家里，我想写什么写什么，写得好与坏是另外一个事情，起码我喜欢。

武　艺：文学这块儿我不了解，您的字画的市场状态肯定与大的书画市场状态有关，但又有其特殊性，在外界看来，您的作品属于名人字画，有时并不受市场的制约。在近四十年的过程中，书画市场曾经有过近似疯狂的状态，估计全世界的艺术家都在嫉妒中国艺术家，这与整个国家的特定时期的经济发展、体量、需求、思维方式都有关系。随着国家各个方面的完善，书画市场也进入了调整期，从前那种冲动混乱的现象应该是一去不复返了，收藏也变得相对理性，从长远看，是件好事情。

贾平凹：改革开放以后在文学上叫新时期文学，不知道绘画上叫新时期绘画还是什么，可能也类似这个吧。中国的改革开放使中国的经济得到了极大的发展，其实最重要的是人的观念变化。在我的记忆中，首先是绘画上引进了西方的现代东西，然后才到音乐、戏剧、文学。我接触西方现代主义就是从美术上开始的，那时知道了印象派、结构派、野兽派等，眼界大开，惊奇不已，很长时间都在收集阅读这方面的书籍。接着，和中国当时现有作家一样，疯狂地阅读外国现代文学作品。这如同一条河流过了这块土地，它是呼啸而来，夹杂着泥沙、浮柴而来，在冲刷着，在滋润着，却也在改变着这块土地。

武　艺：那时有星星画派、伤痕美术，到一九八五年前后就是"八五新潮"，当时美术是艺术里面最敏感、走得最超前的。记得崔健在上世纪八十年代初常常在中央美院。

贾平凹：当时的整个社会都在模仿翻制西方，这可以说是一场放眼世界的革命，大革命，中国太需要这样的大革命了。虽然当时还都在模仿，这是必然的过程，只有在模仿中学习着，借鉴着，思考着，才能让我们知道了我们的差距，才能让我们知道我们应怎么办。

武　艺：从某种意义上说，近四十年来的当代艺术也有着对西方现代艺

217

术模仿、思考与理解的过程，尤其在"八五新潮"，模仿的痕迹更重些，但这其中也有有意思的作品，就是用西方具体的创作方法来表现中国人的现实状态。我在东京的国立博物馆看过一个展览，是关于日本现代美术与西方艺术的关系的，其中就涉及关于模仿、借鉴这些内容，有一个展厅，里面的油画是从十八世纪末到二十世纪初去欧洲留学的日本画家们的作品，打眼望去，以为走进了意大利乌菲齐美术馆，已经不能说是模仿，几乎是乱真。日本人说，当时的人们看到这批画后，就知道现代日本画怎么画了，也即是说该怎么画还得怎么画。日本有个现象很有意思，就是明治维新后，许多东西都在改变，唯有日本的美术传统被完整地保存下来。他们对西方的态度与我们不一样，我们是一直在想融合的事。包括周作人当时受日本文学思潮和十九世纪末英国文学思潮的影响，再如竹久梦二与丰子恺的关系。中国古人对模仿、借鉴称为传承，作品是讲出处的，并不妨碍你在当下的地位。

贾平凹：原来有一句话叫"各领风骚几百年"，可在八十年代，中国小说界却成了"各领风骚三五年"。就是说新人辈出，新写法层出不穷，今天冒出个你，明天你没有了，冒出个他。变化快，墙头不停地换霸王旗，实际上是一种革命的现象。不停地学人家，模仿人家，逐步地走向独立。

武　艺：就像日本的汽车发展史，是在极高的效率下完成了模仿、借鉴，到创立自身品牌的过程，现在在日本本土和香港的出租车有很多上世纪六十年代生产的丰田四门轿车，为了维护车的正常运行和保养，丰田车厂将这批车的生产线完整地保存到今天。我们现在的高铁，最初学日本、德国、法国，在极短的时间内整合出了符合我们自己的高铁，像这次来西安，四个多小时就到了。就是全国的高铁站建得全都一个样，从上车到下车都一个样，只是站台上的牌子的地名不一样，感觉是到站了。日本的新干线机车的车头每个都不一样，据说是手工敲出来的，颜色造型都不一样，从站台上看驶过来的新干线的车头很惊奇，这可能缘于对工业文明的理解不一样，我感觉虽然现在的城市化进程很快，但还是在农业文明向工业文明的转化过程中。

贾平凹：中国人对待土壤的观念不太一样，对待现代的观念也不一样，这里面很复杂，直接或间接影响到当官的、写字的、画画的、工人、农民等人的思维方式和做法。但唯有一个艺术门类它永远不动，或者是变动不大，就是散文。有这样一个现象，上世纪五十年代写过散文的那些名家到了九十年代中期仍然是名家。这就证明散文这个行当里不革命或者革命得少。那些人，人人都知道是著名散文家，但问某某到底写过什么，谁又都不知道，我估计书画行业里面也有这样的现象吧。

武　艺：您讲的这个在美术界是很普遍也很有意思的现象，上世纪五六十年代成名的画家的作品，现在看有的还是很精彩，也很经典，而且都是二十几岁创作的，如果以相同年龄的作品质量来看的话，现在的画家远不及他们，其实这些画家们并不是后来没有作品，他们也一直很勤奋，而是再也达不到从前的高度。我时常想艺术创作是需要长时间积累的，这种积累包括阅历、修养、眼界等，当然有了这些前提可以创作出好作品，但往往艺术创作中的积累呀、修养呀与我们平常讲的还不太一样，有些说不清的东西，此时，灵感、天分也许变得异常重要，作品不是孤立存在的，也要讲天时、地利、人和，就是社会与作品之间的协调与接纳关系。我时常感觉经典不是积累出来的，有时一出手就是经典。

贾平凹：中国随着改革开放，不管政治的、经济的、军事的、文化的、科技的，任何行当，你不接纳、借鉴和走向全球化，是没有多大出息的。现代意识对于我们搞文学艺术的尤为重要。现代的意识我理解也就是人类意识，大多数的人类都在想什么，干什么，怎样才能使社会进步、物质丰富，人又生活得自由、体面，就要向这方面趋向和靠近。改革开放以后，为什么向西方学习，西方有发达的大国，相比较来说，他们有很多先进的东西。现代意识也可以说是大局意识，你得了解整个地球上什么是先进的东西。这如同一颗黄豆，你看不来它是不是饱满，颜色正不正，颗粒大不大，你只能把它放在一堆黄豆里你才能看得清。当然，也不能理解为西方的什么东西都好，有时坚守住一个东西可能也是一种现代。

武　艺：您对现代的理解很透彻。"坚守住一个东西或许也是一种现代"这句话很深刻。

贾平凹：当你在阅兵队列中的时候强调你是一个兵，当你穿上校服出早操的时候强调你是一个学生，而现代意识却强调是人，个人。我在一九九一年第一次去美国，有一个讲演，说过"云层上边都是阳光"的观点。我在没

219

有坐过飞机前，我以为天就是日月星辰、刮风下雨，就是各种云彩，当我坐了飞机到了天上，才发现所有的云层上边都是阳光。那么，让我想到一个问题，所有的云层上边都是阳光，整个是阳光，那地球上因区域不同、山水不同、气候不同、饮食不同，而形成的族类，变成一个个民族、一个个国家，而这些民族、国家上边各有了不同的云，这些云或许在下雨或许在下雪，或许雷鸣电闪，或许下冰雹。如果你站在你的民族、国家的角度，看到的是你的民族的国家上边的云，你理解天和这个世界可能就仅仅是你所看到的那种云，当然这种认识是有偏差的。现在说要表达人类的意识、现代意识，虽然你站在你民族的国家之处，站在你的云层之下，一定要穿过云层，看到云层之上是一派阳光，云层上面的境界是一样的。这样，你在下边越是写的云层如何下雨，如何下雪，如何下冰雹，那才越是全球性的东西，如果你没有意识到云层之上是阳光，你就不可能把你的云写准确，写真实，写得有意义。小说里不论你写什么样的故事，故事的背景必须有人类的意识、现代的意识，你写出的故事才可能有普适的意义，我也说过这样的话，意识一定要是现代的、全球的，故事却写的是你国家的、民族的、个人的。当你所写的人物的命运与这个国家、时代的命运在某一点上契合了，交结了，你写的故事就不是个人的故事，而是这个国家的时代的故事。

武　艺：您说的"云层之上是阳光"的观点精彩呀，而且极有画面感，我这手直痒痒，马上想把这个美不胜收的景观画出来。

贾平凹：是吗？画家的脑子里首先是画面。你是大画家了，天才画家，我看到你的画，也读过你写的一些文章，比如在《大船》里的文字量挺大，写得十分好。我也琢磨过，武艺为什么画的画和别人不一样，他脑子里怎么有那么多的怪想法，是不是绘画之外的修养高？仅凭我读过你的那些文章，我给人说，武艺如果不画画，他肯定会做一个优秀作家的。我一直以为画家还是要读些书的，写写文字的，读过书的画家的画和不读书的画家的画还是分得出来的。

武　艺：所以您的绘画与文字的思维方式不可分，您的感受既敏感细微，又有极强的哲理性，既是形而上的，又具有宇宙的大局观，这需要有敏锐的洞察力，又要有丰厚的人文底蕴，是写实的又是虚幻的。当人们坐在飞机上望着窗外的云层或多或少都会有所感悟，当然，大多数时候是感叹生命存在的意义，尤其是飞机遇到气流出现颠簸的时候，但以您的视野却道出了大自然的奥秘，道出了世界与人类的本真，也即是大自然的本真。在这样境界下产生的作品，无论是文学还是绘画都很接地气，都是永恒的。

贾平凹：我再说一个观点吧。有一种说法，"越是民族的越是地方的越是世界的"。我觉得这不准确，这必须有背景，背景就是我刚才说的云层上边都是阳光，首先你得有人类意识、现代意识，然后才是民族的地方的。就拿民间剪纸来说，剪纸本身已经失去了它的存在价值，如果你现在还在像过去那样剪纸，那能涵盖多大的对世界的看法，能有多大的艺术性？如果有，也不可夸大，也只能供像你这样的名画家或什么学术机构去吸收它一点东西。音乐家去收集民歌都是为了新的创作，现在一些歌舞台上还出现一些唱陕北民歌的，歌手常还扎白毛巾、穿羊皮袄，我就觉得不伦不类。

武　艺：您说的这个让我想起了上世纪八十年代初期，中央美院成立了年画连环画系，后来改名叫民间美术系。为什么要成立这个系？那时刚刚改革开放，还没有艺术市场，所以不管是画国画的，画油画的，搞版画的，做雕塑的，做工艺设计的，凡是跟造型相关的，不管是专业的还是业余的，大家都在画连环画，因为出版有稿费，可以养家糊口，于是不同专业的人参与进来，风格也很多样，水平也很高，那种红火的场面至今还记得，只是不可能再重复了。当时全国就有两本连环画期刊，一个是北京的《连环画报》，另一个是杭州的《富春江画报》，许多精彩的作品都发表在这两本杂志上。在此形势下，中央美院成立了这个系，还将贺友直先生从上海请来教连环画，贺先生在上世纪六十年代创作的《山乡巨变》影响极大，太经典了，画面充满了戏剧、幽默、怪诞、出其不意……他就像是一个导演，是位大天才！隔了二十多年，后来他又画了水墨连环画《白光》也很经典。贺先生没有上过美术学校，完全是自学。他在美院住了不到两年的时间，便以不适应北京气候为由携夫人返回上海了。我想气候、地域、风俗习惯确是其中原因，但我觉得最重要的一是贺先生常年独自创作，在他的意识里是没有"单位"这个概念的，忽然进入体制内，与人打交道一直没有适应；二是他内心里肯定觉着这个连环画是没法教的，也不是教的事。

221

贾平凹：贺友直先生在八十年代也曾把我的短篇小说画成过连环画，他画得真好，是大师级人物。

武　艺：我的老师卢沉先生在中央美院教学了一生，晚年说道：其实画画这个事情，是既不能学，也不能教的。这句话道出了教与学一个很深刻的思考。另外有一个有趣的现象：在美术学院教了一辈子画画的老先生，几十年如一日地在课堂上讲基本功啊，塑造啊，哪个同学色彩感觉好啊，哪个同学画得不结实啊，其实学生们听进去与否倒无所谓，主要是老先生自己听进去了，于是就按照自己讲的去画画了。在民间美术系期间，有一次美院请来了几位陕北的老大娘给学生教剪纸，课堂上老大娘们生硬而胆怯地在剪纸，完全没有了在家乡自如愉悦的状态，中午在食堂吃饭，老大娘们怯生生的目光打量着周围，她们中有的是第一次走出自己的家乡，打量着这个她们从未触及的世界，估计心都是悬着的。没过几天，学校提前结束了老大娘们的教学工作，送她们回陕北，学生们也跟了过去。老大娘们一回到家乡，就像鱼儿见到了水，如鱼得水，吃着香喷喷的南瓜饭，脚底下踏实了，心里也就踏实了，美美的，脸上都乐开了花，纸也剪得生龙活虎。之后，美院再也没请陕北的老大娘们来，都是学生们去陕北窑洞上课了。再后来，民间美术系就解散了。

贾平凹：这挺有意思的。任何艺术的产生都有它的环境的。那些老太太在剪纸时，并不意识到那是艺术，她们是一种生活，因为逢年过节剪些花花贴在窗上墙上门上好看。她们称之为花花，黄土高原上冬天是没有花的，是以有颜色的纸替代鲜花。在剪的过程中又寄托了她们对美好生活的认识，即她们的审美。一旦让她们离开了她们的生活环境，她们肯定不适应，如果长期待在城市，她们也不会再剪不出好的花花，当然还能剪，但那只是技巧了，生命中那一种冲动的东西不会有了，移栽树一定要把树根的土保留住，如果把土抖得干干净净，树是移栽不活的。

武　艺：那么，您的书法、绘画是怎样弄起来的呢？这是我很好奇的，您能谈谈吗？

贾平凹：我是一九五二年生人，上小学时有大字课，就是用毛笔学写书法。"文化大革命"中，我只上完初中一年级，二年级上半年就辍学了。那时期"文化大革命"进入大辩论大批判阶段，我也参加了"红卫兵"，所有小学、初中、高中、大学的学生都是"红卫兵"。我口才不行，辩论轮不到我，我就用毛笔刷标语，抄写大字报。后来回乡务农，属于回乡知青，当时我们合作社修水库，水库工地上，又让我爬高上低，腰里系上绳索到大石上、崖头上去用红漆刷标语。这就是我书法的前期基础。我在水库上办"工地战报"，采访，写稿，刻蜡板，油印，都是我干的，为了活跃版面，又开始写各种字体，搞一些插图，这又是我绘画早期的基础。再一点，我要说的是，我们那个村子，有好多写字写得好的农民，其中有一个本家爷爷，后来我的岳父，他们一九四九年前都是在国民党政府里干过事，是老知识分子，毛笔字特别好。我小时候村里的春联、亡人的铭锦、分家的契约，都是他们写，我长大后，我也写。我的小学教室在一个祠堂里，祠堂的墙上全是壁画，那时天不亮，去了教室觉得害怕，但上了几年学也知道了那些松树是画成什么样的，人物是画的什么样的。大学时，我常画钢笔画，毕业后，有个画家对这些钢笔画特欣赏，帮我整理了一册，还专门让当时的大画家题了册名，这画册复印装订了几十册，社会上有人在收藏了，还送给我一册。再后来，大学毕业分配到省出版局，又到西安市文联，接触到一个美术干部，常到他办公室看他写字画画，时间一长，我也学着写字画画，我请教他怎么画画，他教导了我四个字：干湿浓淡。

武　艺：他说的干湿浓淡很有意思。

贾平凹：我知道了干湿浓淡，就开始在宣纸上胡涂抹。记得第一次我把我涂抹的一些东西，给西安美院陈云岗先生看，他那时办《西安美术》校刊，思想很先进，他看了我涂抹的东西，感兴趣，还让我拿去陕西画院让一些画家看，他还想在校刊上发表一下，后来没有发表成，听说刘文西主编没同意。开始写书法、绘画，尤其绘画并没得到别人认可，但我的兴趣因此被激发了。每个人身上都有字画的天性的，也就是像山上有着矿的，只是多与少的问题。那时我感觉我身上有绘画的矿，而且矿还很多，于是那时对绘画就特别热爱，老有冲动，老有想法，只是基本功差，表现不出来。真正地学绘画就是从那时开始了。那时是一九八六年左右吧。自己能不能画画，能不能画成，首先你有感觉，自己身上绘画的矿有多少，你会有感觉，再是你一旦有了感觉，你必然惊喜，挚爱，疯狂。搞文学和其他艺术最早是兴趣所致，和谈恋爱一样，你得爱上，然后想象力超强，不可自已。而写作或书法或绘画，从事到一定阶段，才开始有了别的想法，比如目标、责任、担当、野心。而往往到了这个阶段，文章是越写越难了，绘画是越画越难了，甚至是不会写了，不会画了。这到了你得学习、得补充能量，功夫又在写或画之外的阶段，有人突破了他就是大作家大画家，有人突破不了，就是一般的作家或画家，我从来不主张把小说按题材分，按行业分，什么工业小说、农业小说、林业小说、公安小说等，也不主张分体裁，谁谁是专门写小说的，谁是专门写散文的。凡是分得那么细琐的，都写不好。作家也不光是谈文学作品，读书得杂呀，政治的，经济的，宗教的，哲学的，艺术的，建筑的，医学的，什么都要读呀。绘画也应该是这样。

武　艺：您的综合性的思维其实就是现代化、国际化的思维。二○○二年，我在巴黎逗留，一天下午，朋友带我去一位雕塑家的工作室，一进门，有些诧异，工作室里除了雕塑外，几乎所有与造型艺术有关的门类都有：丝网，铜版，石版，油画，丙烯，素描，水彩，甚至还有建筑设计，眼前的景观彻底打破了我几十年来的固有思维。因为我们的美术学院就是分科分系设置的，国画，油画，版画，雕塑，壁画，等等，而且国画里面分得更为细致，人物，山水，花鸟，人物里又分工笔人物和写意人物，山水里又分青绿山水和写意山水，花鸟里又分工笔花鸟和写意花鸟，几十年过去了，这种状况一直在延续，直接产生的结果就是学生的路越走越窄，在与现代社会的互动中显得单薄与被动，这种现象在国画和油画的教学中显得尤为突出。

贾平凹：我所了解的国内美术专业的教学大概是你说的这个现状。

武　艺：其实背后是美术学院教师自身的局限性阻碍了开放性教学的格局。艺术教育是特别复杂的事情，它不像其他门类学科，尤其是理工类，它是有答案的，艺术类不是，是没有统一答案的，也没有统一的评判标准，那么在这样一个全球化的信息时代，教师凭借个人经验还能给学生带来什么？这是每位美术学院的教师应当坦然面对和严肃思考的问题。但现实的景观确是另外一副模样：学生呈现的作品与老师的几乎无异，跟老师画得一模一样，老师似乎也很满足，感觉是"桃李满天下"，很有成就感，好像与这样一个快速变革的时代毫无关系，这才是艺术教育最大的败笔。也曾经是在巴黎，我去听过巴黎美院一位教授的课，据说这位教授两个月来一次学校，我和朋友特意准备了摄像机。画室里，来自不同国家的每位同学挨个儿介绍自己的作业，大家基本都在用法语讲，我也听不懂，看着他们各自五花八门的画，我好像也能听懂一些了。一开始，学生们都有些拘谨，教授一边在听一边在吸烟，时而神情很专注，时而会耸耸肩膀或做个鬼脸，引得大家笑出声来，画室气氛变得逐渐放松下来，整个过程能看得出他很认真地在听，一直未吭声。就这样，时间一分一秒地过去了，快到中午了，等到最后一位学生介绍完自己的作业后，教授缓缓地起身，揉了揉眼睛，掐灭了手里的烟头，很满意、很享受的样子同大家说了声"再见"，全体学生起立鼓掌，教授也随着鼓掌，学生们送教授到一楼的大门口，与老师拥抱告别。哈哈，感觉啥也没讲啊！这是我这么些年来永远忘不掉的一堂课，收获最大的一堂课。

贾平凹：说到这儿，我想起一件事，北京大学是我们公认的最好的大学，我去北大讲课了几次，我的感受是北大之所以是北大，它区别于别的大学是校内到处都能看到一些牌子和横幅，写着谁谁谁来作什么报告，谁谁谁来作什么演讲，都是国外的国内的超一流学者教授。北大的学生可以不好好上课，仅凭去听听这些大人物的演讲和报告，感受这种氛围，三五年里也都把自己学成精了。开阔眼界，改变思维，这对从事文学和艺术的人来讲是太重要了，而不是具体学到了什么知识或技术技法，知识和技法是什么时候都可以学习获得的。你讲的那位教授的事，就是那教授作品很牛，影响力很大，学生见到他本人就是一种鼓舞，一种激励，这如同佛一样，佛之所以是佛，是身上有光。

武　艺：您的感觉太对了，因为我不了解，朋友介绍说，教授的作品在欧洲很有影响，当时说了名字，没记住。在西方，美术学院教授只有一种身份，就是教师的身份，而不是艺术家，所以美术学院教师的作品在社会上有影响力的不多，这位讲课的教授也是巴黎美院为数不多的有影响力的，而作品真正有影响力的基本都在职业艺术家这块，这与我们国内的美术学院不太一样，我们美术学院的教师还兼有艺术家的身份，不过这几十年也在逐步有所改变，就是中国的美术学院里有影响力的作品逐渐减少，有影响力的作品

225

主要集中在职业艺术家那块。当然，职业艺术家也都是从美术学院毕业的，与欧美、日本的状况越来越相似了。就像文学界，大学中文系的教授恐怕写不出长篇小说来吧。

贾平凹：教学的问题我是了解不多，不敢妄说。在我的认识里，学校是不负责培养作家和艺术家的，它的任务就是教授文学和艺术的基本的东西，教授从事写作和艺术的思维、能力。学校毕业后，到了社会，有了对社会的阅历，有了自己生命的积淀，他才开始创作，也可能会有出色的创作，但现在大学里有了这样的情况，即文科大学从社会上聘请了许多知名作家来当兼职教授，甚至直接调去当教授，这些人本身就是知名作家，他的新作就可以算学校的成果，也培养了一些学生也能发表、出版作品，给人一种好的作家都在大学的印象，但大多数优秀的文学评论家都在大学是不争的事实。

武　艺：无论是在校的教师，还是被聘请来校的教师，能不能继续创作出有影响的作品，怎样才能产生出有影响的作品，还都是探索着。

贾平凹：这问题也不仅仅是大学，是所有创作者普遍存在的问题。我举一个例子吧，第一次读《古文观止》，读到归有光呀张岱的被收录其中的二三篇文章，非常喜欢。我是读到喜欢的一篇文章，总要寻此人的更多的文章读，企图从中寻到一些规律，当然超天才的作家你很难把握他的规律，如苏东坡，但大多数作家多少还是能把握到的。我就把归有光、张岱的文章找来读了。但发现他们那么厚的文集中，写的散文，也就是令人所推崇的抒情散文，也就是《古文观止》里收集的那几篇，其余都是谈天说地的文章或序跋、寿词、墓志铭一类的。我们现在的散文评论要求散文要抒情，有的人就专写散文，专写抒情散文，几乎不停地写。而归有光、张岱却就写了那几篇，他们学问那么大，天上地上的事无有不知，偶尔要写抒情文章了就写得那么好！如果年年月月天天写抒情散文，哪里有那么多的情要抒呢？现在我看到许多人很刻苦，每天都写或画，像上班做手工活一样，都写都画，那就常写常不新，常画常不新。作家艺术家如果写油了画油了，那是很可怕的。我在我书房挂了个条幅提醒自己：面对生活存机警之心，从事创作生饥饿之感。就是对时代、对社会永远产生一种敏感和新鲜，这样你就不至于与时代、社会脱离疏远，对创作一定要有激情，有所痛所痒所感方能下笔。

武　艺：古人讲"画到生时是熟时""画到熟时是生时"，是对画的一个度的辩证把握的最佳状态，这里带些哲学的意味。绘画也是要有寂寞之感的，我的老师卢沉先生称之为"寂寞之道"，最终艺术创作过程还是一个理性的事，这样画面才经得起推敲，才能耐看，才能升华，才会更高级。而随意性、趣味性的表达当然也好，但并不是最高级的东西，就是在随意和趣味的背后一定要有更深厚的东西在支撑，包括技术，技术是活的，不是死的东西，高级的技术也是有生命力的，要讲技术含量，要有难度。有些画第一眼望去很刺眼，很打人，再看就不禁看了，有些画第一眼看去一般，没觉着什么，越看越有意思，越能看得进去。就像人的模样一样。绘画还是要讲究，从"有法到无法"，再从"无法到有法"，最高级的技术是让人看不到技术，当然在现代艺术里面也有"技术即是艺术本身"这个说法，这里面包含的因素很多。我喜欢用水墨画脑子想象的东西，画记忆的东西，用油画画眼睛看到的东西，这种材料和思维方面的转换其实也在调节自身创作的状态。我觉得用不同的方式画不同的内容是很有乐趣的，有陌生感，随时保持对生活及材料的新鲜感，对事物保持陌生好奇的心态，而不是习惯性地用经验去重复自己的套路。

贾平凹：我欣赏你说用水墨画脑子想象的东西、记忆的东西，用油画画眼睛看到的东西，水墨画和油画的使用材料和其思维以及其功能不同，这认识给了我启示。我看到你这些年的绘画，画敦煌的，画京都的，画布拉格的，画明清先贤像，临摹《富春山居图》，画游击队的，每组画都有新鲜感，内容题材不同，画法也不同，涉及古今中外，这在画坛很少见，你平时喜欢在国内国外走走看看，这对提升视野开阔眼界非常有好处，就像我前面提到的要有全球性的立体的格局。

武　艺：出去走走，就会产生一个距离感的问题，是针对自己熟悉的事物的距离，而不是新鲜事物的距离，就像我在巴黎看中国的传统绘画，好像一下就读懂了许多。所以多留出一些距离，相反会更明晰一些东西，有时自己还要和自己产生距离，划清点界限，有了距离，就有了空间，这样自由度就大了。

贾平凹：我的绘画是业余涂抹的，不能和你这样的大画家谈更深入的问题。我是以前看过许多西方的名画，这几十年也注意过中国一些年轻画家的现代派作品，我倒有些想法。中国的文学和绘画这几十年最大的特点是批判的东西特别多。这是和我们身处的时代、社会有关，这样品种的时代、社会必然产生这样品种的作家和画家。但同时又觉得作品中也不全是政治批判的东西，还应该有在这个时代、社会所呈现的种种人性的东西。我看过西方的一些画，我记不住画作名，也记不住画家名，那些画常是画着面包坊呀、咖啡馆呀，或者呆坐的什么男人和女人呀，那些画使我很感动，既反映了他们的那个时代、社会，又表达了他们的生存状况、精神状况，一切显得那样自然，这就让我觉得我们这几十年的文学、艺术作品中还是缺少和不足了这点。

武　艺：回归日常性，这个是说起来容易，做起来并不容易，它实际上是画面背后的社会因素在起作用。我在德国或布拉格写生，画布、笔、油画颜料都是在当地购买。我也曾用毛笔宣纸画，但那种感觉不太对。好像我们的老祖宗创造这种材料的时候，是为我们这块土壤准备的，它跟天、地是有关系的，甚至规范好了范围，并不是什么都可以画的，中国人用水墨宣纸画外国的风景感觉总是不好看。画欧洲的建筑、街道，它本身就很协调，好像你不用调整改变什么，照着你眼前的景物画就是了，就很美！

贾平凹：我出国不多，而去了欧美一些地方，确实是这种感觉。不说国外，就说国内吧，有一年我去了祁连山下，汽车跑了一天没见个人影，但沿途的太阳、云朵，远处的山，路边的沙梁，沙梁上的花草，以及抖动的光线、色彩，让我想起还有这么好的地方，欧洲的那些油画这样呀，我们的油画之所以画不出人家的效果来，是怕平时看不到这样的景观么。

武　艺：在那儿就应该画油画，有时我在想，你就是抄这个咖啡馆的旧旧的颜色，抄咖啡馆上面天空蓝蓝的颜色就行，抄不准抄不像也就成了你的风格了。有时写生、临摹、模仿、抄对象等这些词并不是褒贬的意思，很值得玩味，如：临摹一下眼前的街道，此时，眼前的街道瞬间就有可能变成一张画了，所有的眼前事物都静止了，暂时凝固了，这时候你的脑子就要比眼睛还要厉害，其实是你的脑子在左右眼前的景物，这就又有主观的东西了，和写生的概念又不完全一样。像欧美产的汽车在它那个环境里就很好看，很协调，汽车和街道、建筑、色彩、人的比例关系都很对，同样的车进到中国来就不太好看，主要是我们的街道太宽，天也不太蓝，建筑也不太好看，人长得也平一些。欧美的日常景观之所以好看、入画，这种美包含了众多的协调关系，好像这块土壤就应该是这个样子，您刚才说到了中国当代艺术的一个实质问题，也是这么些年呈现出的主要现象。回归艺术本体才会更长久。

贾平凹：老话说一方水土养一方人，地方不同，人长得不同，动物草木也都不同，动物植物都是因环境而产生的，艺术也是这样。什么样的民族、国度、文化，就有什么样的艺术。讲回归艺术本体，肯定无法脱离意识形态，但向更先进的东西学习，调整我们的思维和意识，首先得知道什么是真正的优秀的艺术，寻找它们之所以产生的原因，然后在自然所处的国度、文化、意识形态下，尽力地以其艺术的基本规律去调整、改善、妥协、奋争、适应、突破。这里边很复杂，一时说不清。回归艺术本体，不靠意识形态，不靠批判性，其实更难。难的不是技术层面，而是需要整个社会发展得更平稳了，更成熟了，社会结构更合理了，人的心智更成熟了，也更自信了，这样自然而然就会回归自然本身，不需要强加任何外力，这样别人看你也是一种平等的关系。

武　艺：说来说去，还是工业文明积累的时间太短，西方呈现的外在事物背后是有深度的现代文明积淀：宗教史、哲学史、建筑史、艺术史、设计史等因素的融合，才造就了我们看到的自然与人的和谐环境。而我们现阶段都是孤立的，缺乏一个整体性的思维和概念，就像一提传统，就去模仿古人作品表面的东西。

贾平凹：现在的山水画，我们一弄就画成元明清山水画，永远还是那些山，还是元代的、明代的那些山，还是山上那些树，还是树下面的那些水，水边的那个桥，桥上的那个老汉。有些作品要么是把古画的局部放大成一幅画，要么也就是《芥子园画谱》上边的那些东西。

武　艺：主要是画不到元明清山水画的水准，像假古董，看看现在山水画的现状，还不如好好临临四王的东西。

贾平凹：古代的那些名画之所以好，他画的是他看到的东西，表达的是他的时代、社会，是他的生活状态和精神状态，里边有他的情绪和感情。有的是庙堂里的人，他表达出来的是一种自尊、得意、雍容、奢华。有的是远离庙堂的，他表达出来的是一种激愤、反抗、挣脱。有的则是隐士、逸士，表达的是无奈、颓废、放达。看他们的画，要看他们的情绪。石涛说"山川与我神遇而迹化"，这里边"我"和"神"是特重要的。

武　艺：您道出了现在国画界的顽疾，好多名家从来没认真地临临古人的碑帖，也没好好地学学古人的传统，拿着毛笔胡写胡画几十年就都成名家了，赶上了改革开放的年代，每天重复自己的样式，画得很概念，也很熟练、油滑，千篇一律，没有格调，没有思考，更谈不上情感的表达，市场的需求量又大，买画的人也不懂画，倒来倒去。

贾平凹：前十多年中国书画市场的繁荣，对书画家是好事，也是坏事，这几年书画市场不好了，书画家钱不好赚了，也逼着书画家思考一些问题，能静下心搞创作了。现在不光书画市场，别的市场也都不行了，比如古玩市场。但是市场的变化，好东西终究还是好东西，好东西价格依然坚挺，甚至还在上涨，而一般化的东西就一落千丈地淘汰下去了。任何社会，任何作品一旦不注重内容，其思想萎缩，生气消失，只追求了技法，这就预示着没落，而这时有人出来改变这一风气，那就是宗师和大家。

武　艺：其实我时常有些保守，有时想想水墨、毛笔、宣纸这些东西不太适合表现现实，西画的材料它有物质的属性，所以它可以将自然中最美的、最感人的那部分直接反映到画布上，色彩的薄厚，笔触的美感，精妙的布局，这些因素的完美结合呈现出具有现实的力量，当然作品的质量也有高低之分，这最终取决于艺术家的才华、智慧，以及在个性表达中是否还具有公共性，是个挺复杂的事，当然这是在写实的范围。中国画材料的属性与美感始终是高于现实的，它表达的应该是从自然中升华的那部分，所以它才高级，所以说，笔墨、宣纸的精神属性是表现心灵感悟的。古人讲"外师造化，中得心源"。而且对于写意的理解，写意应是对自然内在精神的高度概括，模棱两可、糊涂乱抹、似是而非，这些都不是写意，写到后来，画面苍白而空洞。再有就是形与神，应该是先有形而后有神，才是对形神兼备更高级的理解。

贾平凹：我是赞同吴冠中先生生前的一些观点，他那么大的画家，他为什么说"笔墨等于零",他为什么特别推崇鲁迅?他的一些观念不能断章取义,要看他观点的整体,要从他的作品里体会他的观点。他或许是看到了这个时代美术的萎靡,才用尖锐的语言说出他的观点。当然他的观点能否作用于中国水墨画的改造,还需要更多的探索,但他的观念可以使我们有一种认识的自觉。你说笔墨和宣纸的精神属性是表现心灵感悟的,这话是对的。笔墨宣纸之所以在中国产生,这与中国的文化、哲学、宗教,中国人对外部世界的看法、对生命的看法是一致的。萝卜就是萝卜,白菜就是白菜,怎么去施肥、灌溉、除虫,只能是萝卜长得更大,白菜长得更大,但萝卜始终长不成白菜。我没有具体完整地研究过中国水墨画的历史,也没有具体完整地研究过油画的历史,只是粗略地看过一些中西的画作,倒觉得他们是逆向发展的,中国古画在早期仍是写实的,越往后似乎越写意起来,西方画好像早期是写意,后来越来越写实了。是不是这样我不敢肯定。从文学角度讲,现实主义是可以包容一切超现实主义的。换一句话说,现代主义都必须是在现实主义的基础上完成的,你越有写实的功力,你越能有写虚的能力。现在许多人都在玩写意,其实并不知意是什么,怎么才能得意。我就有这方面的遗憾,我的绘画基本功不行,许多想法无法表现出来。我对永乐宫那些人物造型,对陕西历史博物馆里的那些唐壁画都非常非常喜欢,但喜欢是喜欢,就是画不了。一盘子大龙虾摆着你吃不了呀,或者说你不会做呀。十多年前有人送我一个熊掌,我知道熊掌是好东西,但自己不会做,做了根本就嚼不烂不好吃,而且那个腥气在房子里十多天都散不了。

武 艺:好多年前一位浙江金华的朋友给我带来一个整只的大火腿,就是在上海、杭州肉铺里卖的那种,我就把它挂在厨房的墙上,很惹眼,厨房也一下子有传统气息了,更像江南的厨房了。想吃了,用尽了各种办法就是片不下肉来,那肉就像石头一样硬,试了几次便没了耐心,送给朋友了。假设有一种可能,我们现在看山,看水,看云,看花草,看鸟类,看动物,我觉得跟几百年前的自然景观应该是变化不大,范宽的山应该还是主观的产物,并不是现在的山与宋代的山有多大的差别,我们感觉宋画是写实的,这是与后来的绘画相比,但其也有着主观化的描绘,强调的是反映自然,亲近自然的共性为第一位,并非强调作者的个性。年初在上海的"董其昌大展"

231

是关于董其昌上下传承关系的展览，这样就呈现了一个相对完整的文人画生成系统，其中有宋徽宗的一幅《禽竹图》，在展柜里，人们排着长队慢慢地在读画，好像看这幅画的人比看董其昌的还多，画不大，就像刚完成的作品一样，画里面的内容都是鲜活的，而且贵气十足，是写实的，中国人的写实观念与西方人的写实观念还不太一样。有意思的是，在董其昌展厅的隔壁厅正展着"美国近现代绘画"，其中有霍伯的三张油画和八张铜版画，霍伯是美国近代在全球最有影响力的画家，就像您说的咖啡馆啊，酒吧啊，他的画都是这种司空见惯的题材：一座房子，一个剧场的舞台，一个老旧的站台，一个老旧的街景，屋内的裸女。看他的画有一种"熟悉的陌生人"的感觉，时常这些景物你可能都忽略掉了，可能会觉得不入画，但经霍伯表现出来，你却觉得是触动到了灵魂。他晚年最后一张作品的内容是海边的一座空房子，房间里什么都没有，空空的，一眼望去有些孤寂，又有些抒情，随后能隐隐地体味到一丝禅意。

　　贾平凹：对了，为什么霍伯的画里你体会到了一丝禅意，为什么我们的一些所谓的文人画、写意画，甚至禅画反倒体会不到呢？画作是要让画作说话，让画作散发气味，而不是作者应塞给画作什么，你画佛就一定会有佛意吗？你心中有佛，你即使画一个石头，画一个木头，那依然是有佛意的。什么是大画家，大画家的厉害就在这里。同样是学一加一等于二，有人成了会打算盘的人，有人成了科学家把卫星送上天了。现在的文学和艺术，得保障三点，一是它的现代性，二是它的传统性，三是它的民间性。没现代性是弄不成了的，有了传统性才能定位你是哪儿来的，你的背景是什么。你的背景是大海，你才可能波涛汹涌；你的背景是一个溪流，你只能浅显纤弱。而民间性则是增加活力。

　　武　艺：在《山本》的后记里，您也提出现代性、传统性、民间性是这本书的核心宗旨，其实也是您一贯坚持的写作、绘画和书法的核心宗旨。

　　贾平凹：我有一个观点，我一直认为什么叫艺术，把实用变成无用的过程就叫艺术。我举一个例子，你比如说书法，书法原来是因记载东西而产生的，但是一旦变成书法作品的时候就失去了实用性，现在谁看书法，基本上都不看你字的内容，为什么老抄写唐诗，大家一眼看李白写的什么，现在都不管那个了，看整个画面，它已经变成毫无意义的东西，纯视觉的东西了。

武 艺：今天传统书法写不下去，也是因为没有内容了，传统的经典书法首先内容就是经典，没有内容的书法也不能称之为严格意义上的书法了。您讲的从实用到无用的过程就是艺术，这句话很值得玩味。就目前国内的现状来看，现代书法作品还不能称之为艺术，因为这些作品模仿的痕迹太重，浮躁、粗俗，缺乏品格与品位，几十年来的实践并未建立起自己的视角，貌似现代，基本上一直生存在日本现代书家井上有一的阴影下，井上其实也是受西方现代抽象艺术的影响，但他对自身文化的认识充满了自信，这种自信在其作品中呈现出来的就是极强的生命力的展现，它是有灵魂的。就像您的作品，笔墨、造型、色彩是与生命紧密融合在一起的，是不可分的，绘画对您来说是内心的需求，有强烈的表达欲望。此时，画面固有的那些元素似乎都不重要了，作品仍能打动人。

贾平凹：井上的作品对人有冲击感，很有生命力。当风气萎靡时，需要的就是生命力，蓬勃的生命力。汉代是强盛的，工匠们随便捏一个陶罐，虽粗糙，但十分大气。清代国力衰败，那景泰蓝瓶、那鼻烟壶做得多细，多有色彩，但尽显小气和繁琐。现在总是说作品要有哲理呀、精神呀，有诗性呀，这些东西不是外加的，而是作品的生命里自然勃发的。要让它生命自然勃发，就是把作品要表达的人表达通透，把要表达的物表达到位。这如一个人长得高高大大，健健康康，他肯定就有力气，就脑子灵光，你让他挑担也行，让他拉车也行，没有他干不了的，他若长得病病恹恹，你还能指望他干什么呢？

武 艺：井上的高峰难有人超越，它就像一个巨大的屏障，只要你玩这块儿，就无路可走，可后人还在这里冲锋陷阵。这种情况在日本也存在，现代书法基本上受井上的影响，但模仿的味道还是对的，而我们这里就是另一回事了，除了形式上的模仿，背后的无知与空洞一览无余。越是现代艺术、极简艺术，越需要艺术家本人的厚度、修养的深刻度、对东西方文化准确的判断力。少字书与物派的形成的共同背景是日本经济达到顶峰的时期，艺术家们思考的问题其实是在全球的背景下艺术的现代性问题，虽然少字书与物派一个是平面，一个是立体，但它们背后的理念却是出奇地相似，即理性与感性之间、感知与视觉之间、传统思想与现代哲学之间、空白与空寂之间的平衡关系。

贾平凹：这又是艺术与时代的关系。任何新东西的产生都是有原因的。橘生淮南则是橘，橘生淮北则为枳。学习别人的东西，得弄清这些东西的背后的因素，然后才能知道哪些是可以学、能学到的，哪些是难以学到而需要我改造环境的。一个民族一个国家强大了，就必然要讲究独立性，韩国为什么去汉字化？是它经济好了，国家强大了。井上的现象是在日本特殊的社会和文化形态下产生的，而我们正处在变革期，许多事情在变化中、完善中。

武　艺：我们现在还有许多的不确定性，许多东西还没有经过时间的考验，即使在艺术圈内，对艺术本体的思考还没有您悟得深刻。您刚才讲的现实主义和超现实主义的关系、实和虚的关系，我觉得非常重要。每年能考进美术学院的学生，绘画基本功、写实能力都不差的，为什么若干年后有的学生能画出来，有的学生就画不出来，它不应以字面理解这样简单，它有技术的成分，又要有境界、天分、格局、思想、修养的成分，还要有悟性，不是手头的事儿，不是简单基本功的问题。在虚实之间找平衡，虚实相生，我们是实的东西占的比重太大，如果生活中没有虚的东西来调节，人活得就会累，就会辛苦，其实宇宙万象就是虚实相生，人是应该顺从自然规律，向往感悟"天人合一，无为而为"的境界。就像水墨画，我们就盯着画的内容部分，常常忽略掉了空白的作用与价值，甚至空白的意义有时会大于画面内容的意义，这又是常人所难以理解的。

贾平凹：文字与文学之间是要有呼吸的，画面的线条与线条、色块与色块之间也是要有呼吸的。作品的意义常常就在那些空白之处。而最后无论什么样的作品，背后都站着作者，作者的思想、胸襟、境界有多高，作品的水平就有多高，现在说到文人画，文人画尤其如此。但现在文化有许多误区，好像随便涂抹就是了，佛说一叶一世界，你真就画面上只是一片叶子，那是什么呀?! 有人只把空白简单地做技术处理，有人寥寥几笔而题写大量的文字来补充。这哪里是文人画呢？有人把我的画叫作文人画，如果这样理解文人画，这样画文人画，我是不接受的。

武　艺：如果把您的画称文人画，那不是明清时期的文人画，也不是民国时期的文人画，就是这个时代的现代文人画。现在有些画家画的如"新文人画"那还不是文人画，那还是画家的画，文人画的前提首先是文人，大文人，大文豪。

贾平凹：文人画更讲究精神面相。你是什么样的内心状态，你就有什么样的面相。文人画强调表现这个。再一点，他的想象，独特，新。艺术的生命力在于创新。我看过许多展览，有的人总是在重复，重复别人，重复自己，就像一些歌手，一首歌唱了一辈子，那有什么意义？说到这里，我也是反对戏曲上总夸讲什么人是某派传人，某派是需要传人，将某派的艺术传下去，但作为传人，亦步亦趋地模仿，模仿得再像，意义也不大的，那些派的创始人是怎样成为大家、成为创始人的，后人为什么不根据自己的情况独创呢？风格的形成绝不是重复，风骨则是最要紧的，当然，这里边存在着一个人的能量大小的问题。能量大的会不停地去折腾，去创新，能量小的只能保守，怕否定自己。有人十年磨一剑，有人十年还没有磨出来，有人十年磨的剑不堪一用，有人一年即可磨一剑，削铁如泥。人不一样啊。

武　艺：记得您在《秦腔》的后记里有一段话，印象很深："书稿整整写了一年九个月，这期间我基本上没有再干别的事，缺席了多少会议被领导批评，拒绝了多少应酬让朋友们恨骂，我只是写我的。每日清晨从住所带了一包擀成的面条或包好的素饺，赶到写作的书房，门窗依然是严闭的，大开着灯光，掐断电话，中午在煤气灶煮了面条和素饺，一直到天黑方出去吃饭喝茶会友。一日一日这么过着，寂寞是难熬的，休息的方法就写毛笔字和画画。"想想您这段时间画的画是可以放在小说里当插图的，虽然内容画的肯定是与小说不相干的，但内在的精神表达肯定是高度一致的，从情感气息上是一个不可分的整体。全世界的小说好像还没有出现过这种形式，插图多是书中内容的图解，您要是走出这一步，其实挺震撼的，有了后现代的味道。

贾平凹：哈哈，这当然有意思，但出版社得先同意，还得考虑读者阅读的习惯。一个人的思维，或者说一个人的审美，如果建立起来后做一切事都是一致的，包括他的行为，包括他的说话，包括他的行为做事，包括他写的东西、画的东西，包括他收藏的东西，包括他选的女伴，每个人在世上忙忙碌碌着，其实都是在寻找自己。比如说我收藏古玩，实际上我在收藏我，因为我爱好,我爱好这个东西,要是这个不符合我的审美爱好我肯定不要。找对象也是这样。所以说你在社会中,你接触的一切东西实际上都是围绕着写你自己,画你自己,你这种兴趣越大寻找得越多,你个性的风格就都出来了。我的小说里面也有画的东西,我的字和画里面也有我小说的东西。各个艺术门类基本上是相通的,但是也有不可替代的。不可替代的是什么东西呢?一个就是各有各的语言,各有各的路数。比如说有一些场景你再好的文学家,再好的文字也无法表达它,你只能用画面表达它,但有一些东西画面你传达不出来,你需要文字,或者是音乐,这就是为什么各个门类能同时存在,有它的共通性,也有独特性。

武　艺:也就是各门类各学科的唯一性。

贾平凹:共通性是一样的,是你对整个世界的看法、你对人的许多看法,这是固定的,所以为什么说有人能量大,有人能量小,你对整个世界的观察,你对生命的观察,对你本身的观察,观察得多、观察透,这能量就来了,然后再反过来,你再看周围,你的艺术需要题材和内容的时候,你就看着和别人不一样了。整个的修炼过程也是这样过来的。实际上是统一的,我的画和小说是一样的,某种程度上还觉得小说里面无法表达的一些东西,或者一些材料,我可以用到绘画里面来,思考于绘画里面。你在巴黎、敦煌、日本、布拉格的游记,其实也是一种文字与绘画的关系,也是有你的独特体验的,体验是每个人都有的,尤其是到国外或陌生的地方,但能通过文字和绘画表达出来,而且表达得很贴切,这里能看出你的才华的。

武　艺:能够感受到您的文学与绘画是你中有我、我中有你的关系。我的游记文字一开始是比较被动的,记得二〇〇二年秋天在巴黎,一天傍晚,我坐在塞纳河边用铅笔在速写本上画河边休息的人们,不经意的一次抬头,惊呆了,这不就是印象派画中的色彩吗?甚至比印象派的色彩要梦幻得多,当时苦于没有颜料在,又不想失去眼前的诱惑,情急之下,就用文字来写眼前的夕阳,确切地说,是在用文字来临摹巴黎天空的夕阳。夕阳在云层中时隐时现,色彩也随之变幻莫测,文字随着夕阳的变化而变化,一直追随着它消失的那一瞬间。回到工作室,我照着这毫无逻辑的文字,画了一张夕阳,这种感觉似乎比用照片转换成画面更为准确,更确切地说,是意境上的准确，杂乱无序的文字还给了我一次更为主动、更为具体的对夕阳的描绘，这期间又有着无尽的想象，有时想象的真实比真实还要真实。从此以后，图像记录与文字记录成为游记最为核心的部分。二〇〇九年在日本的旅行，近两个月的时间有八万左右的文字和四百多幅写生，文字也成为写生的一部分。

贾平凹：不看书，不思考，纯粹是技法是不行的。我看过一场拳击，一个技术非常好，但对手块头太大了，力大无比，一交手就把那技术好的拳手打趴在地，晕了过去。

武　艺：哈哈，即使说技法，技法也有高低之分，有雅与俗之分，修养好、悟性高的艺术家的技法是可以拔高作品的质量的。

贾平凹：技法是学校培养的，中学，还有大学，严格讲，我只是给你教技法，我按模子来教，教会以后你出去再发挥，你能成多大的事是你自己的事情。但是有一些人就永远不能把模式的东西和基本的东西变成终极的东西，他永远不学习、不思考，不思考大千世界，不思考他与这个社会的关系，一天就是《芥子园》那一套在那儿模仿画。那能成大画家吗？

武　艺：国内的美术学院还很难称为学院派，由于时代的更迭，不像西方的美术学院，中世纪、文艺复兴时期的绘画技法都被完整地保留下来，日本也是一样，有着特别完整的师承关系和体系。国内的教师有去欧洲的美术学院进修技法的，回来举办各种培训班，但是真的成了技法班了，之后与自己的作品如何衔接却成了问题。有时想想，中国人对技术的理解与西方还是不一样，西方古典绘画的技术有着严密的逻辑思维和严谨的制作程序，常常是一丝不苟，有着科学的态度，中国绘画的技术其实有着天然的成分，后人整理的《十八描》《芥子园》都是前人实践的积累，虽然有程式化的归纳，但也不乏乐趣，有时程式化也是中国艺术里很有意思的一块，很智慧的一块。当然，程式化也有高低之分。《芥子园》《十八描》给初识中国画的人提供了一个明确的信息：中国人是在用线理解和表现这个世界的，线的生成与书法不可分，但又不能表面化，不能简单地理解"书画同源"。中国画是平面的，它是二维空间的，是闪点透视的，是纯度最高的艺术。而近百年的美术教育思路则是中西结合，将中国绘画的纯度降低了，一直在想改良和创新这个事，就像京剧一样，几十年的革新都是徒劳的，到后来原来该怎么唱还是得怎么唱，这里面不是技术的问题，而是我们的认识和思维方式出现了偏差。

贾平凹：是的是的。技法不是纯技法的问题，这技法是怎样产生的，为什么是这样，而不是那样，学技法前先弄清了，就能学得更快，还能创新和丰富。我在八十年代为了弄清中国传统的东西和西方现代的东西，寻找他们的同和异，曾把水墨画和油画比较，把戏曲和话剧比较，把中医和西医比较，把中国的建筑和西方的建筑比较，寻它们各自的表现形式，比较到最后，关键是哲学不一样，对外部自然世界和内部生命世界观看的角度不一样。正是同样都认识到了世界和生命的最高境界，而思维不一样，角度不一样，其方式方法也就各有了特点。随着科学的发展、工业化的革命，西方强大了，而我们百年来的社会动荡，使我们远远落后了人家，整个民族变得不自信，向西方学习和靠近，在这期间不免对现代的理解就有些含糊，出现过这样或那样的问题。

武　艺：上世纪三十年代，我们的绘画先辈去西方留学，都肩负着极强的使命感，想把一种全新的东西带回来，来改变和完善我们的传统，现在看来，那时我们的传统已经非常完善，我们有一整套的理解世界、观察世界、表现世界的独特方式和方法，具体到画人的肖像，也有画中国人的技法，但在那个时代，这些东西好像都变成虚无的了。我们的先辈在西方学会了新的观察与表现方法的同时，却忘记了自己平平的、从侧面看只有鼻部微微凸起的脸，以为自己也跟眼睛所看到的充满起伏与凹凸的脸是一样的，将一种全新的东西带回来，来弥补和改良我们自己的绘画。于是，新的中西结合的观念差不多控制了中国美术教育近一个世纪，我们学会了在一张平整的脸上去挖掘出丰富的体面，并津津乐道于此，以至于成为衡量人的艺术才能的标准，而要掌握并熟练运用这种能力则要耗掉人的几年甚至十几年的时间。想想，这是件既悲哀又有趣的事。

238

贾平凹：这些都有时代特征，有特定的时代背景，有些也是命中注定，绕也绕不开，躲也躲不了，有时人还是要信命的，你赶上哪个时代，就做哪个时代的事，素描还是帮助作品解决了一些现实的问题，像郎世宁的画，也是中西结合的产物。

武　艺：郎世宁的作品借鉴中国艺术和我们借鉴西方艺术还是不太一样，虽然都叫中西结合，郎世宁借鉴得很明确，融合得也很明确，显得自然，但郎世宁的技术层面的东西要多一些。

贾平凹：有了自己的艺术观，画什么和怎么画是一生都面临的问题，现代艺术中有一句"形式即内容"的话，我们在学习时得明白现代主义它就是强调个性，主张叛逆，反对正统，消解英雄，极端而尖锐，"形式即内容"便来自这里。那么，我们在借鉴学习时，这种认识是对的，确实有这样的现象，并不是以前我们认为的"内容决定形式"。但是，不是所有的形式都等于内容。无论面对着什么样的旧理论、新理论，都要自己去琢磨，去参悟，举一反三，触类旁通，慢慢积累，这就是智慧。有了智慧，就不会盲目，从容，而不慌张。自行车的轮子只有两指宽，你绝不能在两指宽的路上骑，之所以能骑两指宽轮子的自行车，是有大路在那儿，你心是不恐慌的，至于技术精通，那是起码的，也是必然的，而且是无休止的。这里面当然存在天赋和天赋大小的问题，其实任何人都是有目的而生的，如有了一个茶壶，肯定有杯子，有茶叶，有水，有烧水炉，有桌子，有凳子，一切都铺展开去。这其中有关系，有位置。为什么说有的人有太多的烦恼和痛苦，就是在社会秩序里没找到自己的位置，没寻好自己的角色，又不会处理关系，哎哎，我这说到哪儿去了？

武　艺：咱随便聊聊，信马由缰，说哪儿是哪儿。有"命里注定"的说法，所以人还应该顺其自然，不仅生理上要顺其周而复始、万物生长的自然规律，心理上、主观意志上也要懂得与自然和谐相处，要懂得"妥协"，与环境的妥协，与人的妥协，与自己的妥协，妥协可以给自己带来更大的自由空间，可以更从容地做事。在艺术上是允许"知难而退"的，因为艺术没有统一的标准；不同理念风格的作品之间没有可比性，不应钻牛角尖，留有余地，每一种方式都可以成功，唯一的标准应该是作品的品位或品格的高下，艺术品的创造不需要有科学的态度，但一定要对生命、对人性有态度，离善良、慈悲、宽厚近些，有这个前提，作品的内在力量就有了。

贾平凹：各人有各人的活法，各人有各人的路子。世事难料，人更难料，对任何人都不敢轻视。某一个人现在看并不怎么样，却说不定他突然开窍了，窗户纸捅开了，就成了大家，这让我想起一个往事。八十年代初，李世南先生在西安的时候，才开始出名，我去采写过他，也是第一篇采写他的文章，他送我几张画，我哪里能料到后来的书画市场那么火呢？哪里能料到李世南将会是大家，画那么值钱。我那时借住在城北郊区的农民屋里，墙是土坯墙，就把他的画用糨糊贴在墙上，后来搬进城，那画揭不下来，揭下来全烂了。现在都恨自己。

武　艺：这种事在那个年代很普遍，上世纪七十年代末到八十年代初，北京一家普通的宾馆邀请国内最牛的画家带家属住上两个月，画一张很大的画，都是统一尺幅，大概多少记不清了，应该是六尺整纸以上，宾馆提供一辆小汽车供画家在此期间用，画完成后，宾馆留下，然后带几盒特产送画家回去。先来的几位都是名声最大的画家，宾馆会给后来的画家看他们留下的画，看到大画家都画得这么认真，新来的画家也不敢怠慢，画得也非常认真，所以这批画的质量都很高。那时艺术品市场还没兴起来，画家们的创作态度都很严肃，也很投入。画家觉得在宾馆住两个月，管吃管喝，还提供小汽车，画张画也值。宾馆觉得又没付出什么，房间有的是，吃喝又能花几个钱，双方都满意。现在想来，当初有这个想法的人真是个天才，真是有先知先觉，机会都让他抓住了。后来，艺术品市场逐渐兴旺起来，此人越来越值得让人佩服。再后来，管吃管喝管住让画家画画就不容易了，画家们一算用卖画的钱可以住更好的酒店，吃更好的酒菜，坐更高级的小汽车，比用画换吃喝住行划算多了。

贾平凹：这么说着，我倒有了感想。不知绘画上是不是这样，在文学上，虽然讲文学是记录时代的、社会的，但它还有前瞻的东西在里面，正是因为有前瞻的东西，文学往往与当下的时代、社会产生摩擦。

武　艺：其实在当代世界文学范围来讲，您可能是唯一一位把文学中文字描写和形象转化成绘画图像的作家，文学理解的深度也同样体现在绘画上，二者融合得非常精妙，而且文学与绘画的水准达到高度一致。可能有些作家也偶尔画上几笔，属于玩票的那种，但这又不能与您同日而语，现在全球应该没有，比如日本的作家、中国的作家，还有欧美作家没有人有这种状态。

贾平凹：这你过奖，我不敢领。历史上泰戈尔就画画，泰戈尔的绘画我一直很欣赏，很崇拜，他的绘画拿咱们现在的话来讲，既有民族性，又有现代性。

武　艺：泰戈尔是诗人、婆罗门哲学家、戏剧作家、视觉艺术家、作曲家、小说家，好像印度及孟加拉国国歌也是他谱写的。

贾平凹：是的，泰戈尔六十多岁才开始画画，之前没有受过绘画造型的基本功训练，他是凭着本能、深刻的洞察力、无穷无尽的想象力、综合的艺术养分来绘画的。

武　艺：我上美院时，大约三十年前，讲世界文学史的老师讲到泰戈尔时，并没有先讲他的《飞鸟集》《新月集》这些作品，而是放了泰戈尔绘画的幻灯片，同学们都被他的画惊呆了，趴在桌上睡觉的同学也都被惊讶声吵醒，看了一眼幻灯片，就像被针刺了一样，立马精神了起来。那时候，我们对美术圈外人的绘画看得极少，这些幻灯片颠覆了我之前的观念，这些作品画得如此专业，还能打动人心，题材、风格、技巧很多样，感觉是好多人的作品，每张都不一样，它既是写实的也是写意的，觉得作者的阅历很丰富，作品的内在很有力量，也很有表现欲望，与画家画的画不太一样，印象特别深刻。还有一个有意思的插曲，就是在课堂上，老师提到英国首相丘吉尔的绘画，只放了他一张幻灯片，第一眼以为是莫奈的画。老师介绍说，丘吉尔大约四十岁开始画画，曾有一位英国宫廷画师赞叹丘吉尔的绘画说，如果他不从政，他会成为伟大的画家。丘吉尔不仅是英国最重要的政治家，还是历史学家、演说家、画家、作家、记者。

贾平凹：这种通才，也叫博学家，在西方应该是从达·芬奇开始的，这也是西方的传统。我们古人也是一样。比如王维、苏东坡，还有那些大书法家，都是官员。只是随着时代发展，西方的思路一直没有变，而我们有些却变得越来越单一了。你像达·芬奇是画家、天文学家、科学家、发明家、解剖学家、建筑学家、军史学家。真正的天才，大天才，好像是上天派下来指导人类的。

武　艺：所以说前人把该发明的都发明出来了，该创造的都创造出来了，后人也就懒惰了，随之而来的就是人的机能的逐渐衰退，被高科技所取代。

241

即使美术圈的人，所谓专业画家里的水平也是参差不齐，眼光、品位也是差距很大。毕加索美术馆的留言簿上经常写着，诸如：这画我也能画，这不是儿童画吗，这是不会画画的人画的吧，等等。有些画家也不能理解您的作品，其实这都属于正常。

贾平凹：我不敢说我的画怎么样，但也有这种说法，说我不会画画，没有规矩，是生的、原生态的。后来我想，作家的文章和小学生的作文有一个区别，文章里少成语，作文里的成语多。成语是什么？是把万事万物概括成一个词。比如，古人看到了春天花开了，有那么多紫颜色，有那么多红颜色，就有了个"万紫千红"。一旦成了成语，万事万物的生动性就没有了。而作家的本事就是还原成语。当你看到一个牛肉罐头，你一定要还原到一头牛。绘画的发展过程中也是有了绘画成语的，这种绘画渐渐成了老套子，成了束缚，气弱了，也就熟了，巧了，甜了。我觉得不妨寻找那种原生态，那种生的状态、拙的状态。在文学创作上，我曾说过这样的话，也是我向往和追求的，就是：啥时候我的一部小说出来，不写小说的人看了认为这并没有什么呀，都是日常事，我也能写的，他产生了写小说的冲动，而写小说的人看了却觉得自己不会写小说了。这个世界其实有很多道、好多理，中外的古人说完了，后人只是不停地解释而已，不停地变化、不停地解释，就是做这些事情。

武　艺：所以毕加索说没有创造，只有发现。

贾平凹：这句话说得在理，他也是这么做的。

武　艺：专业画家的作品大部分都是在重复，感受的重复，技术的重复，内容的重复。重复本身有时也是有意义的，因为要想画得和上一张完全一样是极其困难的事，还不如画新的一张来得容易。您的绘画虽然还是干湿浓淡，一支毛笔，一张宣纸，但是每一张的主题都很明确，而且距离拉得很大，这是大部分画家们所不具备的。您的一本画集一百张画是一百个主题，而且还用一百种不同的感受方式来表达，这就很厉害。我跟学生讲课也是这样，我说你们可以用油画，用雕塑，用浮雕，用线描，用版画，用摄影，不要有画种材料的限制，要有表现欲，要有综合性的思考方式，但不妨碍在某一领域做相对深入的探讨。您是讲究作品本身的独立性的，讲究每张画的主题的不可替代性。画家出版的画集每张作品也是不尽相同，但更多的是绘画本身元素的差异，很难有您的这种思维模式，还是思维与实践的积累不同形成的，您和泰戈尔的绘画都有这种特性。

贾平凹：实际上每一个艺术家、每个画家，如果能创造一两个形象就很不简单，就很了不起了。你比如说刘文西，人家创造了一个陕北老汉、一个陕北小姑娘，就那几个形象，在历史上就立住了。

武　艺：上次在中国美术馆的馆藏展上，看到刘文西先生的《祖孙四代》特别震撼，这是他二十几岁时的作品，距今已有近六十年的时间了，不同的时代，不同的文化背景，至今仍让人流连忘返，作品描绘的是那个时代，但又超越了那个时代，这就是经典。

贾平凹：有的画家就创造一个形象，有的画家就创造了一种画法，这都了不得了。但是作为一个更大的人物，宗师级的人物，你得不停地有几个符号出来。如果人物画家你总是组合几个人物，这人物并不是你创造的，山水画家总是组合一些山、一些树，里边没有你的符号，那肯定只会成为一般性的画家。

武　艺：就像国内的画家来借鉴、模仿德国艺术家里希特的作品时，只是模仿他的一种样式，哪承想里希特的作品有那么多的图式，想想画家与艺术家还是两个概念。毕加索，他十五岁画的油画就很成熟了，他那种写实功力是中国人望尘莫及的，这没办法，油画是人家的传统，天生骨子里一出手就是那个样子。我们羡慕毕加索，他本人估计当时一看周围的画，想想这种水平的人太多了，这么画下去也没戏，就想办法怎么能画出来，不能像原先那样画，有了这种思想作指导，随后的行动也就跟上了。

贾平凹：才华大了，他才不停地变，他才不愿意干重复的，他觉得没意思，再一个你再能挣钱，再能有地位，他都不愿意。

他为什么一个时期就一个样，他不停地感应那个时代，感应那个社会，他感应的方式很多，其中就有那么多女性形象。文学艺术创作里边都有作者的情结的。毕加索的画，每一幅后边肯定都有故事。就拿李商隐来说，他那么多爱情诗，那么好的句子，肯定是有对象的，是给具体人写的，没有具体人，是写不出那种感觉的。但具体是谁，我们不知道。

243

武　艺：有可能是他没有追求到的女人或想象中的女人，这时才能产生爱情，这是由诗歌或者说艺术来替代欲望，替代现实的功能与意义。

贾平凹：也或许。但他那些句子的感觉说出了所有人的感觉，那些句子才是经典，大艺术家，大天才，就是他虽说他的事，却又正是击中了一个时代，一个时代的人群，如站在山头往峡谷扔一块石头，满峡谷都有声音回荡。

武　艺：在男人与女人的情感问题上，人类的共性似乎大于个性。

贾平凹：我在讲座上讲过两个例子，比如说一家人去旅游，到十点钟你说肚子饿了，停下到旁边吃饭去。司机不会给你停车，所有人都不会同意你的，因为按大家的生活习惯节点，十二点肚子才饿，这个时间大家都不饿，只是你饿了，你昨天没吃饭，你可能早上起来拉肚子，肚子空了你饿了，但是你饿了是你个人现象，大家不饿是整体现象，是大多数人的意识。如果到十二点你说饿了，咱停车去吃饭吧，大家都会同意，司机也会停车。这就是说，你要写出或画出人的饿，那饿不是你个人的饿，而是集体的，至少是大多数人的饿。

武　艺：您再次强调公共性的问题，我很受触动。

贾平凹：再一个例子是，你在你家门口种了一盆花，花开得非常好，路过的人经过你家门前，都看见了那花的艳丽，都闻到了那花的香气。这花是你的，也就是大家的。写文章，画画，也是这样。

武　艺：很深刻，搞艺术的人大都将自我感受看得很重，有些感受能引起共鸣，有些又引不起共鸣，这个度挺难把握。艺术电影，拍个人感受没有问题，从艺术家个人角度来讲，已经非常严肃，已经刻画得很深刻了，但受众为什么没人响应，为什么没有票房，就是个人化多了些，所有的严肃与深入都是个人的，喜怒哀乐都是小众的，当然，单从电影的质量看也很牛，国际上又拿过奖，可就是引不起更多人的共鸣，这就是艺术电影和商业电影的区别，我觉得商业电影更难拍，这里有时还真不全是跟钱有关，还真的跟格局有关，同是探讨人性，有时人性也有窄的一面和宽的一面，也有消极的一面和积极的一面。有时我们常说，用艺术家的眼光看生活，其实有时就用普通人的眼光看生活也很不错。

贾平凹：这还不仅仅是度的问题，也还不仅仅是个性太强的问题。题材的选择取决于作者对世界的认识和把握。往往是一个作者水平高了，不是他去寻找题材，而是题材去寻找他。

武　艺：您讲得有道理。有一次，一位画家受邀设计邮票，内容是反映改革开放的成果的。画家完成后，委托方认为有些地方还需要修改，画家当时还有些抵触，他个人认为已经很好了。于是委托方找来了工人、农民、解放军战士、商人、教师、科技工作者等各行各业的人，大家畅所欲言，来给邮票提些意见和建议。然后画家不太情愿地选取了其中的一些建议，重新设计了邮票，出乎画家的预料，社会上反响很好。这件事对画家本人触动最大，也让他开始调整他个人的创作思路。您的作品早已介绍到中小学的课本中，这种大的格局思维正在潜移默化地影响在成长的这批孩子。我小孩今年考取美院附中，这几年都是在做最基本的素描色彩的基本功训练，他特别喜欢您的《鸭鱼图》，他说他也说不清楚，就是从心里喜欢这张画。

贾平凹：是吗？你那孩子很乖的样子，不太爱讲话。

武　艺：他平时话也多，见您还是有些紧张。

贾平凹：你前面提到几十年前，中央美院请了陕北的老大娘教剪纸，我忽然想说句不太恰当的比喻，原来在农村时候人身上都会有虱子，那是没多少衣服换，又没条件洗澡，再加上干体力活汗出得多，怎么能不生虱子呢？现在城里没虱子，农村也没虱子了。环境一变，其他的也就跟着变了。

武　艺：您说到本质上去了。

贾平凹：我觉得对学校来讲，一方面给孩子教基本的技法，再一个是教开拓思维。培养想象力、观察能力、表达能力是主要的，别的暂且不教都行，因为具备了这些后，等到了社会上，经见多了，人生体会多了，那你就尽情地去画吧。学校只给你教1+1=2，这是最基本的东西，至于最后学出来你成了一名财务会计，还是能造飞机上天，就看你的啦。老话说：师傅领进门，修行靠个人。养孩子也是这样，十八岁前我管你吃的穿的，十八岁后，就看你自己的发展了。

武　艺：嘿嘿，西方是这样，我们是一直要管到成家，要是有精力，就一直管下去。

贾平凹：我常举一个例子，地里常长出一些苗芽子，都是两个小瓣，一

245

样的颜色，等长出一拃高的时候，菜苗就是菜苗，庄稼苗就是庄稼苗，树苗就是树苗。这是基因决定了。但无论你是什么苗，你都要努力去长，长到极限，这就是生命圆满，你如果是一棵麦苗，麦苗长到人的齐腰高才结穗，穗很饱满，而你要是长到一尺高就不长了，你就是结穗，能结多大的穗呢？

武　艺：我在《逗留》的书里写了一句话：贾平凹先生的新作《钟楼》已完成，读了此书的后记，觉得天才与努力有时有关，有时又无关。其实老子的《道德经》里也涉及了这一层面。前几年，我曾多次到访布拉格，欧洲的汉语研究中心设在那里。捷克的几代汉学家不遗余力地翻译老子《道德经》，他们认为《圣经》与《道德经》是他们的指路明灯。几十年来，一直由欧洲的艺术家来绘制《道德经》插图。后来他们邀请我来绘制最近出版的两本捷克文《道德经》插图，并认为由中国艺术家画插图是最贴切的，最合适的。他们理解的《道德经》的要义是："谷神不死，是谓玄牝，玄牝之门，是谓天地根，绵绵若存，用之不勤。"京都大学的岩城见一先生也认为这是《道德经》的核心。

贾平凹：这确实是《道德经》的核心。我最近老想着一个人给我讲的事，这是一个道士，专门研究道里面的术。她说在宋代的时候，汴京城里有三分之一是非人类，为什么是非人类，就是一般人死亡以后都是六道轮回就走了，但也有些人死了以后是不愿意离开这个阳间的，有一些是没有办法离开这个阳间的。然后这些亡灵就依附了好多人，如果说附体到老郑，老郑身体好他可以和你共生，他不出马的时候，你的行为举止就是平时老郑的日常生活，但是他要出马就是他的思维。"出马"这个词就是这样来的。他出马就是出神了，就是有了灵通了，他可以模仿着别人的样子，别人的声音，说一些别人谁都不知道的隐秘的事情。还有一种附体是完全控制你，比如说你身体不好完全把你控制了，你所有所为都是他的所有所为。这样就发现现实生活中经常有一些人生了一场病，或者出了什么事以后，突然会预测，会透视，行为怪异，性格大变，这些人就是被附体了。宋朝当时有大量这样的人。现在这种现象依然有。我知道一个熟人的孩子，小时候乖得很，很优秀，但心脏有问题，做了一次大手术后，一切都变了，变得不可理喻，从此和家里人交恶，流浪社会。

武　艺：这现象估计当事人也解释不了。

贾平凹：他没办法解释，我估计就是附体了。这无法解释。民间常说，谁家的孩子是来报恩的，谁家孩子是来讨债的。还有一种现象，总觉得一些人物是在轮回的。比如说历史上有一个大画家，过上多少年、多少代以后，社会上又出现一个画家，其风格成就大致都差不多。

武　艺：历史上也有这样的事件。

贾平凹：民间里说鬼，说神，什么山妖、水魅、树精、石怪的，是不是任何东西形成都可能附体？我常常惊讶一些小孩儿，戏唱得特别好，或者歌唱得特别好，或者画画得特别好，在他那年龄段，不可能这样呀，不可思议！

武　艺：我们能看到，摸得着，就在眼前，但就是很多东西解释不了，觉得特别有意思，很神奇，也很科幻，一直随着人类延续下去，没有答案，很多东西没有答案。就像手机就很神奇，现在一部手机把生活的问题全都解决了。

贾平凹：历史上那些大人物肯定是上天派来指导人类的。他先知先觉了，超越了那个时代，他就来指导。有时也想，原来没有天气预报时，我们把诸葛亮当神，现在有天气预报了，才觉得一切很简单。你说到手机，手机的功能如果在以前，那就是神的存在，所以说好多东西不是迷信，是科学的，科学的东西一直都在，只是待我们不断去发现。这个时代什么是神，我理解科技是最大的神，是最大的信仰。它改变着人，改变着这个世界。

武　艺：现在的世界之争就是科技之争。科技是最大的信仰。我从小跟我父亲学画，他受苏联的现实主义绘画影响最深，崇尚写实具象绘画，但是看到了您的画他特别喜欢，跟他的完全不一样，完全是两个路数，但他能理解，他专门跟我讲过喜欢您的画，他就觉得您的作品意境和构思太巧妙了。

贾平凹：哦，这是给我鼓劲啊！我在大学时学"文学概论"，说实话，那里边很多东西束缚了我的创作，什么情节、人物、语言的几大要素呀，什么结构组成呀，什么典型环境呀。实际上你写开小说了，怎么写都是小说，没有规矩。绘画我估计也是这样，你只要掌握基本东西，你愿意怎么创作，就怎么创作。什么行当里都是要尊重老规矩的，但不能死守老规矩，否则怎么创新？有些东西实际上是传不下来的，比如有一个游戏，几十人往下传一句话，传着传着就变样了，传到最后，完全是风马牛不相及了。野生的东西往往是最有生命力的，但一旦出现，又是难被理解和接受的，我小时在农村，麦地里经常有燕麦，燕麦长得又粗又高，因为是麦子地，农民就把燕麦拔了。但燕麦也是好东西呀，现在有了专种燕麦的，燕麦粉倒比麦粉值钱得多。

武　艺：现在比如说学院里面成立书法系、篆刻系，其实民间里面写书法、搞篆刻的人，比这个有意思得多，一旦进入教的程序，就再也培养不出人来了。

贾平凹：大学要清醒地认识知道自己干什么，而不是说我来排斥更多东西，应该吸纳更多东西，有意识地吸纳很多东西，然后做大师前期的工作，做大师基本的东西，不是说我不培养大师，我做最基本的东西。老母鸡孵蛋，孵出来，破了壳就对了，这是我大学的职责在这儿。对于艺术大学，我甚至还有一个想法，这些个场所是必须要有的吗？种子放在哪儿都长，就害怕你不是一颗种子，种子放在平原上也长，山区也长，哪儿都长。

武　艺：您谈到了教育与成长的最根本问题。《西湖人物志》的雕版师卢平先生就是从小在桃花坞跟师傅学徒，有着很扎实的技艺，又有着严谨自律的职业素养，在中国的美术学院里还没有这样的教师。

贾平凹：谈到雕版木刻，你的《西湖人物志》，如果不注明是你画的，我还以为是古代什么时候的作品，我估计很多人都会这么认为的。现在人画古人，古人没有照片，长什么样不知道，有些画家或许少了对所画人物的研究，不论老子、华佗、曹雪芹、陆羽，反正都大体一个形象。好的画家当然也是在研究了存留的一些资料后，靠自己的心性来画，实际上是画自己。《西湖人物志》好，好在那些造型上、线条上、你的心境的投射上，又有古意古气，让人感动和回味。

248

武　艺：您道出了中国艺术特有的思维和创作方法，也是古人的高明之处。

贾平凹：我看过你的油画，敦煌的，饭店的，军营的，看过你在欧洲的那些生活和那些绘画，或者我看了画里的墙上一个镜子，或者田野里过几个火车，或者戏台上一个人在那儿演戏，人物很小，看某一张画还琢磨不太出你的想法，但是出上一本书意思就大了。

武　艺：我很少画一张大画，都是画一组画来呈现一个主题，其实也是在画一张画。

贾平凹：你把每一个主题的画出一本书，这与其他画家就又不一样了，在这个时期你是有这种思考，把局部、微观的世界给弄出来，或者是你对世界一种新的观察，或者在积累一种新的意识，训练一种新的技法，修炼，这也是一个修炼过程。弄油画，弄水墨，弄木刻，弄陶瓷，那多了，翻手为云覆手为雨，风生水起，弄什么想什么，想什么弄什么，这样积累多了，这个过程也是智慧积累的过程，也是不停地改进，或者不停地把你的树往大里施肥、浇水的过程，我觉得特别好，在中央美院有你这样的老师是学生们的福气。如果心老放在市场上，永远复制自己熟练的那些东西，甚至追求什么动物王呀、什么植物王呀的，那就只能平庸了。当然画坛也需要这种人，一个房子总有砌墙的，也有砖里面的柱子，柱子上有梁，但是梁上也有瓦，各在其位，这也无可厚非，如果全中国都是武艺，那也害怕得很，那就不叫画坛了，得有绿叶子才能衬出花。

二〇一九年五月二十七日
于西安贾平凹上书房

图书在版编目（CIP）数据

贾平凹文选 / 贾平凹著 .—北京：作家出版社，2023.12
ISBN 978-7-5212-2561-7

Ⅰ .①贾…　Ⅱ .①贾…　Ⅲ .①中国文学—当代文学—作品综合集　Ⅳ .① I217.2

中国国家版本馆 CIP 数据核字（2023）第 202808 号

贾平凹文选

作　　　者：贾平凹
编　　　审：懿　翎
特别策划：王立志
特约监制：马　莉
特约编辑：周　茹　宋辰辰
责任编辑：懿　翎　徐　乐　方　歮
装帧设计：曹全弘
责任校对：周　茹
责任印制：李卫东　金志宏
出版发行：作家出版社有限公司
社　　　址：北京农展馆南里 10 号　　　邮　　编：100125
电话传真：86-10-65067186（发行中心及邮购部）
　　　　　86-10-65004079（总编室）
E-mail:zuojia @ zuojia.net.cn
http://www.zuojiachubanshe.com
印　　　刷：三河市紫恒印装有限公司
　　　　　中煤（北京）印务有限公司
成品尺寸：170×240
版　　　次：2023 年 12 月第 1 版
印　　　次：2023 年 12 月第 1 次印刷
ISBN 978-7-5212-2561-7
定　　　价：1999.00 元